近現代報刊詞話彙編

五

朱崇才 編纂

人民文學出版社

國家出版基金項目
NATIONAL PUBLICATION FOUNDATION

清季詞家述聞

夏緯明

《清季詞家述聞》七則，跋一則，載南京《同聲月刊》一九四一年六月二〇日第一卷第七號。署『夏緯明』。今據此迻錄。原無序號、小標題，今酌加。

清季詞家述聞目録

清季詞家述聞

一　咸、同工爲詞者

咸、同之間，京師工爲詞者，以馬平王定甫錫振《茂陵秋雨詞》、上元許海秋宗衡《玉井山館詞》兩家爲最著。臨桂王半唐給諫，初官内閣，與同僚唱和，有《薇省同聲集》之刻。後擢諫垣，其詞益昌。每集同臺者爲文讌，藉以討論時政。亦以詞爲號召。其時武昌張次珊仲炘爲臺中眉目，與半唐論詞最契。其自作《瞻園詞》，亦蔚然成家。朱彊邨侍郎，時爲講官，每抗疏言事，引爲同調。半唐所居曰『四印齋』，陸續刻名詞十餘家。一時奉爲楷模。於是信從者日衆。最後從事《夢窗四稿》，手定校例，彊邨佐之，用力最勤。及校成，研窮正變，詞學遂大進。半唐素喜議論，伉直敢言，爲當道所側目。及庚子和議成，見時事日非，乞假出都，游江南。歿於揚州。而彊邨在廣東學政任，亦乞病辭官，流寓蘇滬間，不問世事，日以校詞刻詞爲自遣之計。徧從藏家搜求善本，積至一百數十種，視半唐更增十倍。蓋半唐引其緒，而彊邨集其成也。

二　潘文勤公

吳縣潘文勤公，博雅好事，士林尊爲泰斗。其表章學術，考訂金石，多取諸人以爲善，惟詞出於手作。又取周止庵《四家詞選》，刊入《滂喜齋叢書》。周選退白石、玉田而進碧山、夢窗，其宗旨視朱、厲浙派，別開堂宇。文勤特爲標舉，自有深識。其同縣許鶴巢中翰，專力爲詞，亦稱半唐同志。

三　金壇馮夢華

金壇馮夢華撫部煦，以辭賦擅名，又與寶應成漱泉肇麐同嗜倚聲，成氏曾選五代詞及汲古閣六十家詞，與戈順卿《宋七家詞選》彙刻行世，江淮間多奉爲圭臬。

四　武林譚復堂

武林譚復堂先生獻爲詞壇耆碩，集有清一代作者爲《篋中詞》，評隲精審，風行海內，學者多宗之。

五　漢軍鄭叔問

漢軍鄭叔問文焯爲康成後裔，蘭錡世家。同光以來，久客吳中。精研音律，所作《瘦碧》、《冷紅》兩詞，膾炙人口，一時推爲名家。光緒乙未，於吳門開鷗隱詞社，陽湖劉語石、寶山陳同升，實左右之。語石爲復堂舊友，同叔年逾周甲，早歲知名。於是相得益彰，後進歸依甚切。

六　况蕙風

况蕙風周頤與半唐同里，親炙最久，詞學日進。江陰繆藝風選常州詞，蕙風實爲之捉刀。後游滬上，亦負時望。凡欲學詞於彊邨者，輒轉介紹於蕙風。所作詞話，爲後進所服膺。

七　清季詞學大宗

清季詞學，以半唐、彊邨爲大宗，所舉諸人，皆爲其羽翼也。

緯明後生末學，自慚謭陋，家大人於諸名流，半爲舊識，其軼事皆見而知之。趨庭時，每聞緒論。退而私記之，以備談詞壇掌故者芻蕘之採焉。

南京《同聲月刊》一九四一年六月二〇日第一卷第七號

繆鉞論詞

繆鉞

《繆鉞論詞》八則，載遵義《思想與時代月刊》一九四一年一〇月一日第三期，署『繆鉞』。今據此期迻錄。原無序號、小標題，今酌加。

繆鉞論詞目錄

繆鉞論詞

一　詞之起原

論詞之起原者，以張惠言之説最爲簡當。張氏《詞選》序曰：『詞者，蓋出於唐之詩人，採樂府之音，以製新律，因繫其詞，故名曰詞。』蓋唐代以詩入樂，詩句齊整，而樂譜參差，以詞就譜，必加襯字，久之，感其不便，於是或出於樂工之請求，或由於詩人之自願，依樂譜之音，作爲長短句之新詞，以便歌唱，所謂『逐絃吹之音，爲側豔之詞』（《舊唐書》〈溫庭筠傳〉），而詞體遂興。

二　意内言外

此種新體裁所以取名爲『詞』者，并無深意。《説文》：『詞，意内而言外也。』此自指語詞之詞，段玉裁所謂摹繪物狀及發聲助語之文字也。詞體最初取名，與此無關。後人或以詞體蘊藉，恰與『意内言外』之旨相通，遂附會其説。始於宋陸文圭〈山中白雲詞序〉，至清張惠言而大暢其旨，於是意内言外之義，遂爲論詞者之所宗。而中晚唐詞人作詞之時，固未曾有此念存於胸中也。（詞始於中唐，世傳李白諸詞，乃後人僞託，近人辨之已明。）

三　詞律與詩律

詞既出於唐之詩人，故中晚唐、五代及北宋初年之小令，其句法多與詩相近。如〔生查子〕似兩首押仄韻之五言絶句合成，〔玉樓春〕似兩首抑仄韻之七言絶句合成，〔鷓鴣天〕則如兩首押平韻之七絶，僅下半闋第一句易七字句爲兩個三字句耳。此外如〔浪淘沙〕、〔臨江仙〕、〔虞美人〕、〔菩薩蠻〕諸調，亦皆由五七言詩句增損湊合而成，每句中平仄之配合，亦與律詩相同，尚無更精嚴之規律。及宋仁宗之世，慢詞肇興，其後周邦彦、万俟雅言、姜夔等，均精於音律，創制新調，於是詞之句法始繁複變化，而句中四聲之配合，陰陽之分，上去之辨，亦謹嚴密栗，有時故爲拗折之聲，以表激盪怨抑之情，遂益與律詩句調相遠，迥異於初期之小令。其音律最嚴者，如〔暗香〕之结句，『幾時見得』（姜夔詞），『兩隄翠匝』（吳文英詞）一句四字，兼備四聲（上平去入），其上去入三仄聲字，皆不能互易，易之則不合律矣。詞非但辨四聲也，又當辨聲之輕重清濁。張炎稱其父作〔惜花春〕詞，『瑣窗深』句，『深』字不協，改爲『幽』字，又不協，再改爲『明』字，歌之始協。此三字皆平聲，胡爲如是。蓋五音有唇齒喉舌鼻，所以有輕清重濁之分。（張炎《詞源》）此種精嚴之處，皆律詩所未有。詞中押韻，亦不容疏忽。仄聲調，上去入三聲均可選用，而有必須用入聲韻者。《詞林正韻》历舉二十餘調，考之宋人詞，雖未盡合，然若姜夔之〔暗香〕、〔疎影〕、〔琵琶仙〕、〔淒涼犯〕諸調，音響健□激梟，所謂以啞觱栗吹之者，則斷應用入聲韻。其用上去韻者，自是通叶，而亦稍有差别。如〔秋宵吟〕、〔清商怨〕，宜單押上聲，〔玉樓春〕、〔菊花新〕宜單押去聲。復有一調中某句必須押上，必須押去者。有起韻结韻皆宜押上、皆宜押去者。古人謂

『詩律傷嚴近寡恩』，實則詩律尚不甚嚴，詞律□密之處，眞如申、韓之法，不容假惜。詞本詩之支□流裔，故一名詩餘。然其後滋生發展，自具體貌，歷時愈久，演變愈多，儼然附庸之邦，蔚爲大國矣。

四　詩詞之別

抑詞之所以別於詩者，不僅在外形之句調韻律，而尤在內質之情味意境。外形，其粗者也；內質，其精者也。自其淺者言之，外形易辨，而內質難察。自其深者言之，內質爲因，而外形爲果，先因內質之不同，而後有外形之殊異。故欲明詞與詩之別，及詞體何以能出於詩而離詩獨立，自拓境域，均不可不於其內質求之。格調音律，抑其末矣。人有情思，發諸楮墨，是爲文章。然情思之精者，其深曲要眇，文章之格調詞句，不足以盡達之也，於是有詩焉。文顯而詩隱，文直而詩婉，文質言而詩多比興，文敷暢而詩貴蘊藉，因所載內容之精粗不同，而體裁各異也。詩能言文之所不能言，而不能盡言文之所能言，則又因體裁之不同，運用之限度有廣狹也。詩之所言，固人生情思之精者矣。然精之中復有精者焉，詩體又不足以達，或勉強達之，而不能曲盡其妙，於是不得不別創新體，詞遂肇興。茲所謂別創新體者，非必一二人有意爲之，乃出於自然試驗演變之結果。詞之起原，上已言之，不過由於中唐詩人，就樂譜之曲折，畧變整齊之詩句，作爲新詞，以祈便於歌唱而已。故白居易、劉禹錫諸人之詞，其風味與詩無大異也。及夫厥端既開，作者漸衆，因嘗試之所得，覺此新體有各種殊異之調，而每調中，句法參差，音節抗墜，較詩體爲輕靈變化而有彈性，要眇之情，淒迷之境，詩中或不能盡，而此新體反適於表達。一二天才，專就其長點利用之，於是詞之功能益顯，而其體亦遂確立。譬如溫庭筠、韋莊，均兼能詩詞。溫詞，如〔更漏子〕之淒迷蕃豔：

玉爐香，紅蠟淚。偏照畫堂秋思。眉翠薄，鬢雲殘。夜長衾枕寒。　梧桐樹，三更雨。不道離情正苦。一葉葉，一聲聲。空階滴到明。

韋詞如〔荷葉杯〕之幽婉纏綿：

記得那年花下。深夜。初識謝娘時。水堂西面畫簾垂。攜手暗相期。　惆悵曉鶯殘月。相別。從此隔音塵。如今俱是異鄉人。相見更無因。

其境界，均非二人詩中所有。苟當時無此種體裁，則此種情思意境亦將無從表達。用五七言詩，達最精美深微之情思，至李商隱已造極，過此則爲詩之所不能攝，不得不逸爲别體，亦如水之脱故流而成新道，乃自然之勢。其造始也簡，其將畢也鉅。萬事往往如斯。此固非中唐詩人畧變五七言詩爲長短句，以便歌唱者之所及料矣。故自其疎闊者言之，詞與詩爲同類，而與文殊異。自其精細者言之，詞與詩又不同。詩顯而詞隱，詩直而詞婉，詩有時質言而詞更多比興，詩尚能敷暢而詞尤貴醞藉。王國維曰：『詞之爲體，要眇宜修，能言詩之所不能言，而不能盡言詩之所能言。詩之境闊，詞之言長。』（《人間詞話》）此其大别矣。

五　詞之特徵

詞之所言，既爲人生情思意境之尤精美者，故其表現之方法，如命篇造境，選聲配色，亦必求精美細緻，始能與其内容相稱。今析而論之，詞之特徵，約有四端。

一曰其文小。詩詞貴用比興，以具體之法表現情思，故不得不鑄景於天地山川，借資於鳥獸草木，而詞中所用，尤必取其輕靈細巧者。是以言天象，則『微雨』『斷雲』，『疎星』『淡月』；言地理，則『遠峯』『曲岸』，『煙渚』『漁汀』；言鳥獸，則『海燕』『流鶯』，『涼蟬』『新雁』；言草木，則『殘紅』『飛絮』，『芳草』『垂楊』；言居室，則『藻井』『畫堂』，『綺疏』『雕檻』；言器物，則『銀釭』『金鴨』，『鳳屏』『玉鍾』；言衣飾，則『彩袖』『羅衣』，『瑤簪』『翠鈿』；言情緒，則『閒愁』『芳思』，『俊賞』『幽懷』。即形况之辭，亦取精美細巧者，譬如亭榭，恆物也，而曰『風亭月榭』（柳永詞），則有一種清美之境界矣。花柳，恆物也，而曰『柳昏花暝』（史達祖詞），則有一種幽約之景象矣。此種鑄辭鍊句之法，非但在文中不宜，即在詩中多用之，猶嫌纖巧，而在詞中則爲出色當行；體各有所宜也。因此詞中言悲壯雄偉之情，亦取資於微物。姜夔過揚州，感金主亮南侵犯之禍，作〔揚州慢〕詞曰：『自胡馬窺江去後，廢池喬木，猶厭言兵。』又曰：『二十四橋仍在，波心蕩，冷月無聲。』『廢池喬木』，『波心』『冷月』，均微物也。姜夔痛南宋國勢之日衰，其〔摸魚兒〕詞，痛傷國事，自慨身世，而其結句云，『休去倚危欄，斜陽正在，煙柳斷腸處』，仍託意於『危欄』、『煙柳』等微物，以發其激宕怨憤之情，蓋不如此，則與詞體不合矣。今更舉一例。曰：『最可惜，一片江山，總付與啼鴂。』（〔八歸〕）『啼鴂』，亦微物也。辛棄疾之作，最爲豪放，

漠漠輕寒上小樓。曉陰無賴似窮秋。淡煙流水畫屏幽。　自在飛花輕似夢，無邊絲雨細如愁。寶簾閒挂小銀鉤。（秦觀〔浣溪沙〕）

此詞情景交融，珠明玉潤，爲少游精品。今觀其所寫之境，有『小樓』，樓內有『畫屏』，屏上所繪者爲『淡煙流水』，又有『寶簾』，挂於『小銀鉤』之上，居室器物，均精美細巧者矣。時則『曉陰無賴』，『輕寒漠漠』，陰曰『曉陰』，寒曰『輕寒』，復用『無賴』、『漠漠』等詞形容之。樓外有『飛花』，有『絲雨』，飛花自在，而其輕似夢，絲雨無邊，而其細如愁。取材運意，一句一字，均極幽

細精美之能事。古人謂五言律詩四十字，譬如士大夫延客，着一個屠沽兒不得。余謂此詞如名姝淑女，雅集園亭，非但不能着屠沽兒，即處士山人，間厠其中，猶粗疏。惟其如此，故能達人生芬馨要眇不能自言之情。吾人讀少游此作，似置身於另一清超幽迴之境界，而有淒迷悵惘，難以爲懷之感。雖李商隱詩，意味亦無此靈雋。此則詞之特殊功能。蓋詞取資微物，造成一種特殊之境，借以表達情思，言近旨遠，以小喻大，使讀者驟遇之如在耳目之前，久誦之而得雋永之趣也。

二曰其質輕。陳子龍論詞曰：『其爲體也纖弱，明珠翠羽，猶嫌其重，何况龍鸞。』蓋其文小，則其質輕，亦自然之勢也。詩詞非實物，固不能以權衡稱量，然吟諷玩味之，其質之輕重，較然有別。且所謂質輕者，非必其意浮淺也。即極沈摯之情思，表達於詞，亦出之以輕靈，蓋其體然也。兹舉例以明之。親友故舊，久別重逢，驚喜之餘，疑若夢寐，此人之恆情。杜甫〈羌村〉詩敍亂後歸家之情曰：『妻孥怪我在，驚定還拭淚。世亂遭飄蕩，生還偶然遂。鄰人滿牆頭，感歎亦歔欷。』結句云：『夜闌更秉燭，相對如夢寐。』意沈痛而量極重，讀之如危石下墜。至如晏幾道〔鷓鴣天〕詞，敍與所歡之女子久別重遇，則曰：『從別後，憶相逢。幾回魂夢與君同。今宵剩把銀釭照，猶恐相逢是夢中。』其情與杜甫相同，而表達於詞，較杜之詩，質量輕靈多矣。惟其輕靈，故迴環宕折，如蜻蜓點水，空際回翔，如平湖受風，微波蕩漾，反更多妍美之致，此又詞之特長。故凝重有力，則詞不如詩；而搖曳生姿，則詩不如詞。詞中句調，有修短之變化，亦有助於此。

三曰其徑狹。文能説理敍事，言情寫景；詩則言情寫景多，而有時仍可説理敍事。至於詞，則惟能言情寫景；説理敍事，絶非所宜。此雖因調律所限，然與詞體之特性，亦有關係。蘇軾、辛棄疾爲運用詞體能力最大者，蘇詞有説理之作如：

蝸角虚名，蠅頭微利，算來著甚乾忙。事皆前定，誰弱又誰强。且趁閑身未老，須放我、些子疎狂。百年裏，渾教是醉，三萬六千場。（〔滿庭芳〕）

辛詞亦有説理之作，如：

蝸角鬭爭，左觸右蠻，一戰連千里。君試思，方寸此心微，總虚空幷包無際。喻此理。何言泰山毫末，從來天地一稊米。嗟小大相形，鳩鵬自樂，之二蟲又何知。記跖行仁義孔丘非。更殤樂長年老彭悲。火鼠論寒，冰蠶語熱，定誰同異。（〔哨遍〕）

讀之索然無味，適足以證明其試驗之失敗。又經史子及佛書中辭句，皆可融化於詩，而詞則不然。古書詞句，有許多不宜於入詞者。辛棄疾鎔鑄之力最大，其詞中《論》、《孟》、《左傳》、《莊子》、《離騷》、《史》、《漢》、《世説》、《文選》、李杜詩，拉雜運用，然如『最好五十學《易》，《三百篇》詩』（〔婆羅門引〕），『進退存亡，行藏用舍。小人請學樊遲稼。衡門之下可棲遲，日之夕矣牛羊下』（〔踏莎行〕），終非詞中當行之作。宋代詞人，多用李長吉、李商隱、溫庭筠詩，蓋長吉、溫、李之詩，穠麗精美，運化於詞中恰合也。六朝人雋句，用於詞中，仍有時嫌稍重，故如李清照詞用《世説》『清露晨流，新桐初引』，爲恰到好處。此可以細參其輕重精粗之分際矣。蓋詞爲中國文學體裁中之最精美者，幽約怨悱之思，非此不能達，然亦有許多材料及辭句，不宜入詞。其體精，故其徑狹。王國維所謂詞能言詩之所不能言，而不能盡言詩所能言也。

四曰其境隱。周濟謂吳文英詞如『天光雲影，搖蕩綠波，撫翫無斁，追尋已遠』，言其境界之隱約淒迷也。實則不但吳文英詞如是，凡佳詞無不如是。若論『寄興深微』，在中國文學體製中，殆以詞爲極則。詩雖貴比興，多寄託，然其意緒猶可尋繹。阮籍詩，言在耳目之内，意寄八荒之表，號爲『歸趣難求』，然彼本自有其歸趣，特以時代綿遠，後人不能盡悉其行年世事，遂『難似情測』耳。若夫詞人，率皆靈心善感，酒邊花下，一往情深，其感觸於中者，往往淒迷悵惘，哀樂交融，於是借此要眇宜修之體，發其幽約難言之思，臨淵窺魚，若隱若顯，泛海望山，時遠時近。作者既非專爲一人一事而發，讀者又安能□實以求，亦惟有就已見之所能及者，高下淺深，各有領會。譬如馮延巳〔蝶戀花〕詞（或作歐陽修）：

幾日行雲何處去。忘了歸來，不道春將暮。百草千花寒食路。香車繫繫在誰家樹。　淚眼倚樓頻獨語。雙燕來時，陌上相逢否。撩亂春愁如柳絮。依依夢裏無尋處。

或謂其有『忠愛纏綿』之意（張惠言），或謂其爲『詩人憂世』之懷（王國維），見仁見知，持説不同。作者不必定有此意，而讀者未嘗不可作如是想。蓋詞人觀生察物，發於哀樂之深，雖似鑿空亂道，五中無主，實則珠圓玉潤，四照玲瓏。讀者但能體其長吟遠慕之情，而有盪氣迴腸之感，在精美之境界中，領會人生之至理，斯已足矣。至其用意，固不必沾滯求之，但期玄賞，奚事刻舟。故詞境如霧中之山，月下之花，其妙處正在迷離隱約，必求明顯，反傷淺露，非詞體之所宜矣。

就以上四端，詞之特性，及其所以異於詩者，畧可睹矣。

六　詞之爲體

或曰，如子所言，詞之爲體，似只宜寫兒女幽怨，若夫憂時愛國，壯懷激烈，則無能爲役矣。曰，天下事固不若是之單簡也。余之所論，僅就詞體之原而闡明其特質，神明變化，仍視乎作者如何運用之。岳飛抱痛飲黄龍之志，力斥和議之非，憤當時羣小誤國，己志莫明，其詞曰：『起來獨自繞階行。人悄悄，簾外月朧明。』又曰：『欲將心事付瑤琴。知音少。絃斷有誰聽。』（〔小重山〕）辛棄疾雄姿英發，志圖恢復，憤朝廷用之不盡，不能驅逐胡虜，建樹偉業，故其詞云：『長門事，準擬佳期又誤。蛾眉曾有人妒。千金縱買相如賦。脈脈此情誰訴。君莫舞。君不見，玉環飛燕皆塵土。閒愁最苦。休去倚危欄，斜陽正在，煙柳斷腸處。』（〔摸魚兒〕）文天祥尊夏攘夷，百折不屈，備嘗艱險，殺身成仁，其詞云：『世態便如翻覆雨，妾身原是分明月。』（〔滿江紅〕）此三公者，光明俊偉，千載如生，其壯懷精忠，苦心孤詣，均借要眇醞釀之詞體，曲折達出，深婉沈摯，無叫囂僨張之氣。如猶以是爲未足，即最豪壯者，詞亦能之。張元幹〔石州慢〕云：『心折。長庚光怒，羣盜縱橫，逆胡猖獗。欲挽天河，一洗中原膏血。兩宮何處，塞垣祇隔長江，唾壺空擊悲歌缺。萬里想龍沙，泣孤臣吳越。』辛棄疾〔水調歌頭〕云，『落日塞塵起，胡騎獵清秋。漢家組練千萬，列艦聳層樓。誰道投鞭飛渡，憶昔鳴髇血污，風雨佛貍愁。季子正年少，匹馬黑貂裘。』〔鷓鴣天〕云：『壯歲旌旗擁萬夫。錦襜突騎渡江初。燕兵夜娖銀胡簶，漢箭朝飛金僕姑。』陸游〔謝池春〕云：『壯歲從戎，曾是氣吞殘虜。陣雲高，狼煙夜舉。朱顏青鬢，擁雕戈西戍。笑儒冠，自來多誤。』諸詞均大聲鏜鞳，激揚壯烈。然就詞之意境韻味論，不及前所引岳飛等三公之作，故詞人所重，在彼而不在此。蓋豪壯激昂之情，宜用於演說時，以激發羣衆一時之衝動，若詩，則所以供人吟詠玩味，三復不厭，而詞體要眇，尤貴含蓄，故雖豪壯激昂之情，亦宜出之以沈緜深摯。以情感性質論，沈摯與豪壯乃精粗深淺之分。豪壯之情，可激於一時之義憤，而沈摯之情，須賴平日之素養。豪壯之情，譬之匹夫之勇，而沈摯之情，則仁者之大勇也。自古忠義之士，愛國家，愛民族，躬蹈百險，艱貞不渝，必賴一種深厚之修養，絶非徒特血氣者所能爲力。最高之文學作品，即在能以精美之辭達此種沈摯之情，若喊口號式之膚淺宣傳文字，殆非所尚。詞中佳作，往往貌似柔婉，中實貞剛。世人論文天祥，每賞其〈正氣歌〉，實則其〔滿江紅〕詞『世態便如翻覆雨，妾身原是分明月』二語，辭婉意決，孤忠大節，盡見於中。若徒能重豪宕之作，遇詞中佳品，視爲柔靡，此非但見其欣賞力之薄弱，亦正見其情感之無修養，只能僨張而不能深摯也。

七 詞體之所以發生

詞體之所以能發生，能成立，則因其恰能與自然之一種境界、人心之一種感情相應合而表之。此種境界，此種感情，永存天壤，則詞即永久有人欣賞，有人試作。以天象論，斜風細雨，淡月疏星，詞境也；以地理論，幽壑清溪，平湖曲岸，詞境也；以人心論，鋭感靈思，深懷幽怨，詞境也。凡詞人及眞有詞之修養者，其表現於爲人及治學，均有特徵。其爲人也，必柔厚芳潔，清超曠逸，無機詐之心，鄙吝之念，如晏幾道仕宦連蹇，而不肯一傍貴人之門，論文自有體，不肯一作新進士語，費資千百萬，家人寒飢，而面有孺子之色，人百負之而不恨，已信人，終不疑其欺己。（黄庭堅[一]〈小山詞序〉）姜夔體貌清瑩，望之若神仙中人，雖内無儋石儲，而每飯必食數人，性孤僻，嘗遇溪山清絶處，縱情深詣，人莫知其所入，或夜深星月滿垂，朗吟獨步，每寒濤朔吹，凜凜迫人，夷猶自若也。（張羽〈白石道人傳〉）皆足以代表詞人之行性。其治學也，必用思靈敏，識解深透，能心知其意，而不滯於迹象。如王國維考據之業，世所推崇，其見解似新奇，實平易，能發千載之秘，而極合於情

[一] 黄庭堅，原作『黄廷堅』

理之自然，其運用證據，靈活確切，其文章爽朗澄潔，引人入勝。考證之文，本易沈悶，而吾人讀《觀堂集林》，則如讀小説，娓娓忘倦。蓋王氏本詞人，其詞極佳，舉〔蝶戀花〕爲例：

百尺朱樓臨大道。樓外輕雷，不問昏和曉。獨倚闌干人窈窕。閒中數盡行人小。一霎車塵生樹杪。陌上樓頭，都向塵中老。薄晚西風吹雨到。明朝又是傷流潦。

王氏用詞意治考證，故能深透明潔，卓越一代。今人頗推尊《人間詞話》[二]，而能欣賞其《人間詞》者已少，能知其用詞意治考證者尤少。然王氏考證之作，精思通神，靈光四射，恰爲其詞才詞意在另一方而之表現。不明此旨，無以深解王氏也。

八　中西詩體比較

再就中西詩體比較論之，尤可説明詞之特性及其地位[三]。中西詩源流不同，發展各異。西洋詩導源希臘，重史詩及劇曲，劇曲之中，尤重悲劇。故亞里士多德詩論惟論史詩與悲劇，於抒情詩，屏棄不道。抒情詩，希臘亦有之，其流甚微，至十四世紀，義大利詩人彼得蘭克出，始漸興。至十八與十九世紀之間，浪漫派文學起，抒情詩含華敷榮，盛極一時。中國詩自古即重抒情。《詩經》中佳篇，多抒情之什。屈宋之作，體裁雖變，亦均抒情。惟漢賦摹寫物象，於抒情爲遠，故其流不暢。魏晉以降之賦，仍返於抒情。六朝五言詩，唐代古近體詩，五代兩宋之詞，莫非抒情之作。即元曲與明

[二] 人間詞話，原作『王間詞話』。

[三] 地位，原作『他位』。

清傳奇，亦不過抒情的劇曲而已。希臘式之史詩與劇曲，中國無之。中國抒情詩特別發達，故因情感之不同，分爲各種體裁，有賦，有古詩、律詩、絶句，有詞，有曲。西洋抒情詩，則無精細之分體，然各種風格情韻，亦均具備。舉英國詩爲例，密爾頓之『樂』與『憂』二詩，似吾國之〈恨賦〉、〈别賦〉。雪萊之〈西風歌〉，似吾國之七古。華茲華茨之商籟體詩，似我國之律詩。白朗甯之戲劇式的抒情詩，似吾國元明清之戲曲。至如濟慈及羅色蒂兄妹之詩，則似吾國之詞。而羅色蒂所作〈生命之屋〉一百零一首，芳悱幽怨，淒迷靈窈，每一吟諷，宛如讀吾國小山、淮海諸小令。蓋感物之情，中西不易。幽約怨悱之情思境界，中國人有之，西洋人亦有之。故中國有詞，西洋亦有濟慈、羅色蒂諸人之詩。惟中國之詞，特立爲一種體裁，枝葉扶疎，發展美盛，西洋未能如此耳。濟慈及羅色蒂兄妹諸人，如生於中國，必爲詞人，可與秦觀、晏幾道、李清照相伯仲，此固可推知者也。

余以上所言，非爲詞宣揚辯護，不過説明此種文學體裁之特性及其地位。余非敢謂天下之美盡在於詞，亦非敢强天下人皆讀詞作詞，然詞在文學中自有其價值，無論他種文學體裁如何演變增益，亦不妨害詞之存在及發展。人心不同，各如其面。生而具精美要眇之情感者，自能與詞相悦以解，視爲安心立命之地。而此種靈思美感，如再加以深厚之修養，施於爲人及治學方面，亦均有卓異之造詣。天下事並行不悖，同歸殊途，詞爲人心物象之一種表現，而達於美與善之一種途徑。斯則本文所論述之要旨已。

遵義《思想與時代月刊》一九四一年一〇月一日第三期

詞學一隅

王西神

《詞學一隅》五則，載南京《民意月刊》一九四一年一二月一五日第二卷第八、九、一〇期合刊，題『詞學一隅』，副題『南方大學校友會講稿』，署『王西神』。原括注『未完』。原有序號、小標題，今仍之。

詞學一隅目録

詞學一隅

一　詞源

聲音之道，感人最深。思動於中，聲發於外，名曰人籟，實本天然。詩詞之作，皆本『長言之不足，則詠歎之』之原理，而自然產生。詩變而爲詞，故詞亦稱『詩餘』。其名雖殊，其源則一。善作詞者，意感偶生，假類畢達，閱載千百，謦欬弗違。讀其篇者，臨淵窺魚，意爲魴鯉。中宵驚電，罔識東西。赤子隨母，笑啼鄉人。伶官登場，緣劇喜怒。其性情爲作者所支配，而不自知。蓋審美之性，人所同具。爲充實其審美之心理，初變爲詞，再變爲曲。至於曲，而美術之組織益工，作亦更難。妙者，只可意會，不可言傳。夫至於不可言傳，而其妙至矣。茲先述詞之大略。

二　詞韻

詞韻與詩韻不同。詩只須講平仄；詞則須講四聲，平上去入之中，且須注意陰陽平；曲則去上亦講陰陽，其限制更嚴。然亦有便易之處，仄聲中去上入可以通押，平聲則東冬不分，魚虞合一。又因其句法之長短，平仄之通假（入可作平），易於逋峭生姿，轉換取巧。又善於運用者，大而經史子集，小而零金碎玉，無不可以入詞。其翻詩入詞者，如吳彥高之〔青衫溼〕云：『南朝千古傷心事，還唱〔後庭花〕。舊時王謝，堂前燕子，飛入人家。恍然在過[一]，天姿勝雪，宮鬢[二]堆鴉。江州司馬，青衫淚濕，同是天涯。』又如『今宵更秉燭，相對如夢寐』，易爲『今宵剩把銀缸照，猶恐相逢是夢中』。其以尋常言語入詞者，爲顧梁汾之記吳薗次語云：『琴酒生來澹蕩人。自宜消得更長貧。不然孤負遠山春。　狗監故應憐犬子，武皇應解妬文君。任他天壤有王孫。』及錢叔美之『人爲傷心纔學佛，花如解語定憐卿』，皆别饒風致。他若以詞代柬，如顧梁汾〈寄吳漢槎〉〔金縷曲〕『季子平安否』之類。以史論入詞者，如文徵明之〈詠宋高宗賜岳飛手勅〉〔滿江紅〕後半闋云：『豈不念，疆圉蹙。豈不念，徽欽辱。念徽欽一返，此身何屬。千載休談南渡錯，當時自怕中原復。笑區區、一檜亦何能，逢其欲。』彈丸脱手，無施不可。故由附庸而蔚爲大國。永學之士[三]，所不廢焉。（普通詞韻，以戈順卿載所著《詞林正韻》爲最可依據。）

三　詞律

詩有古風、律體之分，詞有小令、中調、長調之别。又如〔醉太平〕、〔戀繡衾〕、〔八六子〕等平調，韻上之仄聲字，必須用去聲。仄聲調中，如〔秋宵吟〕、〔清商怨〕、〔魚遊春水〕等調，宜用上聲韻。〔玉樓春〕、〔菊花新〕、〔翠樓吟〕等調，宜用去聲韻。〔壺中天〕、〔琵琶仙〕、〔惜紅

[一] 在過，《全金元詞》作『一夢』。
[二] 鬢，《全金元詞》作『髻』。
[三] 永學之士，疑當作『績學之士』。

衣〕、〔淡黄柳〕、〔悽涼犯〕、〔暗香〕、〔疏影〕等調，宜用入聲韻。乃其宫調如是，不可紊也。又〔花犯〕用去上聲最嚴，〔憶舊遊〕結句，必須用平平去入平去平。又令引近慢之分，犯調之集曲，以及暗韻、襯字等等，皆須時時繙閲萬紅友《詞律》及宋名家詞，自能領悟。

四　詞派

古文有桐城、陽湖二派，詩有唐宋之界，詞亦有西江、浙江、常州派之别。此以地言之也。以人言之，則周清真之詞渾厚，辛稼軒之詞豪壯，王碧山之詞濕婉，吴夢窗之詞穠摯；周止庵謂之四家。學者從止庵之説入手，最爲純正。

五　詞史

詩詞皆切戒無謂而作。弄月吟風，言之無物，雖不作可也。詩有詩史，如杜陵之〈兵車行〉、〈石壕吏〉，白樂天之新樂府，吴梅村之〈圓圓曲〉、〈永和宫詞〉之類。詞亦有詞史。詞至於史，而其道始尊。故此篇特詳言之。

自來亡國之痛，無過於宋。海島崎嶇，孤舟飄泊，崖山之投，並一塊肉而不得保。又如北宋之末，二聖蒙塵，后妃嬪女，悉爲敵虜，且註明其等第價格，以作賠款之償。帝王末路，至此止矣。故天水遺民，傷懷君國，其調悉多寄託。《樂府補題》之詠白蓮，白蓮者，伯顔也；龍涎香，指謝太后也；蟬，指王清惠也。

王碧山〔高陽台〕後半闋云：『江南自是離愁苦，况遊驄古道，歸雁平沙。怎得銀箋，殷勤與說年華。如今處處生芳草，縱憑高、不[一]見天涯。更消他。幾度東風，幾度飛花。』傷君臣晏安，不思國恥，天下將亡也。〈詠落葉〉云：『渭水風生，洞庭波起，幾番秋杪[二]。想重崖半沒，千峯盡出，山[三]中路、無人到。』慨崖山之事也。〈詠螢〉云：『漢苑飄苔[四]，秦陵墜葉，千古淒涼不盡。何人爲省。但隔水餘輝，傍林殘影。』曰『餘輝』，曰『殘影』，指帝昺也。〈詠蟬〉云：『短夢深宮，向人猶自訴憔悴』，指全太后祝髮爲尼也。又云：『病葉難留，纖柯易老，空憶斜陽身世。窗明月碎。甚已絕餘音，尚遺枯蛻。鬢影參差，斷魂清鏡裏。』指王昭儀改裝女冠也。

姜白石〔暗香〕、〔疎影〕二首，用王昭君事，指徽、欽之出狩也。辛稼軒〈書江西造口壁〉〔菩薩蠻〕調云：『鬱孤台下清江水。中間多少行人淚。西北是長安。可憐無數山。青山遮不住。畢竟東流去。江晚正愁予。山深聞鷓鴣。』蓋南渡之初，金人追隆祐太后御舟，至造口，不及而還。稼軒因此起興，『鷓鴣』之句，謂恢復行不得也。德祐太學生有〔百字令〕詞云：『半隄花雨。對芳辰消遣[五]，無奈情緒。春色尚堪描畫在，萬紫千紅塵土。』謂衆宮女行也。『鵑促歸期，鶯收佞舌，燕作留人語。』謂朝士去，臺官默，僅太學上書也。『繞闌紅藥，韶華留此孤主。』謂只陳

[一] 不，原脱，據《全宋詞》補。
[二] 杪，原作『秒』，據《全宋詞》改。
[三] 山，原作『由』，據《全宋詞》改。
[四] 苔，原作『茗』，據《全宋詞》改。
[五] 遣，原作『遺』，據《全宋詞》改。

宜中在也。『真個恨殺東風，幾番過了，不似今番苦。』謂賈似道也。『樂事賞心磨滅盡，忽見飛書傳羽。』謂北軍至也。『湖水湖烟，峯南峯北，總是堪傷處。新塘楊柳，小腰猶是[二]歌舞。』謂賈妾也。

江陰蔣鹿潭，生丁洪楊之亂，所作《水雲樓詞》，多可備詞史。如〈踏莎行〉〈癸丑三月賦〉云：『疊砌苔深，遮窗松密。無人小院纖塵隔。斜陽雙燕欲歸來，卷簾錯放楊花入。　蝶怨香遲，鶯嫌語澀。老紅吹盡春無力。東風一夜轉平蕪，可憐愁滿江南北。』記金陵失陷，及江南大營之事也。

近人桂林王半塘詞集中，有〈鷓鴣天〉〈詠史〉數闋，皆詠光緒朝政。如：『卅載龍門世共傾。腐儒何意占狂名。武安私第方稱壽，臨賀嚴裝促辦行。　驚割席，憶橫經。天涯明日是春城。上尊未拜官家賜，頭白江湖號更生。』言翁同和生日獲譴事也。又〈浣谿沙〉〈題畫馬〉云：『苜蓿闌干滿上林。西風殘秣獨沉吟。遺台何處是黃金。　空闊已無千里志，馳驅枉抱百年心。夕陽山影自蕭森。』〈鷓鴣天〉〈詠燭〉云：『百五韶光雨雪頻。輕烟惆悵漢宮春。祇應憔悴西窗底，消受觀書老去身。　花影暗，淚痕新。郢書燕說向誰陳。不知餘蠟堆多少，孤泣曾無一擲人。』一自慨，一諷世。詠物詞須有寄託，正當以此等詞爲法。

庚子拳匪之變，半塘與朱古微等，坐困圍城，日以填詞自遣。所作《庚子秋詞》，多記當時之事，如〈紅葉〉，詠珍妃也；文廷式〈金縷曲〉〈別擬西洲曲〉一首，中有『怨君王、已失苕華玉』

[二] 是，《全宋詞》作『自』。

句，亦指珍、瑾二妃言。珍、瑾，姊妹花也。

南京《民意月刊》一九四一年一二月一五日第二卷第八、九、一〇期合刊

詞客詞話

詞客

《詞話》七四則，載北平《三六九畫報》一九四二年一月二十九日第一三卷第九期第二三八號起，訖六月一六日第一五卷第一四期第二七八號。題『詞話』，第九期署『詞人』，第一〇期起迄第一五卷第一四期，署『詞客』；第一三卷第一一期題『李清照詞論』，無署名。今據此合而爲一，改題《詞客詞話》。原無序號、小標題，今酌加。《三六九畫報》係淪陷區北平漢奸刊物，該詞話爲捃拾鈔襲《詞苑叢談》等書而成者，今錄以備考。

詞客詞話目錄

詞客詞話

一　詞韻

毛奇齡言，詞本無韻，今創爲韻，轉失古意。每見宋人詞，有以方音爲叶者，如黄魯直『惜餘歡』，『閣、合』同押；林外〔洞仙歌〕，『鎖、考』同押；曾覿『釵頭鳳』，『照、透』同押；劉過〔轆轤金井〕[一]，『溜、倒』同押；吴夢窗〔法曲獻仙音〕，『冷、向』同押；陳允平〔水龍吟〕，『草、驟』同押。遂疑毛氏所言，或亦不無依據。初學詞，每於入聲韻，率爾臆押，未及檢閲韻書，以故篇中落腔處，層見迭出。癸亥春間，曾以所爲行卷，謁彊村翁，翁因言，詞韻向無專書，宋《菉斐軒詞韻》，今已失傳。坊間所見《詞林要均》，題爲『菉斐軒刊本』者，係後人僞托。因無入聲一部，是爲北曲韻書，非詞韻，明也。其他韻書，詳略不同，寬嚴互異，並難依據。宜以戈氏《詞林正韻》四印齋刊本爲定本。方今坊間詞韻，名目繁多，習者不慎，易中其病。余故特揭彊翁之言，以爲初學津逮焉。

[一] 轆轤金井，原作『轆轤井』，據《全宋詞》改。

淳安邵次公，曾向余言：蕙翁往昔所作，及應酬熟調，有極流暢婉美，盡情達意者。《餐櫻詞》〔燭影揺紅〕、〔高陽台〕等篇是。餘則頗有窘澀之病，蓋爲四聲所束也。

北平《三六九畫報》一九四二年一月二九日第一三卷第九期第二三八號

二　蕙翁詞

三　張志和

唐人張志和，自稱烟波釣徒，嘗作〔漁歌子〕一詞，極能道漁家之事。詞云：『西塞山前白鷺飛。桃花流水鱖魚肥。青箬笠，緑蓑衣。斜風細雨不須歸。』今樂章一名〔漁父〕，即此調也。

按，朱竹坨《詞綜》卷一引黄道直云：『有遠韻。』；《新唐書》卷一七六云：『張志和，字子同，婺州金華人，……母夢楓生腹上而產。志和十六年擢明經，策于肅宗，特見賞重，命待詔翰林；授左金吾衛録事參軍。後坐事貶南浦尉。會赦還，以親既喪，不復仕。居江湖，自稱烟波釣徒。著《玄真子》，亦以自號。……每垂釣，不設餌，志不在魚也。』

又《武昌府志》記大冶縣東九十里，爲道士洑，即西塞山。《水經》云：『壁立千仞，東北對黄公九磯，故名西塞。』横絕江流，漩渦拂激。舟人過之，每爲失色。未知志和垂釣，即在其地否也。

四　後唐莊宗

唐主嘗製小詞云：『曾宴桃源深洞。一曲舞鸞歌鳳。長記別伊時，和淚出門相送。如夢。如夢。殘月落花烟重。』此莊宗自度曲也。

案，後唐莊宗以絕代之才，奮撲朱梁，五季時威烈之盛，殆無與倫比者。惜晚景不良，『一夫夜呼，亂者四應，倉皇東出，未見賊而士卒離散』，爲可哀耳。雖然，史稱其『既好俳優，又知音，能度曲。至今汾晉之俗，往往能歌其聲，謂之御製者，皆是也。』（見《新五代史》〈伶官傳〉）則其有文事而能武備，賢於南唐後主遠矣。

五 〔憶仙姿〕

《古今詞話》云：『後唐莊宗修內苑，掘得斷碑，中有三十二字，莊宗使樂工入律歌之，名曰〔宴桃源〕，一名〔憶仙姿〕。』故竹垞《詞綜》尚標題〔憶仙姿〕云。

六 韋莊〔謁金門〕

韋莊寓蜀，有美姬，善詞翰，王建托以教內人，强奪去，莊賦〔謁金門〕云：『空相憶。無計得傳消息。天上嫦娥人不識。寄書何處覓。新睡覺來無力。不忍把伊書跡。滿院落花春寂寂。斷腸芳草碧。』姬聞之，不食死。

北平《三六九畫報》一九四二年二月三日第一三卷第一〇期第二三九號

七 李清照〈詞論〉

唐開元、天寶間，李八郎者，能歌，擅天下。時新及第進士，開宴曲江。榜中一名士，先召李，使易服隱姓名，衣冠故敝，精神慘沮。與之宴所，曰：『表弟願與坐末。』衆皆不顧。既酒行樂作，歌者進，以曹元謙、念奴〔一〕爲冠。歌罷，衆皆咨嗟稱賞。名士忽指李曰：『請表弟歌。』衆皆哂，或有怒者。及轉喉發聲歌一曲〔二〕，衆皆泣下，起曰：『此必李八郎也。』自後，《鄭》、《衛》聲熾，流靡煩變。有〔菩薩蠻〕、〔春光好〕、〔莎鷄子〕、〔更漏子〕、〔浣溪沙〕、〔夢江南〕、〔漁父〕等詞，不可徧舉。五代時，江南李氏獨尚文雅，有『小樓吹徹玉笙寒』之句，及『吹皺一池春水』，語雖甚奇，所謂『哀以思』也。本朝柳屯田（永），變舊聲作新聲，出《樂章集》，大得聲稱於世。雖協音律，而詞語塵下。又有張子野、宋子京兄弟、沈唐、元絳、晁次膺輩繼出，雖時時有妙語，而破碎何足名家。至晏丞相、歐陽永叔、蘇子瞻，學際天人，作爲小歌詞，直如酌蠡水於大海，然皆句讀不葺之詩耳。又往往不協音律。蓋詩文分平側，而歌詞分五音，又分六律，又分清濁輕重。且如近世所謂〔聲聲慢〕、〔雨中花〕、〔喜遷鶯〕，既押平聲，又押入聲。〔玉樓春〕本押平聲〔三〕，又押上去聲，又押入聲。其本押側韻者，如押上聲則協〔四〕，押入聲則不可通矣〔五〕。王介甫、曾子固，文章似西漢，若作小歌詞，則人必絕倒，不可讀也。乃知詞別是一家，知之者少。後晏叔原、賀方回、秦少游、黃魯直

〔一〕曹元謙念奴，原作『曹元念』，據《苕溪漁隱叢話》後集卷三三改。
〔二〕歌一曲，原作『一曲』，據《苕溪漁隱叢話》後集卷三三改。
〔三〕本押平聲，原作『平聲』，據《苕溪漁隱叢話》後集卷三三改。
〔四〕如押上聲則協，原作『如本上聲協』，據《苕溪漁隱叢話》後集卷三三改。
〔五〕不可通矣，《苕溪漁隱叢話》後集卷三三作『不可歌矣』。

出，始能知之。而晏苦無鋪叙，賀苦少典重，秦少游專主情致，而少故實，譬如貧家美女，雖極妍麗豐逸，而終乏富貴態。黄即尚故實，而多疵病，譬如良玉有瑕，價自減半矣。

北平《三六九畫報》一九四二年二月六日第一三卷第一一期第二四〇號

八 〔長命女〕

南唐宰相馮延巳，有樂府一章，名〔長命女〕云：『春日宴。綠酒一盃歌一遍。再拜陳三願。一願郎君千載，二願妾身長健。三願如梁上燕。歲歲長相見。』其後，有以其詞改爲〔雨中花〕云：『我有五重深深願。第一願、且圖久遠。二願恰似雕梁雙燕。歲歲後[一]長相見。三願薄情相顧戀。第四願、永不分散。五願奴留收園結果，做人家宅院[二]。』馮公之詞，典雅豐容，雖置在古樂府，可以無愧。一遭俗子竄易，不惟意句重複，而鄙惡甚矣。

九 南唐詞

按，馮延巳，字正中，新安人，事南唐爲左僕射，有《陽春錄》一卷，陳世修序之云：『思深詞麗，韻逸調新。』馬令《南唐書》云：馮延巳嘗作〔謁金門〕：『風乍起。吹皺一池春水。閒引鴛

[一] 後，《能改齋漫錄》卷一七作『得』。

[二] 『五願』二句，《能改齋漫錄》卷一七作『五願奴歌收因結果，做個大宅院。』

鴦芳徑裏。手挼紅杏蘂。　鬥鴨欄干獨倚。碧玉搔頭斜墜。終日望君君不至，舉頭聞[一]雀喜。』元宗（南唐中主）戲云：『吹皺一池春水，干卿底事。』對曰：『未若[二]陛下「細雨夢回鷄塞遠，小樓吹徹玉笙寒」也。』蓋中宗嘗有〔山花子〕云：『菡萏香消翠葉[三]殘。西風愁起綠波間。還與韶光共憔悴，不堪看。　細雨夢回雞塞遠，小樓吹徹玉笙寒。多少淚珠何限恨，倚欄干。』此蓋元宗手寫〔攤破浣溪沙〕賜樂部王感化者。情致如許，不愧爲叔寶後身也。

一〇　〔醉粧詞〕

蜀主衍裏小巾，其尖似錐，宮妓多衣道服，簪蓮花冠，施胭脂夾臉，號醉粧。衍作〔醉粧詞〕云：『這邊走。那邊走。只是尋花柳。那邊走。這邊走。莫厭金盃酒。』

北平《三六九畫報》一九四二年二月九日第一三卷第一二期第二四一號

一一　李後主〔玉樓春〕

李後主宮中未嘗點燭，每至夜，則懸大寶珠，光照一室，如日中。嘗賦〔玉樓春〕詞云：『晚歌初了明肌雪。春殿嬪娥魚貫列。笙簫吹斷水雲間，重按〔霓裳〕歌遍徹。　臨春誰更飄香屑。

[一] 聞，原脱，據《全唐五代詞》補。

[二] 若，原作『苦』。馬令《南唐書》二一作『如』。

[三] 葉，原作『叫』，據《全唐五代詞》改。

醉拍闌干情未切。歸時休放燭花紅，待踏馬蹄清夜月。』

一二　小周后

《南唐書》載，後主繼室周后，即昭惠后[一]之妹也。昭惠感疾，后嘗在禁中，先與後主私，後主作〔菩薩蠻〕云：『花明月暗飛輕霧。今宵好向郎邊去。剗襪步香階。手提金縷鞋。　畫堂南畔見。一晌偎人顫。奴爲出來難。教郎恣意憐。』此詞遂傳播於外，已而納后，大宴羣臣，韓熙載以下皆爲詩諷，後主不之譴。

一三　〔洞仙歌〕本事

《漫叟詩話》云：楊元素作《本事曲》記〔洞仙歌〕：『冰肌玉骨，自清涼無汗。水殿風來暗香滿。繡簾開、一點明月窺人，人未寢，欹枕釵橫鬢亂。　起來攜素手，庭戶無聲，時見疏星渡河漢。試問夜如何，夜已三更，金波淡、玉繩低轉。細屈指、西風幾時來。又不道、流年暗中偷換。』錢塘有老尼，能誦後主詩首章兩句，後人爲足其意，以填[二]其詞。余嘗見一士人誦全篇云：〔玉樓春〕：『冰肌玉骨清無汗。水殿風來暗香滿。簾開明月獨窺人，依枕釵橫雲鬢亂。　起來瓊戶悄無聲，時見疏星渡河漢。屈指西風幾時來，只恐流年暗中換。』東坡序云：僕七歲時，見眉州老尼，姓朱，

[一] 昭惠后，原作『照惠后』，據下文改。
[二] 填，原作『慎』，據《宋詩話輯佚》本《漫叟詩話》改。

忘其名。年九十餘，自言嘗隨其師入蜀主[一]孟昶宫中。一日，大熱，主與花蕊夫人避暑摩訶池上。作一詞，朱具能記。今四十年，朱已死矣，人無有知此詞者。獨記其首兩句云：『冰肌玉骨，自清涼無汗。』夏日尋味，豈〔洞仙歌〕[二]乎。乃爲足之。

一四　花蕊夫人

蔡絛[三]《鐵圍山叢談》[四]云：花蕊夫人，蜀王建妾，號小徐妃者也。後主王衍歸唐，半途遇害。及孟氏再有蜀，傳孟昶又有一花蕊夫人費氏，作宫詞者也，後隨昶歸宋。十日，召花蕊入宫，而昶遂死。昌陵（即宋太祖）後亦惑之。晉邸屢諫，昌陵不聽。一日，從獵苑中，晉邸方調弓矢，引滿擬獸。忽迴射花蕊，一箭而死。

北平《三六九畫報》一九四二年二月一三日第一三卷第一三期第二四二號

一五　浣衣女

張泌仕南唐，爲内史舍人，初與鄰女浣衣相善，作〔江城子〕詞云：『浣花溪上見卿卿。眼波

[一] 主，原作『王』，據《全宋詞》改。下一『主』字同。
[二] 洞仙歌，《全宋詞》作『洞仙歌令』。
[三] 絛，原作『條』。
[四] 鐵圍山叢談，原作『鐵園山叢談』。

明。黛眉輕。高綰綠雲，低簇小蜻蜓。好是向他來得麼，和笑道，莫多情。後經年不復相見，張夜夢之，寄絕句云：『別夢依依到妾家，小廊回合曲廊斜。多情只有春庭月，猶爲離人照落花。』

北平《三六九畫報》一九四二年二月一三日第一三卷第一三期第二四二號、一九日第一三卷第一五期第二四四號

一六　陶穀〔風光好〕

宋遣陶穀使江南，李獻以書抵韓熙載曰：『五柳公驕甚，其善待之。』穀至，果如李言。熙載謂所親曰：『陶非端介，其守可墜，當使諸君一笑。』因令歌姬秦弱蘭，衣敝衣爲驛卒女，穀見而喜，遂與私。作長短句而贈之。明日，主宴客，穀凜然不可犯。主持觥立命弱蘭，出歌所贈之曲以侑，穀大慚而罷。詞名〔風光好〕云：『好姻緣。惡姻緣。衹得郵亭一夜眠。別神仙。　琵琶撥盡相思調。知音少。再把鸞膠續斷絃。是何年。』

北平《三六九畫報》一九四二年二月一九日第一三卷第一五期第二四四號

一七　晏元獻

『一曲新詞酒一杯。去年天氣舊亭台。夕陽西下幾時回。　無可奈何花落去，似曾相識燕

歸來。小園香徑獨徘徊。』此晏[一]元獻殊〔浣溪沙〕〈春恨〉詞也。初，元獻赴杭州，道過維揚，憩大[二]明寺，瞑目徐行，使吏誦壁間詩，戒其勿言姓名。終篇者無幾，又別誦一詩云：『水調隋宮曲，當年亦九成。哀音已亡國，廢沼尚留名。儀鳳終陳迹，鳴蛙只廢聲。凄涼不可聽，看日背蕪城。』徐問之，乃江都尉王琪所作。召至同飲，又同遊池上[三]，春晚，已有落花，晏云：『每得句，或彌年未嘗强對，且如「無可奈何花落去」，至今未能也。』王應聲曰：『何不云「似曾相識燕歸來」。』晏大喜，由是辟置館職。

按竹垞《詞綜》晏殊[四]小傳云：『景祐二年同進士出身，康定間，拜集賢殿學士，卒贈司空，謚元獻。』又引晁無咎云：『元獻不蹈襲人語，而風調閑雅，如「舞低楊柳樓心月，歌盡桃花扇底風」，知此人不住三家村也。』又引劉貢父云：『元獻尤喜馮延巳歌詞，其所自作，亦不減延巳。』蓋此公非不爲綺語者。《詞苑叢談》三載，其子晏叔原[五]見蒲傳正，云：『先公平日小詞雖多，未嘗作婦人語。』傳正曰：『「綠楊芳草長亭路。年少拋人容易去」，豈非婦人語乎。』晏曰：『公謂年少爲何語。』傳正曰：『豈不謂其所歡乎。』晏曰：『因公云言，遂悟樂天詩兩句云，「欲言年少待富貴，富

[一] 晏，原作『宴』。
[二] 大，原作『太』。
[三] 同遊池上，原作『同池遊上』。
[四] 晏殊，原作『四珠』。
[五] 晏叔原，原作『晏叔』，據《詞苑叢談》補。

貴不來年少去。」』傳正笑而悟。雖然，此勉强語也。

北平《三六九畫報》一九四二年二月二三日第一三卷第一六期第二四五號

一八　宋子京

宋子京過繁台街，逢内家車子，有褰簾者曰：『小宋也。』子京歸，遂作〔鷓鴣天〕一詞曰：『畫轂雕鞍狹路逢。一聲腸斷綉簾中。身無彩鳳雙飛翼，心有靈犀一點通。　金作屋，玉爲籠。車如流水馬游龍。〔二〕劉郎已恨篷山遠，更隔篷山一萬重。』此詞傳唱都下，達於禁中。仁宗知之，問内人第幾車子，何人呼『小宋』。有内人自陳：『頃侍御宴，見宣翰林學士，左右内臣曰：「小宋也。」時在車子中偶見之，呼一聲爾。』上召子京，從容語及。子京惶懼無地，上笑曰：『蓬山不遠。』因以内人賜之。

一九　碧牡丹

《道山清話》云：晏元獻〔三〕爲京兆，辟張先爲通判。新納侍兒，公甚屬意。每子野來，即令歌子野詞侑觴。其後，王夫人不容，出之。子野因作『碧牡丹』，令營妓歌之：『步障搖紅綺。曉月墮沉烟砌。緩板香檀，唱徹伊家新制。怨入眉頭，斂黛峯橫翠。芭蕉寒，雨聲碎。　鏡華翳，閑照孤〔三〕鸞戲。思量去時容易。鈿合瑤釵，至今冷落輕棄。望極藍橋，但暮雲千里。幾重山，幾重水。』晏

〔二〕『車如』句，原闕，據《全宋詞》補。
〔三〕晏元獻，原作『晏文獻』。
〔三〕孤，原作『狐』，據《全宋詞》改。

讀至末句，憮然曰：『人生行樂耳，何自苦如是。』即支錢贖取侍兒，夫人亦不復誰何。

二〇　梅聖俞、林逋

梅聖俞在歐陽公座，有以林逋〈草詞〉『金谷年年，亂生芳草誰爲主』爲美者，聖俞因別爲〈蘇幕遮〉一詞云：『露堤平，烟墅杳。亂碧萋萋，雨後江天曉。獨有庾郎年最少。窣地春袍，嫩色宜相照。　接長亭，迷遠道。堪怨王孫，不記歸來早。落盡梅花春又了。滿地殘陽，翠色和烟老。』按《宋史》〈林逋傳〉云：字君復，杭州錢塘人，結廬西湖之孤山，二十年足不及城市。善爲詩，其詞澄浹峭特，多奇句，既就稿，隨即去之。或曰：『何不錄以示後世。』逋曰：『吾方晦迹林壑，且不錄以詩名一時，況後世乎。』然於事者[一]往往竊記之，今所傳尚三百餘篇。』然林逋臨終爲詩，有『茂陵他日求遺稿，幸喜曾無封禪書』之句，則亦避世者流耳。夫梅妻鶴子，可謂高風千古矣。乃其〈長相思〉〈惜別〉詞云。[二]

北平《三六九畫報》一九四二年二月二六日第一三卷第一七期第二四六號

二一　毛澤民

東坡守杭時，毛澤民爲法曹，公以衆遇之。而澤民與妓瓊芳者善。秩滿辭去，作〈惜分飛〉詞

[一] 於事者，疑當作『於好事者』。

[二] 下闕，待訪。

以贈妓云：『淚濕闌干花著露。愁到眉峰碧聚。此恨平[一]分取。更無言語。空相覷。細雨殘雲無意諸。寂寞朝朝暮暮。今夜山深處。斷魂分付。潮回去。』東坡一日宴客，聞妓歌此詞，問誰所作。嘆曰：『郡僚有詞人，而不及知，某之罪也。』折簡[二]追回，歎洽數月。

北平《三六九畫報》一九四二年三月三日第一四卷第一期第二四七號、三月六日第二期第二四八號

二三　蘇子瞻〔賀新凉〕

蘇子瞻倅杭日，府僚高會湖中，羣妓畢集。有秀蘭者，後至，府僚怒其來遲，云：『必有私事。』秀蘭含淚力辯，子瞻亦爲之解，終不釋然也。適梅花盛開，秀蘭以一枝藉手厥座中，府僚愈怒，責其不恭，秀蘭進退無據。子瞻乃作一曲，名〔賀新凉〕云：『乳華飛華屋[三]。悄無人、槐[四]陰轉午，晚凉新浴。手弄生綃白團扇，扇手一時似玉。漸困倚、孤眠清熟。簾外誰來推繡戶，枉教人、夢斷瑤臺曲。又卻是，風敲竹。石梅半吐紅巾蹙。待浮花、浪蕊都盡，伴君幽獨。穠豔一枝細看取，芳意

[一] 平，原作『乎』，據《全宋詞》改。
[二] 折簡，原作『析簡』。
[三] 華屋，原作『座』，據《全宋詞》改。
[四] 槐，原作『愧』，據《全宋詞》改。

千重似束[一]。又恐被、秋[二]風驚綠。若待得君來向此，花前對酒不忍觸。共粉淚，兩簌簌。』令秀蘭歌以侑觴，聲容絕妙，府僚大悅，劇飲而罷。

北平《三六九畫報》一九四二年三月六日第一四卷第二期第二四八號

二三　燕子樓詞

東坡夜登燕子樓，夢盼盼，因作〔永遇樂〕，詞云：『明月如霜，好風似水，清景無限。曲港跳魚，圓荷瀉露，寂寞無人見。紞如五鼓，鏗然一叶，黯黯夢雲驚斷。夜茫茫，重尋無覓處，覺來小園行遍。天涯倦客，山中歸路，望斷故園心眼。燕子樓空，佳人何在，空鎖樓中燕。古人如夢，何曾夢覺，但有舊歡新怨。異時對、南樓夜景，爲誰浩歎。』

二四　秦少游〔踏莎行〕

秦少游〔踏莎行〕：『霧失樓台，月迷津渡。桃源望斷無尋處。可堪孤館閉春寒，杜鵑聲裏斜陽暮。驛寄梅花，魚傳尺素。砌成此恨無重數。郴江幸自繞郴山，爲誰流下瀟湘去。』趙甌北《陔餘叢考》[三]引《野客叢書》云：秦少游南遷至長沙，有妓生平酷愛秦學士詞。至是，知其爲少

[一] 束，原作『來』，據《全宋詞》改。
[二] 秋，原作『社』，據《全宋詞》改。
[三] 陔餘叢考，原作『陔叢考』。

游，請於母，願托以終身。少游贈詞，即所謂〔踏莎行〕者是也。念時事嚴切，不敢同往貶所。及少游卒於藤，喪還至長沙，妓先一日得諸夢，即逆諸途，祭畢，歸而自縊。夫以逐客，而又暮年，然又有少女爲之死焉，此不足覽其文采耶。

北平《三六九畫報》一九四二年三月九日第一四卷第三期第二四九號

二五　朝雲

朝雲，姓王氏，錢塘名妓也。蘇子瞻官錢塘，絕愛幸之，納爲侍妾。朝雲初不識字，既事子瞻，遂學書，粗有楷法。又學佛，亦通大義。子瞻貶惠州，家伎多散去，獨朝雲依依嶺外，子瞻甚憐之。贈之詩云：『不似楊柳別樂天，却如通德伴伶元。阿奴絡秀不同老，天女維摩總解禪。經卷藥爐新活計，舞衫歌扇舊因緣。丹成逐我三山去，不作陽台雲雨仙。』未幾，朝雲病且死，誦《金剛經》四句偈而絕。葬惠州棲禪寺松下，子瞻作〈詠梅〉〔西江月〕以悼之曰：『玉骨那愁瘴霧，冰肌自有仙風。海仙時遣探芳叢。倒掛綠毛么鳳。　素面翻嫌粉涴，洗粧不褪唇紅。高情已逐曉雲空。不與梨花同夢。』

二六　柳三變

吳曾《能改齋漫錄》云：宋仁宗留意儒雅，深斥浮艷虛華之文。初，進士柳三變，好爲淫冶謳歌之曲，嘗有〔鶴沖天〕詞云：『黃金榜上〔一〕。偶失龍頭望。明代暫遺賢，如何向。未遂風雲便，

〔一〕上，原脱，據《全宋詞》補。

爭不恣狂蕩。何必論得喪。才子詞人，自是白衣卿相。　烟花巷陌，依約丹青屏障。幸有意中人，堪尋訪。且恁偎紅翠，風流事、平生暢。青春都一晌。忍把浮名，換了淺斟低唱。』柳後改名永，景祐元年，方及第。柳永詞中有『忍把浮名，換了淺斟低唱』之句，及臨軒放榜日，人爲語曰：『且去淺斟低唱，何要浮名。』此雖輕之，實則重之。故葉少藴云：『嘗見一西夏歸[一]朝官曰：凡有井水飲處，即能歌柳詞。』如此盛譽，不足抗衡東坡耶。

北平《三六九畫報》一九四二年三月一三日第一四卷第四期第二五〇號

二七　〈贈衡陽妓陳湘〉

客[二]嘗有〈驀山溪〉〈贈衡陽妓陳湘〉云：『鴛鴦翡翠，小小思珍偶。眉黛斂秋波[三]，儘湖南、山明水秀。娉娉嫋嫋，恰近十三餘，春未透。花枝瘦。正是愁時候。　尋芳載酒。肯落他人後。只恐晚歸來，綠成陰、青梅如豆。心期得處，每自不由人，長亭柳。知君否。千里空回首。』陳后山甚愛此詞，以爲少游弗如也。

北平《三六九畫報》一九四二年三月一六日第一四卷第五期第二五一號

[一] 歸，原作『婦』，據《石林避暑録話》卷三改。
[二] 客，原作『容』。
[三] 波，原作『談』，據《全宋詞》改。

二八　戒酒

山谷云：『老夫既戒酒不飲，遇宴集，獨醒其傍。坐客欲得小詞，援筆爲賦。』《能改齋漫録》以爲是晁無咎，非也。調寄〔西江月〕曰：『斷送一生惟有，破除萬事無過。遠山微雲蘸横波。不飲傍人笑我。　花病等閒醜惡，春來沒個遮攔。杯行到手莫留殘。不道月明人散。』蓋用韓詩『斷送一生惟有酒』、『破除萬事無過酒』也。陳後山評之曰：『纔去一字，才爲切對，而語益峻。』信然。

北平《三六九畫報》一九四二年三月一六日第一四卷第五期第二五一號、一九日第六期第二五二號

二九　張文潛

《苕溪漁隱叢話》：張文潛（耒[一]）官許州，喜營妓劉淑奴，作〔少年游〕云：『含羞倚醉不成歡，纖手掩香羅。偎花映燭，偷傳深意，酒思入横波。　看朱成碧心迷亂，翻脉脉，斂雙蛾。相見時稀隔別多。又春盡，可奈何。』又爲〔秋蕊香〕：『簾幙疎疎風透。一線[二]香飄金獸。朱闌依遍[三]

〔一〕耒，原作『來』。

〔二〕線，原作『綿』，據《全宋詞》改。

〔三〕遍，原作『過』，據《全宋詞》改。

黄昏後。廊上月華[一]如畫。別離滋味濃似酒。着人瘦。此情不及牆東柳。春色年年依舊。』元祐諸公，皆有樂府，張所存固少，然味其句意，不在諸公下也。

北平《三六九畫報》一九四二年三月一九日第一四卷第六期第二五二號、二三日第七期第二五三號

三〇　紫竹

大觀中，有紫竹者，工詞，善諧謔。恆謂天下無其偶。嘗遊於野，與秀才方喬遇，喬晝夜思之，見賣美人圖者，輒取視，冀有似者，竟不可得。一日，遇一道士，持古鏡，謂曰：『子之用心，誠通神明，吾有純陽古鏡，今以奉贈，至陰之氣，留影不散，試使人照之，即得其貌矣。然後令畫工圖之。』又戒喬，不可照日，恐飛入日宮。喬如言達意，遂得以詩詞往來，紫竹欣然而受。後其父稍有所聞，遂召喬，以紫竹妻焉。今錄其〔玉樓春〕〈贈紫竹〉云：『綠陰撲地鶯聲近。柳絮如棉烟草襯。雙鬟玉面碧窗人。一彎銀鉤春鳥信。　佳期遠卜清秋夜。梧桐梢頭明月掛。天公若解此情深，此歲何須三月夏。』蓋佳期將近所作也。

北平《三六九畫報》一九四二年三月二三日第一四卷第七期第二五三號

[一] 華，原作『筆』，據《全宋詞》改。

三一　賀方回〔青玉案〕

賀方回嘗作〔青玉案〕詞云：『凌波不過横塘路。但目送、芳塵去。錦瑟華年誰與度。月台花榭，瑣窗朱戶。惟有春知處。　碧雲冉冉蘅皋暮。綵筆新題斷腸句。試問閑愁都幾許。一川煙草，滿城風絮。梅子黄時雨。』山谷最稱之，有云：『解道江南斷腸句，世間唯有賀方回。』

北平《三六九畫報》一九四二年三月二六日第一四卷第八期第二五四號

三二　方回〔石州引〕

方回眷一姝，别久，姝寄詩云：『獨倚危欄淚滿襟，小園春色懶追尋。深恩縱似丁香結，難展芭蕉一寸心。』方回用所寄詩成〔石州引〕（按，〔石州引〕一作〔柳色黄〕，見《能改齋漫錄》）云：『薄雨催寒，斜照弄晴，春意空闊。長亭柳色纔黄，遠客一枝先折。烟横水際，映帶幾點歸鴉，東風銷盡龍沙雪。還記出門來，恰而今時節。　將發。畫樓芳酒，紅淚清歌，頓成輕别。已是經年，杳杳音塵都絶。欲知方寸，共有幾許清愁，芭蕉不展丁香結。枉望斷天涯，兩厭厭風月。』

北平《三六九畫報》一九四二年三月二六日第一四卷第八期第二五四號、二九日第九期第三五五號

三三　賀梅子

《詞苑叢談》三引周少隱云：方回有『梅子黄時雨』之句，人謂之『賀梅子』。方回寡髮〔一〕，郭功甫指其髻曰：『此真賀梅子也。』

三四　蔡京

宋蔡京既南遷，中路有旨，取所寵姬慕容、邢、武等三人，以金人指名來索也。京作詩云：『爲愛桃花三樹紅，年年歲歲惹春風。如今去逐他人手，誰復尊前念老翁。』行至潭〔二〕州，賦〔西江月〕云：『八十一年住世，四千里外無家。如今流落向天涯。夢到瑶池闕下。　玉殿五回論〔三〕相，彤庭幾度宣麻。止因貪戀此榮華。便有如今事也。』遂窮餓以死。門人醵金葬之。老姦到頭，狼狽至此，可快，亦復可憐。

按，《詞苑叢談》云：京死時，年止八十，（此云八十一）必惡之者托名爲之也。又見《宣和遺事》亦有此詞，首句爲『八十衰年初謝，三千里外無家』，或是京作，亦未可知也。

北平《三六九畫報》一九四二年三月二九日第一四卷第九期第三五五號

〔一〕髮，原作『愛』，據《詞苑叢談》卷三改。
〔二〕潭，原作『渾』，據《揮麈後録》改。
〔三〕論，《揮麈後録》作『命』。

三五　謝蝴蝶

臨川謝無逸，嘗作〈詠蝶〉詩三百首。其警句云：『飛隨柳絮有時見，舞入梨花何處尋。』人盛稱〔一〕之，因呼爲『謝蝴蝶』。有〔卜算子〕詞云：『細雨暮〔二〕横塘，紺色横〔三〕清淺。誰把并州快剪刀，剪取吴江半。　隱几岸烏巾，細葛含風軟〔四〕。不見柴桑避俗翁，心共孤雲遠。』標致雋永，全無薌澤，可稱逸調。

北平《三六九畫報》一九四二年三月二九日第一四卷第九期第三五五號、四月三日第一〇期第二五六號

三六　杏花村館詞

《復齋漫録》云，謝無逸嘗於關山杏花村館題〔江城子〕詞云：『杏花村館酒旗風。水溶溶。颺殘紅〔五〕。野渡舟横，楊柳緑陰濃。望斷江南山色遠，人不見，草連空。　夕陽樓下晚烟籠。粉

〔一〕稱，原無，據《詞苑叢談》卷三補。
〔二〕暮，《全宋詞》作『幂』，《詞苑叢談》卷三作『幕』。
〔三〕横，《詞苑叢談》卷三同，《全宋詞》作『涵』。
〔四〕『隱几』二句，原作『隱几峰，烏巾細葛含風軟』，據《全宋詞》、《詞苑叢談》卷三改。
〔五〕颺殘紅，原無，據《全宋詞》補。

香融。淡眉峰。記得年時，相見畫屏中。只有關山今月夜，千里外，素光同。』過者抄錄，必素筆於驛卒，卒頗以爲苦。因以泥塗之，其爲賞重可知。

按，謝逸，臨川人，號無逸，博學工文詞，操履峻潔，從吕希哲學，以舉進士不第，遂不仕，卒。

北平《三六九畫報》一九四二年四月三日第一四卷第一〇期第二五六號

三七　王駙馬〔憶故人〕

王駙馬銑，字晉卿，尚英宗女魏國大長公主，嘗賦〔憶故人〕詞云：『燭影摇紅向夜闌，乍酒醒、心情懶。尊前誰爲唱〔陽關〕，離恨天涯遠。無奈雲沉雨散，凭闌干、東風淚眼。海棠開後，燕子來時，黄昏庭院。』《能改齋漫録》云：『都尉憶故人作，徽宗喜其詞意，猶以不豐容宛轉爲憾。遂令大晟府别撰腔，周美成增益其詞，而以首句爲名，謂之〔燭影摇紅〕云。』

三八　囀春鶯

王晉卿得罪外謫，後房善歌者，名『囀春鶯』，爲密縣馬氏所得。晉卿還朝，賦一聯云：『佳人已屬沙叱利，義士曾無古押衙。』有客爲足成之云：『回首音塵兩沉絕，春鶯休囀沁園花。』

北平《三六九畫報》一九四二年四月六日第一四卷第一一期第二五七號

三九　岳楚雲

《夷堅支志》[一] 云：周美成在姑蘇，與營伎岳楚雲相戀，後從京師過吳，則岳已從人矣。飲於太守蔡巒席上，見其妹，因賦〔點絳唇〕寄之云：『遼鶴西歸，故人多少傷心事。短書不寄。魚浪空千里。　憑仗桃根，說與相思意。愁何際。舊時衣袂。猶有東風淚。』楚雲得詞，感泣累日。

北平《三六九畫報》一九四二年四月九日第一四卷第一二期第二五八號

四〇　周美成〔風流子〕

周美成爲江寧府溧水令，主簿之室，有色而慧。美成每欵洽於尊席之間，世所傳〔風流子〕，蓋有所寓意焉。詞云：『新綠小池塘。風簾動、碎影舞斜陽。金屋去來，舊時巢燕，土花繚繞，前度莓蘠。繡閣鳳幃深幾許，聽得理絲簧。欲說又休，慮乖芳信，未歌先咽，愁轉清商。　暗想新粧了，開朱戶、應自待月西廂。最苦夢魂，今宵不到伊行。問甚時說與，佳音密耗，擬將秦鏡，偷換韓香。天便教人，霎時廝見何妨。』『新綠』、『待月』，皆簿廳亭軒之名也。

[一] 夷堅支志，原作『夷堅文志』，據《夷堅志》改。

四一　周美成〔瑞鶴仙〕

周美成晚歸錢塘，夢中得〔瑞鶴仙〕詞一闋云：『悄郊原帶郭。行路永，客去車[一]塵漠漠。斜陽映山落。斂餘江，猶戀孤城欄角。淩波步弱。過短亭、何用素約。有流鶯勸我，重解繡鞍，緩引春酌。　不記歸時早暮，上馬誰扶，醒眠朱閣。驚飈動幙。扶殘醉，繞紅藥。嘆西園、已是花深無地，東風何事又惡。任流風過却，歸來洞天自樂。』未幾，方臘亂，自桐廬入杭。時美成方宴客，倉皇出奔，趨於西湖墳庵，適際殘冬，落日在山，忽逢故人之妾，奔逃而來。乃與小飲於道旁旗亭，聞鶯聲於樹梢，少焉，分背抵菴，有餘醺，因臥小閣上，恍如詞中所云。逾月入城，故居皆蹂躪矣。後得請提舉洞宵宮中老[二]焉。

北平《三六九畫報》一九四二年四月一三日第一四卷第一三期第二五九號

四二　吳彥高〔人月圓〕

吳彥高在燕山，赴張總持侍御家集，張出侍兒佐酒，中有一人，意狀摧抑，叩其故，乃宣和殿舊小宮婢也。因賦〔人月圓〕詞記之，聞者揮淚。其詞曰：『南朝千古傷心事，猶唱〔後庭花〕。舊時王謝堂前燕，飛向誰家。　恍然一夢，仙肌勝雪，雲髻堆鴉。江州司馬，青衫淚濕，同時天涯。』

[一] 車，原作『軍』，據《全宋詞》改。

[二] 中老，疑當作『終老』。

時宇文叔通亦賦〔念奴嬌〕，先成；及見此作，茫然自失。是後人有求作樂府者，叔通即批云：『吳郎近以樂府名天下，可往求之。』

四三　信州鉛山驛壁詞

吳虎臣《能改齋漫錄》云：余紹興戊辰至信州鉛山，見驛壁有題〔玉樓春〕云：『東風楊柳門前路。畢竟雕鞍留不住。柔情勝似嶺頭云，別淚多如花上雨。　青樓畫[一]幕無重數。聽得樓邊車馬去。若將眉黛染情深，真到丹青難畫處。』蓋無名氏所作也。

北平《三六九畫報》一九四二年四月一六日第一四卷第一四期第二六〇號

四四　蕭后〈十香詞〉

遼蕭后有〈十香詞〉，其構禍之來也。雖事出冤誣，然以帝后之尊，爲姦婢作書，且詞多近褻，自貽伊戚，夫復何言。獨喜其〔回心院〕詞，則怨而不怒，深得含蓄之意。時柳七之詞，尚未行於北國，故蕭詞大有唐人遺意也。詞云：

掃金殿。閉久金鋪暗。遊絲絡網塵作堆，積歲青苔厚階面。掃深殿。待君宴。

拂象床。憑夢借高唐。敲壞半邊知妾臥，恰當天處少輝光。拂象床。待君王。

〔一〕畫，原作『盡』，據《能改齋漫錄》卷一七改。

換香枕。一半無雲錦。爲是秋來展轉多，更有雙雙淚痕滲[一]。換香枕。待君寢。

鋪翠被。愁殺鴛鴦對。猶憶當時叫合歡，而今獨覆相思愧。鋪翠被。待君睡。

裝繡帳。金鉤未敢上。揭却四角夜光珠，不教照見愁模樣。裝繡帳。待君貺。

疊翠茵。重重空自陳。只願身當白玉體，不願伊作薄倖人。疊翠茵。待君臨。

展瑤席。花笑三韓碧。笑妾新鋪玉一牀，從來歸歡不終夕。展瑤席。待君息。

剔銀燈。須知一棵明。偏是君來生翠暈，對妾故作青熒熒。剔銀燈。待君行。

熏熱爐。能將孤悶蘇。若道妾身多穢賤，從沾君恩香澈膚。熏熱爐。待君娛。

張鳴箏。恰恰語嬌鶯。一從彈作房中曲，常和窗前風雨聲。張鳴箏。待君聽。

按，蕭后小字觀音，姿容冠絕，工詩，善談論，自製歌詞，尤善琵琶。天祐帝勑爲懿德皇后。帝遊畋無度，后諷詩刺諫，帝因疏之。作〔回心院〕詞者，寓望幸之意也。

北平《三六九畫報》一九四二年四月一六日第一四卷第一四期第二六〇號、一九日第一五期第二六一號

四五　左與言

《玉照新志》：左與言（譽），天台名士也，錢塘幕府。樂籍有名姝張穠者，色藝妙天下，君頗顧

[一] 滲，原作『慘』，據《詞苑叢談》卷八改。

之。如『盈盈秋水，淡淡春山』，皆爲穠作。當時人有『曉風殘月柳三變，滴粉[一]。搓酥左與言』之對[二]。俶擾（南渡）之後，穠委身於立勳大將，易姓章，疏封大國。紹興中，君覓官行闕，暇日訪西湖，兩山間，忽逢車輿甚盛，中覩一麗人，褰簾顧君而顰曰：『如今若把菱花照，猶恐相逢是夢中。』視之，乃穠也。君醒然悟之，即拂衣東渡，一意空門。』按《三朝北盟會編》[三]：『張浚妾張穠，錢唐名妓也。』

北平《三六九畫報》一九四二年四月一九日第一四卷第一五期第二六一號

四六　王彥齡

《軒渠錄》云：王彥齡（齊叟）才高不羈。爲太原掾官，嘗作〔青玉案〕、〔望江南〕等詞，似諷帥與監司。監司聞之，大怒，責之。彥齡斂板望前，作〔望江南〕云：『居下位，常恐被人讒[四]，只是曾塡〔青玉案〕，如何敢做〔望江南〕。請問馬初監。』時馬初監適與彥齡同座，惶恐，亟自辯訴。既退，尤彥齡曰：『某初不知，何乃以某爲證。』彥齡笑曰：『乃借公趁韻，幸勿見怪。』

〔一〕滴粉，原作『摘粉』，據《玉照新志》卷四改。

〔二〕對，原作『時』，據《玉照新志》卷四改。

〔三〕三朝北盟會編，原作『三朝北夢會編』。

〔四〕讒。原作『說』，據《全宋詞》、《詞苑叢談》卷一一改。

四七　關注（桂華明）

關注，字子東，《梁谿軼事》云：『子東避地梁谿，夢至廣寒宫，夾兩池，水無纖塵，地纖無草，門鑰不啟，或告云曰：「呼月姊，則開矣。」東如其言，見兩仙子霞彩奂發，非復人間。引者曰：「月姊也。」子東再拜，因問往日梁谿之會，令歌〈太平樂〉，猶記及否。子東歌之，復作〈桂華明〉：「縹緲神州開洞府。遇廣寒宫女。問我雙鬟梁谿舞。還記得，當時否。　碧玉詞章教仙侶。爲按歌宫羽。皓月滿窗人何處。聲永斷，瑶臺路。」』此與《墨莊漫録》所載，少有出入。

北平《三六九畫報》一九四二年四月二三日第一四卷第一六期第二六二號

四八　宜春遺事

阮閲，字閎休，舒城人。高宗建炎初知袁州〔一〕。有〈贈宜春官伎趙佛奴〉〈洞仙歌〉云：『趙家姊妹，合在昭〔二〕陽殿。因甚人間有飛燕。見伊底，盡道獨步江南，便江北，也何曾慣見〔三〕。惜伊情性好，不解嗔人，長帶桃花笑時臉。向尊前酒底、見了須歸，似恁地、能得幾回細看。待看眊〔四〕

〔一〕州，原作『洲』。
〔二〕昭，原作『照』，據《全宋詞》改。
〔三〕慣見，原作『貫見』，據《全宋詞》改。
〔四〕眊，原作『眊』，據《全宋詞》改。下一『眊』字同。

眼兒、覷着伊，將眨眼工夫、看伊幾遍。』昔人稱之曰：『宜春遺事，此詞以爲元曲開山矣。』

四九 楊謝遺芳

紹興庚午（一一五〇）台之黄岩，有姓謝者，與楊芳情好甚篤。爲嫗所制，相約投之江。好事者爲〔望海潮〕以弔之曰：『彩筒角黍，蘭橈畫舫，佳節競弔沅湘。古意未收，新愁又起，斷魂流水茫茫。堪笑又堪傷。有臨皋仙子，連璧〔一〕檀郎。暗約同歸，遠烟深處〔二〕弄滄浪。倚樓魂已飛揚。共倫揮玉筯，痛飲霞觴。烟水無情，揉花碎玉，空餘怨柳凄凉。楊謝舊遺芳。算世間縱有，不恁非常。但見芙蓉並蔕，他日一雙雙。』

五〇 趙閒閒

趙閒閒，名正文，金正大中人，善書法，有辭藻，嘗見壁窠書自作〈和東坡赤壁〉詞，雄壯震動，有渴驥怒猊之勢。元好問爲之題跋，而詞亦雄偉不羈，視『大江東去〔三〕』，信在伯仲間，可稱詞翰雙絕。詞曰〔念奴嬌〕：『清光一片，問蒼蒼桂〔四〕影，其中何物。一葉輕舟波萬頃，四顧粘天無壁。叩

〔一〕璧，原作『壁』，據《全宋詞》改。
〔二〕處，原作『處處』，據《全宋詞》删。
〔三〕大江東去，原作『大江望去』。
〔四〕桂，原作『掛』，據《全宋詞》改。

柤長歌，姮娥欲下，萬里揮冰雪。京塵十仗[一]，可能容此人傑。回首赤壁磯邊，騎鯨人去，幾度山花發。淡淡長空千古夢，衹有歸鴻明滅。我欲乘雲，從公歸[二]去，散此麒麟髮。三山安在，玉簫吹斷明月。』

北平《三六九畫報》一九四二年四月二六日第一四卷第一七期第二六三號

五一　李清照〔聲聲慢〕

李清照〔聲聲慢〕〈秋閨〉詞云：『尋尋覓覓，冷冷清清，淒淒慘慘戚戚。乍寒還暖時候，最難將息。三盃兩盞淡[三]酒，怎敵他、晚來風急。雁過也，正傷心，却是舊時相識。滿地黃花堆積。憔悴損，只今有誰堪摘。守著窗兒[四]，獨自怎生得黑。梧桐更兼細雨，到黃昏、點點滴滴。這次第，怎一個、愁字了得。』首句連下十四個疊字[五]，真似『大珠小珠落玉盤』也。

〔一〕十仗，《全宋詞》作『千丈』。
〔二〕歸，原作『散』，據《全宋詞》改。
〔三〕淡，原作『談』，據《全宋詞》改。
〔四〕兒，原脱，據《全宋詞》補。
〔五〕字，原無。

五二　〔醉花陰〕

又作〈重陽〉〔醉花陰〕詞，函致其夫趙明誠，詞云：『薄霧濃雲愁永晝。瑞腦噴香獸。佳節又重陽，寶枕紗[一]廚，半夜秋[二]初透。　東籬把酒黃花後。有暗香盈袖。莫道不銷魂，簾卷西風，人比黃花瘦。』明誠自愧勿如，乃忘寢食三日夜，得十五闋，雜易安作，以示陸德夫。德夫玩之再三，曰：『只有「莫道不銷魂」三句絕佳。』正易安作也。

五三　〔如夢令〕

李又有〈春晚〉〔如夢令〕云：『昨夜雨疏[三]風驟。濃睡不消殘酒。試問捲簾人，却道海棠依舊。知否。知否。應是綠肥紅瘦。』極爲人所膾炙。

北平《三六九畫報》一九四二年四月二九日第一四卷第一八期第二六四號

五四　稼軒〔賀新郎〕

廬陵陳子宏曰：『蔡光工於詞，靖康中，陷金，辛幼安嘗以詩詞謁之。』蔡曰：『子之詩則未也，

〔一〕紗，原作『沙』，據《全宋詞》改。

〔二〕秋，《全宋詞》作『涼』。

〔三〕疏，原作『稀』，據《全宋詞》改。

他日當以詞名家。』後稼軒歸宋，晚年詞筆尤高，嘗作〔賀新郎〕云：『緑樹聽鶗鴂。更那堪、杜鵑聲住，鷓鴣聲切[二]。啼到春歸無啼[三]處，苦恨芳菲都歇。算未抵、人間離別。馬上琵琶關塞黑。更長門、翠輦辭金闕。看燕燕，送歸妾。　將軍百戰身名裂。向河梁、回首萬里，故人長絕。易水蕭蕭西風冷，滿坐衣冠似雪。正壯士悲歌未輟。啼鳥還知如此[三]恨，料不啼清淚空啼血。誰伴我，醉明月。』此詞全集許多怨事，與李太白〈擬恨賦〉相似。

北平《三六九畫報》一九四二年四月二九日第一四卷第一八期第二六四號、五月三日第一五卷第一期第二六五號

五五　止酒詞

又〈止酒〉〔沁園春〕云：『杯汝來前，老子今朝，檢點形骸。甚長年抱[四]渴，咽如焦釜；於今喜睡[五]，氣似奔雷。漫說劉伶，古今達者，醉後何妨死便埋。渾如此，歎汝於知己[六]，真少恩哉。

〔二〕『杜鵑』二句，《全宋詞》作『鷓鴣聲住，杜鵑聲切』。
〔三〕啼，《全宋詞》作『尋』。
〔三〕知如此，原作『如知此』，據《全宋詞》乙。
〔四〕抱，原作『把』，據《全宋詞》改。
〔五〕睡，原作『溢』，據《全宋詞》改。
〔六〕『渾如此』二句，原作『如此歎汝於知己』，據《全宋詞》改。

更憑歌舞爲媒。算合作、平居鴆毒猜。況怨無大小，生於所愛；物無美惡，過則爲災。與汝成言，勿留亟去，吾力猶能肆汝杯。杯再拜[一]，道麾之則去，招則須來。』此又如〈賓戲〉、〈解嘲〉等作，乃是把古文手段，寓之於詞。

北平《三六九畫報》一九四二年五月三日第一五卷第一期第二六五號

五六　稼軒歌詞

辛稼軒守南徐日，每開宴，必命侍姬歌其所作〔賀新涼〕云：『甚兮吾衰矣。悵平生、交遊零落，只今餘幾。白髮空垂三千丈，一[二]笑人間萬事。問何物、能令公喜。我見青山多嫵媚，料青[三]山、見我應如是。情與貌，略相似。　一尊搔首東窗裏。想淵明、〈停雲〉詩就，此時風味。江左沉酣求名者，豈識濁醪妙理。回首叫、紫雲飛起。不恨古人我不見，恨古人、不見吾狂耳。知我者，兩三子。』歌竟，撫髀自笑，顧問座客何如，既而作〔永遇樂〕〈序北府事〉云：『千古江山，英雄無覓，孫仲謀處。舞榭歌台，風流總被，雨打風吹去。斜陽草樹，尋常巷陌，人道寄奴曾住。意[四]

[一] 拜，原作『拜拜』，據《全宋詞》刪。

[二] 一，原脱，據《全宋詞》補。

[三] 青。原作『春』，據《全宋詞》改。

[四] 意，《全宋詞》作『想』。

當年，金戈鐵馬，氣吞萬里如虎。元嘉草草，封狼居胥，贏得倉皇北顧。四十三年，望中猶記，燈火[一]揚州路。可堪回首，佛狸祠下，一片神鴉社鼓。憑誰問，廉頗老矣，尚能飯否。』特置酒召客，使伎迭歌，益自擊節，徧問客，必使摘其疵。客多遜謝，相台岳珂，時年甚少，率然對曰：『童子何知，而敢有議。然必欲如范文正公以千金求〈嚴陵祠記〉一字之易，晚進尚有疑也。』稼軒喜。

北平《三六九畫報》一九四二年五月三日第一五卷第一期第二六五號、五月六日第二期第二六六號

五七　張野過辛墓

後百餘[二]年，邯鄲張野過辛墓，有詞云：『嶺頭一片青山，可能埋得凌雲氣。』又曰：『漫人間、留得陽春白雪，千載下，無人繼。』稼軒之慨可知矣。朱晦庵沒，黨禁方嚴，稼軒獨爲文哭之。卒之日，家無餘財，謹餘著述數帙而已。

五八　江西造口詞

南渡初，金人追隆祐太后舟，至江西造口，不及而還。辛稼軒過其地，有感，賦〈菩薩蠻〉詞曰：『鬱孤台下清江水。中間多少行人淚。西北是長安。可憐無數山。　青山遮不住。畢竟東

[一] 燈火，《全宋詞》作『烽火』。

[二] 餘，原作『除』。

流去。江晚正愁予。山深聞鷓鴣。』

五九　長河道中詞

辛稼軒過長河道中，見婦人題字，若有恨者。因用其意，成〔減字木蘭花〕云：水村山驛。日暮行人無氣力。錦字偷裁。立盡西風雁不來。盈盈淚眼。往日青樓天梯遠。秋月春花[一]。輸與尋常姊妹家。

六〇　錢錢

稼軒有姬曰『錢錢』，年老遣[二]去，賦〔臨江仙〕贈之云：『一自酒情詩性懶。舞裙歌扇闌姍。好天涼夜月團團[三]。杜陵真好事，留得一錢看。歲晚人欺程不識，怎教阿堵留連。楊花榆莢月滿天。從今花影下，只看綠苔圓。』

北平《三六九畫報》一九四二年五月六日第一五卷第二期第二六六號

[一] 花，原作『月』，據《全宋詞》改。

[二] 遣，原作『道』，據《詞苑叢談》卷七改。

[三] 團，原作『圓』，犯複，據《全宋詞》改。

六一　〔鷓鴣天〕

劉祁[一]《歸潛志》云：『黨懷英、辛棄疾少同舍，屬金國初亂，辛率數千騎南渡，顯於宋；黨在北擢第，入翰林。二公皆有榮寵，後辛退閒，有〔鷓鴣天〕詞云：『壯[二]歲旌旗擁萬夫。錦襜[三]突騎渡江初。燕兵夜娖銀胡䩮[四]，漢箭朝飛金僕姑。　思往事，嘆今吾。春風不染白髭鬚。都將萬字平戎策，換得東家[五]種樹書。』蓋舉其少年事也。

北平《三六九畫報》一九四二年五月六日第一五卷第二期第二六六號、一三日第四期第二六八號

六二　悲壯激烈

案棄疾字幼安，山東歷城人。金主亮敗死，棄疾率忠義來歸，孝宗召對。論利害消長甚切。嘗以民生在勤，當以力田爲先，故以稼名其軒。朱熹嘗書『克己復禮』、『夙興夜寐』贈之。熹沒，僞

[一] 祁，原作『祈』。
[二] 壯，原作『社』，據《全宋詞》改。
[三] 襜，原作『羼』，據《全宋詞》改。
[四] 夜娖銀胡䩮，原作『夜捉銀湖綠』，據《全宋詞》改。
[五] 家，原作『效』，據《全宋詞》改。

學禁方嚴，門生故舊，至無送葬，棄疾爲文往哭之，曰：『所不朽者，垂萬世名，孰謂公死，懔懔猶生。』雅善長短句，悲壯激烈，有《稼軒集》行世。咸淳間，史館校勘謝枋得過棄疾墓旁僧舍，有疾聲大呼於堂上，若鳴其不平者。自昏暮至三鼓，不絶聲。枋得秉燭作文，旦且祭，文成而聲姑息云。

北平《三六九畫報》一九四二年五月一三日第一五卷第四期第二六八號

六三　俞國寶醉筆

《武林舊事》『西湖遊幸』條云：淳熙間，壽皇以天下養，每奉德壽三殿，遊幸湖山。一日，御舟經斷橋，橋旁有卜酒肆，頗雅潔，中飾素屏風，書〔風入松〕一詞。光堯（高宗）駐目，稱賞久之，宣問何人所〔二〕作，乃太學生俞國寶醉筆也。其詞云：『一春常費買花錢。日日醉湖邊。玉驄慣識西泠路，驕嘶過、沽酒樓前。紅杏香中歌舞，綠楊影裡鞦韆。　東風十里麗人天。花壓鬢雲偏。畫船載取春歸去，餘情付、湖水湖煙。明日再携殘酒，來尋陌上花鈿。』上笑曰：『此詞甚好，但末句未免儒酸。』因爲改定云：『明日重扶殘醉』，則囘不同矣。即命解褐云。

六四　劉改之性疏豪

《江湖紀聞》：劉改之性疏豪，好施，辛稼軒客之。稼軒帥淮日，改之以母病告歸，囊橐蕭然。是夕，稼軒與改之微服登倡樓。適一都吏命樂飲酒，不知爲稼軒也。命左右逐之，二公大笑而歸。

〔二〕所，原作『改』，據《武林舊事》卷三改。

即爲有機密文書，喚某都吏，其任不至。稼軒欲籍其産而流之，言者數十，皆不能解，遂以五千緡爲改之母壽，請言於稼軒。稼軒曰：『未也，令倍之。』都吏如數贈至萬緡。稼軒爲買[一]舟於岸，舉萬緡於舟中，曰：『不急行，無如常日輕舟也。』

北平《三六九畫報》一九四二年五月一九日第一五卷第六期第二七〇號

六五　辛體〔沁園春〕

《詞苑》載：嘉泰癸酉，劉改之寓中都。辛稼軒帥越，遣使招致，適以事，不及行。因倣辛體作〔沁園春〕一詞緘往，下筆便逼真。今錄其序曰：『風雪中欲詣稼軒，久寓湖上，未能一往，因賦此詞以解。』『斗酒彘肩，風雨渡江，豈不快哉。被香山居士，約林和靖，與東坡老，駕勒吾回。坡謂西湖，正似西子，淡抹濃粧臨照台。二人者[二]，皆掉頭不顧，只恁傳杯。白云天竺去來。看金碧、峥嶸圖畫開。況一澗縈紆，東西水繞；兩山南北，高下雲[三]堆。逋曰不然，暗香疏影，何如孤山先探梅。晴須去，訪稼軒未晚，且此徘徊。』辛得詞大喜，竟邀之去。館燕彌月，酬贈千緡。改之竟[四]蕩

[一] 買，原作『賣』，據《詞苑叢談》卷七改。
[二] 者，原脱，據《全宋詞》、《詞苑叢談》卷七補。
[三] 雲，原作『雪』，據《全宋詞》、《詞苑叢談》卷七改。
[四] 改之竟，原作『改竟之』。

於酒，不問也。嘗以此詞語岳侍郎倦翁，掀髯有得色。岳曰：『詞句固[一]佳，但恨無刀圭藥，療君白日喤囈症耳。』舉坐大笑。

北平《三六九畫報》一九四二年五月二三日第一五卷第七期第二七一號

六六　隨車娘子

劉改之得一妾，愛甚。淳熙甲午，預秘薦，赴省試，在道賦〔天仙子〕，每夜飲旅舍，輒使小童歌之。到建昌，遊麻姑山，屢歌至於墮淚。二更後，有美人執拍板來，願唱一曲勸酒，即賡前韻：『別酒未斟心已醉。忍聽〔陽關〕辭千里。揚鞭勒馬到皇都，三題盡，當際會。穩跳龍門三汲水。天意令我先送喜。不審君候知得未。蔡邕恃識焦桐聲，君抱負，却如是。酒滿金杯來勸你。』劉喜，與之偕東，果擢第，調荆門教授。遇臨江道士熊若水，謂之曰：『竊疑隨車娘子，非人也。』劉具以告。曰：『是矣，今夕與並枕時，吾於門外作法，教授緊緊抱之，勿令竄逸。』劉如所戒，乃一琴耳，頓悟昔日『蔡邕』之語。至麻姑訪之，知是趙知軍所瘞壞琴也，焚之。

北平《三六九畫報》一九四二年五月二六日第一五卷第八期第二七二號

六七　嚴蕊〔如夢令〕

嚴蕊，字幼芳，天台營妓也。《癸辛雜識》謂：『幼芳善琴弈、歌舞、絲竹、書畫，色藝冠一時。

〔一〕固，原作『因』，據《詞苑叢談》卷七改。

間作詞詩，亦有新語，頗通古今。善逢迎，四方聞其名，有不遠千里而登門者。唐與正守台日，酒邊嘗命賦紅白桃花，即成〔如夢令〕：『道是梨花不是。道是杏花不是。白白與紅紅，別是東風情味。曾記。曾記。人在武陵曾[一]醉。』與正賞之雙縑[二]。

北平《三六九畫報》一九四二年五月二六日第一五卷第八期第二七二號、五月二九日第九期第二七三號

六八　嚴蕊〔鵲橋仙〕

又，七夕，羣齋開宴，坐有謝元卿者，豪士也；風聞其文，固命之賦詩，以己之姓爲韻。酒方行而成〔鵲橋仙〕：『碧梧初垂，桂香暫吐，池上水花微謝。穿針人在合[三]歡樓，正月露、玉盤高瀉。蛛忙鵲嬾，耕慵[四]織倦，空做古今佳話。人間剛道[五]隔年期，想天上、方纔隔夜。』元卿爲之心醉，留其家半載，傾囊贈之而歸。

北平《三六九畫報》一九四二年五月二九日第一五卷第九期第二七三號

〔一〕曾，《全宋詞》『微』。

〔二〕縑，原作『謙』，據《齊東野語》卷二〇改。

〔三〕合，原作『令』，據《全宋詞》、《齊東野語》卷二〇改。

〔四〕慵，原脱，據《全宋詞》、《齊東野語》卷二〇補。

〔五〕道，原脱，據《全宋詞》、《齊東野語》卷二〇補。

六九　嚴蕊〔卜算子〕

其後，朱晦菴以節使行部至台，欲摭與正之罪，指其嘗與蕊濫。繫獄月餘，雖備受箠楚，而一語不及唐。移籍紹興，且復就越置獄鞫之，久不得其情。兩月之間，一再杖，幾死。然蕊聲價愈騰，至徹阜陵（宋孝宗）之聽。未幾，朱公改官，而邱霖商卿爲憲。因賀朔之際，憐其憔悴，命之作詞自陳。蕊署[一]不構思，即口占〔卜算子〕：『不是愛風塵，似被前緣誤。花落花開自有時，總賴東君主。　去也終須去，住也如何住。若得山花插滿頭，莫問奴歸處。』即日判令從良，繼而宗室近屬納爲小婦，以終身焉。

北平《三六九畫報》一九四二年六月六日第一五卷第一一期第二七五號

七〇　戴石屏妻

陶宗儀《輟耕錄》言，戴石屏[二]流寓江左，武寧有富家翁，愛其才，以女妻之。居二三年，忽欲作歸計。妻問其故，告以曾娶妻。妻白之父，父怒；妻婉曲解釋，盡以奩具贈之，乃餞以詞〔憐薄命〕：『惜多才，憐薄命，無計可留汝。揉碎花箋，忍寫斷腸句。道傍楊柳依依，千絲萬縷。抵[三]不

[一] 署，原作『界』，據《齊東野語》卷二〇改。
[二] 戴石屏，原作『載石屏』。
[三] 抵，原作『低』，據《詞苑叢談》卷一二改。

住，一分愁緒。如何訴。便教緣盡今生，此身已輕許。捉月盟言[一]，不是夢中語。後回君若重來，不相忘處。把杯酒，澆奴墳土[二]。』石屏已別，遂赴死水[三]。

北平《三六九畫報》一九四二年六月六日第一五卷第一一期第二七五號、六月九日第一二期第二七六號

七一　美奴

《苕溪漁隱叢話》言：陸敦禮有侍兒，名美奴，善綴詞，出侑樽俎，每丐韻於座客，頃刻成章。有〔如夢令〕云：『日暮馬嘶人去。船逐清波東注。後夜最高樓。還肯思量人否。無緒。無緒。生怕黄昏疏雨。』

七二　謝希孟豪俊

謝希孟，陸象山門人也。少豪俊，與妓陸氏狎，象山責[四]之，希孟但敬謝而已。他日復爲妓造鴛

[一] 『如何訴』四句，原沿《詞苑叢談》卷一二，無前三句，第四句作『指月明言』，據《全宋詞》補改。

[二] 墳土，原作『坟上』，據《全宋詞》、《詞苑叢談》卷一二改。

[三] 遂赴死水，《詞苑叢談》卷一二作『遂赴水死』。

[四] 責，原作『負』，據《詞苑叢談》卷七改。

鴦樓，象山又以爲言，希孟曰：『非特造樓，且爲作記。』象山喜其文，不覺曰[一]：『樓記云何。』即占首句曰：『自遜、抗[二]、機、雲之死，而天地英靈之氣，不鍾於男子，而鍾於婦人。』象山默然，知其侮也。一日，希孟在妓所，恍然有悟，忽起歸興，不告而行，妓追送江滸，悲戀而啼，希孟毅然取領巾，書一詞與之云：『〔卜算子〕雙槳浪花並，夾岸青山鎖。你自歸家我自歸，說著如何過。我斷不思量，你莫思量我。將你從前與我心，付與他人可。』

北平《三六九畫報》一九四二年六月九日第一五卷第一二期第二七六號

七三　姜堯章〔揚州慢〕

姜堯章，號白石道人，善吹簫，能自製曲。淳熙丙申至日，過維揚，夜雪初霽，薺麥彌望。入其城，則四顧蕭條，寒水月碧，暮色漸起，戍角悲吟，堯章愴然憾慨，因自度〔揚州慢〕一曲云：『淮左名都，竹西佳處，解鞍少駐初程。過春風十里，盡薺麥青青。自胡馬窺江去後，廢池喬木，猶厭言兵。漸黃昏，清角吹寒，都在空城。　杜郎俊賞，算如今、重到須驚。縱荳蔻詞工，青樓夢好，難賦深情。二十四橋仍在，波心蕩、冷月無聲。念橋邊紅葯，年年知爲誰生。』

北平《三六九畫報》一九四二年六月一三日第一五卷第一三期第二七七號

[一] 喜其文不覺曰，原重爲『喜其文不覺文不覺曰』，據《詞苑叢談》卷七刪。

[二] 抗，原作『杭』，據《詞苑叢談》卷七改。

七四　〔暗香〕、〔疎影〕

堯章又嘗載雪詣石湖（范成大），度新聲兩曲，石湖把玩不已，使二妓習之，音節諧婉。乃命之曰〔暗香〕、〔疎影〕。其〔暗香〕詞云：『舊時月色，算幾番照我，梅邊吹笛。喚起玉人，不管清寒與〔一〕攀摘。何遜而今漸老，都〔二〕忘却、春風詞筆。但怪得、竹外疎花，香冷入瑤席。　江國。正寂寂。歎寄與路遙，夜雪初積。翠尊易泣〔三〕。紅萼無言耿〔四〕相憶。長記曾〔五〕携手處，千樹壓、西湖寒碧。又片片吹盡也，幾時見得。』其〔疏影〕詞云：『苔枝綴玉。有翠禽小小，枝上同宿。客裡相逢，籬角黄昏〔六〕，無言自倚修竹。昭君不慣胡沙遠，但暗憶、江南江北。想珮環〔七〕、月下歸來，化作此花幽獨。　猶記深宫舊事，那人正睡裡，飛近〔八〕娥綠。莫似春風，不管盈盈，早與安排金屋。還教

〔一〕與，原脱，據《全宋詞》補。
〔二〕都，原脱，據《全宋詞》補。
〔三〕泣，原作『冷』，據《全宋詞》改。
〔四〕耿，原作『聯』，據《全宋詞》改。
〔五〕曾，原脱，據《全宋詞》補。
〔六〕昏，原作『風』，據《全宋詞》改。
〔七〕珮環，原作『環珮』，據《全宋詞》乙。
〔八〕近，原作『入』，據《全宋詞》改。

一片隨波去，又却怨、玉龍哀曲。等恁[一]時、重覓幽香，已入小窗横幅。』

北平《三六九畫報》一九四二年六月一六日第一五卷第一四期第二七八號

[一] 恁，原作『凭』，據《全宋詞》改。

誦帚詞筏

劉永濟

《誦帚詞筏》總術六則，取徑六則，載重慶中國文化服務社讀書會《讀書通訊》一九四二年四月一五日第四〇期、三〇日第四一期，署『劉永濟』。今據《讀書通訊》迻錄。原無序號、小標題，今酌加。

誦帚詞筏目錄

總術第一 共六則

取徑第二

誦帚詞筏

昔釋迦恐人學道而生法執，故有渡河棄筏之喻，且曰『法尚應捨，何況非法』。大哉此言，誠圓通無礙之談矣。然欲渡河者，終不可無筏。今余所説，亦不過一筏耳。因名所説曰『筏』，期與渡河者共棄之。辛巳秋自記。

總術第一 共六則

一 清空質實

自玉田《詞源》，發『詞要清空，不要質實』之論，至秀水朱竹垞氏，病清初詞人專奉《草堂》，乃選《詞綜》以詘《草堂》，而崇姜張，以清空雅正爲主，風氣爲之一變，是曰浙派。及毗陵張皋文氏出，復以微婉相高，以求當意内言外之旨。其後周止庵氏益推闡之，退姜張而進辛王，尊夢窗而祖美成，風氣又爲之一變，是曰毗陵派。然觀玉田之論，特以救一時質實之失，初未自標一派也。

而清空質實之辨，不出辭、意之間。蓋作者不能不有意，而達意不能不鑄辭。及其蔽也，或意逕而辭不逮焉，或辭工而意不見焉，此蕙風舍人『經意不經意』之論也。（《蕙風詞話》卷一）必也意足以舉其辭，辭足以達其意，辭、意之間，有相得之美，無兩傷之失，此半唐老人『恰到好處，恰够消息』之論也。（同上）往歲，爲《學衡雜誌》撰〈文鑒〉篇，舉孔子足志、足言之義，以謂作家所當深思明辨者，在『足』之一字。半唐老人兩言，卽『足』字詮釋也。學者苟會通其義，則於茲事之妙，蓋已思過半矣。尚何斧琢穠纖之失哉。

二　清空之源

又按，清空云者，詞意渾脱超妙，看似平淡，而義藴無盡，不可指實。其源蓋出楚人之〈騷〉，其法蓋由[一]於詩人之興，作者以善覺善感之才，遇可感可覺之境，於是觸物類情而發於不自已者也。惟其如此，故往往因小可以見大，卽近可以明遠。其超妙，其渾脱，皆未易以知識得，尤未易以言語道，是在性靈之領會而已。嚴滄浪所謂『鏡中象，水中影』是也。然則，清空之論，豈非詞家不易之理乎。苟非玉田之深於詞學，孰能指出。特學之者造詣未到，於此中甘苦疾徐之間，有所未嘗，而高語清空，則未能無病。此介存所以有『過尊白石，但主清空』之語。（周濟《介存齋論詞雜著》）而蕙風所以有『箏琶競響，蘭荃不芳』[二]之嘆也。（《蕙風詞話》卷五）

[一] 由，原無，據《詞論》補。

[二] 『箏琶』二句，《蕙風詞話》卷五作『箏琶競其繁響，蘭荃爲之不芳』。

三　塡詞要襟抱

蕙風謂：塡詞，第一要襟抱，唯此事不可强，並非學力所能到。向伯恭〔虞美人〕過拍云：『人憐貧病不堪憂。誰識此心如月、正滿秋。』宋人詞中，此等語未易多覯。（《蕙風詞話》卷二）又曰：宋王沂公之言曰，平生志不在溫飽，以〈梅〉詩謁呂文穆云：『雪中未問調羹事，先向百花頭上開。』吳莊敏詞〔沁園春〕〈詠梅〉云：『雖虛林幽壑，數枝偏瘦；已存鼎鼐，一點微酸。松竹交盟，雪霜心事，斷是平生不肯寒。』二公襟抱復[一]相同。『一點微酸』，即『調羹』心事；不志溫飽，爲有不肯寒者在耳。（同上卷二）又舉劉桂隱〔滿庭芳〕〈賦萍〉云：『乳鴛行破，一瞬淪漪』，及張蛻巖〔摸魚兒〕〈賦王季境湖亭雙頭蓮爲人折去〉云：『吳娃小艇應偷采，一道綠萍猶碎』，〔掃花游〕〈賦落紅〉云：『一簾晝永，綠陰陰尚有，絳趺痕凝』，並是眞實情景，寓於忘言之頃、至靜之中；非胸次無一點塵，未易領會得到。（同上卷三）按，襟抱胸次，皆非專由學詞工力所能得，特工力深者，始能道出之耳。襟抱胸次，純在學養，但使性情不喪，再以書卷之陶冶醞釀，自然超塵；但道出之時，非止不可强作，且以無形流露爲貴。況君所舉二例固佳，且爲處患難、遇貧賤之士所當效法，猶嫌過理、嫌著迹。余最愛東坡〔定風波〕〈沙湖道中遇雨〉詞，能於不經意中，見其性情學養。其詞曰：『莫聽穿林打葉聲。何妨吟嘯且徐行。竹杖芒鞋輕勝馬。誰怕。一簑烟雨任平生。　料峭春風吹酒醒。微冷。山頭斜照卻相迎。回首向來蕭瑟處。歸去。也無風雨也無

〔一〕復，《蕙風詞話》卷二作『政復』。

晴。』誦之數過，而禍福不足搖之之精神，自然流露；其冲虛之襟抱，至今猶能髣髴見之。此等處，在詩家惟淵明最勝。古人高處在此，其不易學處亦在此，而後人所當學處尤卽在此。至桂隱、蜕巖之作，雖曰觀物之功，實亦學養所致。大凡人之觀物，苦不能深靜；而不能深靜之故，在浮在鬧；浮與鬧之根，在不能遠俗。能遠俗，則胸次湛虛，由虛生明，觀物自能入妙。故文家之作，雖純狀景物，而一己之性情學問，即在其中；蓋無此心，卽無此目，卽不能出諸口而形諸文。然則襟抱胸次之説，皆作者臨文以前之事，安能專憑學詞工力以得之哉。

四　風度氣象

自來品目文藝者，有曰風度，有曰氣象，有曰氣格者，皆指性情得所養，而形諸筆墨者言也。性情有高明沉潛之異，得書卷以養之，則外物不能移易。及其涵濡既深，形而爲文藝，則如春氣之在林，光澤之在玉，使人賓翫無斁，如接其謦欬而瞻其風采，乃得從而品目之。其事既非倉卒可取辦，何可强學。其異於襟抱胸次者，襟抱胸次，偏於論人，得之詞外；風度氣象，即人卽詞，渾然不分。是故其人之風度氣象，卽其詞之風度氣象；人之風度氣象各殊，其詞亦隨之而異。故遺山，追迹東坡者也，而遺山得東坡之渾厚，而無其豪雄（蕙風語）。中仙，匹敵叔夏者也，而中仙有叔夏之清空，而遜其深遠（介庵[一]語）。學者於此體認分明，自有悟入處矣。

[一] 介庵，《詞論》作『止庵』。

五　詞境詞心

品文家又有所謂詞境、意境、境界者。况君蕙風之言詞境曰：『人靜簾垂，鐙昏香直，窗外芙蓉殘葉，颯颯作秋聲，與砌蟲相和答；據梧瞑坐，湛懷息機，每一念起，輒設理想排遣之，乃至萬緣俱寂，吾心忽瑩然開朗如滿月，肌骨清涼，不知斯世何世也。斯時，若有無端哀怨棖觸於萬不得已，即而察之，一切境象全失，惟有小窗虛幌，筆牀硯匣，一一在吾目前。此詞境也，三十年前或月一至焉，今不可復得矣。』（《蕙風詞話》卷一）又曰：『吾聽風雨，吾覽江山，常覺風雨江山外，有萬不得已者在，此萬不得已者，即詞心也，而能以吾言寫吾心，即吾詞也。』（同上卷一）王君靜庵之言境界曰：『詞以境界爲最上。有境界則自成高格，自有名句，五代北宋之詞所以獨絶者，在此。』又曰：『境非獨謂景物也，喜怒哀樂，亦人心中之一境界，故能寫眞景物、眞情感者，謂之有境界。』（《人間詞話》卷上）合二君之言觀之，况君之言最微妙，王君之言最眞切。大氏人心與物境相接，而後文生焉，此彦和舍人之論神思，盡之矣。如曰：『神與物游，神居胸臆而志氣統其關鍵；物沿耳目，而辭令管其樞機。樞機方通，則物無隱貌；關鍵將塞，則神有遯心。』如曰：『夫神思方運，則萬塗競萌，規矩虛位，刻鏤無形。登山則情滿於山，觀海則意溢於海。我才之多寡，將與風雲而並驅矣。』皆至精當。蓋神居胸臆之中，苟無外物以資之，則喜怒哀樂之情無由見焉；物在耳目之前，苟無神思以觀之，則聲音容色之美，無由發焉。是故心物[一]交接之際，有以心感物者焉，有以物

[一] 心物，《詞論》作『神物』，下文『心』與『物』對舉，或以『心物』爲是。

動心者焉。以心感物者，物固與心而徘徊；以物動心者，心亦隨物而宛轉。迨心神與物境交會，情景融合，卽神卽物，兩不可分，文家得之，自成妙境。知此，則情在景中之論（蕙風語），有我無我之説，寫實理想之旨（靜庵語），皆明矣。又文藝之事，析之有三端焉：一者人情，二者物象，三者文辭。文辭者，人情、物象所由之以見者也；人情、物象者，文辭所依之以成者也，而物象又卽人情所由感發者也。三者之相資，若形神焉不可須臾離也。故偏舉之，則或稱意境，或稱詞境；而統舉之，則渾曰境界而已。其理與論襟抱胸次、風度氣象，可以參會。蓋設境造詞，司契在心，此心虛靈，卽善感而善覺。此善感善覺者，卽况君所謂詞心也；其感其覺，卽况君所謂有萬不得已者也。惟此心虛靈之候，必在世慮皆遣，萬緣俱寂之時，而涉世既深者遺之，殊不易易，故曰昔猶月至，今乃不可復得也。

六　寄託與自抒性靈

自毗陵張皋文氏以『意内言外』釋詞，選詞二卷以指發古人言外之幽旨，學者宗之，知詞亦與古詩同義，其功甚偉。然張氏但知詞以有所寄託爲高，而未及無所寄託而自抒性靈者亦高，故止庵有：『初學詞，求空；既成格調，求實。初學詞，求有寄託；既成格調，求無寄託。』其釋無寄託曰：『無寄託，則指事類情，仁者見仁，智者見智。』（《介存齋論詞雜著》）此其所言，與蕙風舍人所謂『卽性靈卽寄託，非二物相比附也』（《蕙風詞話》卷五），語異旨同。塡詞必如此，而後靈妙，是又無寄託而有寄託也。蓋研誦文藝，其道有三：一曰通其感情，二曰會其理趣，三曰證其本事。三者之中，感情理趣可由其詞會通，惟本事以世遠時移，傳聞多失，不易得知，然苟察其所處何世，所友何人，所讀何書，所爲何事，再涵詠其言，而言外之旨亦不難見。此學者所當知者，一也。至作者當性靈流露之時，初亦未暇措意其詞，將寄託何事，特其身世之感，深入性靈，雖自寫性靈，無所寄託，而平日身世之感，即存於性靈之中，同時流露於不自覺，故曰『即性靈即寄託』也。學者必深明此理，而後作者之詞，雖流於跌宕怪神，怨懟激發，而自能由其性靈兼得其寄託，而此寄託卽其言外之幽旨也，特非發於有意耳。此又學者所當知者，二也。復次，身世之感深入性靈云者，平日官器所接，心意所識，凡一切人情物態，有足以感我神魂、動我營魄者，咸深藏於八識田中，初非必要發抒以爲詞也。然偶遇一時序、一境地、一事故、一物色，恰與吾平日性靈中所感之情事無端吻合，我之詞雖寫此時此境此事此物，而吾平日性靈中所感者，以其無端吻合，故遂無形流露以出。此在古人特多，如前舉東坡〔定風波〕詞，卽一佳例。蓋沙湖遇雨時，同行者以雨具先去，遂大狼狽，而坡公不改其常，及晚放晴，前此所遇，已成陳迹，無所容心，恰與其平昔立朝所遇之情事無端吻合，然事過情遷，既無所謂得失禍福，且亦恩怨兩忘，我自如故，其平日沖虛之襟懷，偶因遇雨小事，而無形流露於文字言語之外[二]。讀其詞者，知坡公之行誼學問，與其舉措進退之大節，循誦此詞，自能領會。此余所謂無寄託而有寄託，況君所謂卽性靈卽寄託也。觸類以推，如方回〔踏莎行〕〈詠蓮〉，以蓮之芳潔，與其平昔孤高自賞之胸次，無端吻合，故句句是賦蓮，卻語語爲自道。小晏〔浣谿沙〕寫一舞女，以舞女雖不逢知己，而矯然自異，與其傲岸不羣之情趣，無端吻合，故筆筆是寫舞女，卻字字爲自寫，此皆自然從性靈流露而出，絶非有意寄託可比。若胸中先横一寄託之說，卽令詞工，終屬下

[二] 外，底本模糊，或當作『中』。

乘；故自毗陵張氏之説出，而斯體以尊，自止庵、蕙風之論成，而金針盡度，而孟子『逆志』之旨，『尚友』之義，胥由此得明，不可謂非詞家之津逮、藝苑之指南矣。此尤學者所當深味者也。

重慶《讀書通訊》一九四二年四月一五日第四〇期

取徑第二

一　必習雅製

劉彦和曰：『才有天資，學慎始習。斲梓染絲，功在初化。器成綵定，難可翻移。故童子雕琢，必先雅製；沿根討葉，思轉自圓。』此言縱有天才，必習雅製。根本既固，自然枝葉扶疏也。其言闓切，誠文苑之司南也。半唐鶩翁教人填詞，勿先看明清人集，亦即此意。蕙風舍人謂：『唐五代詞，並不易學。五代詞，尤不必學。』復申其理曰：『五代詞人，丁運會，遷流至極，燕酣成風，藻麗相尚。其所爲詞，卽能沈至，祇在詞中。豔而有骨，祇是豔骨。學之能造其域，未爲斯道增重。矧徒得其似乎。』（《蕙風詞話》卷一）其論亦足與彦和之言會通。蓋明人精於曲，以曲手爲詞，已非詞之正。一也。明清兩代雖不乏名家，然初學識鑒不精，未易抉擇。非先誦習宋人雅詞以端其趨嚮，則易墮恶道。二也。至五代詞家，如李重光、韋端己、馮正中，非不卓卓，而其時詞學初興，詞體未大，不如兩宋已臻恢宏。又何必舍康衢而弗行，步仄徑以窘步哉。三也。而蕙風復從運會時習着眼，謂不當學，尤具救世扶衰之苦心。蓋五代人詞，大都推頽放淫靡，非盛世之音，譬之梁陳之文，不出風雲月露、閨襜牀笫之間，可以蕩人之情，不足作人之氣。則又何貴於學邪。衡以彦和之言，二君所論，實學者所當遵守弗替者矣。雖然，有餘義於此，附著以爲壤助〔二〕，或亦二君所許乎。夫五代詞家，承唐歌絶句之風，故其小令多寫閨情。及放者爲之，遂至淫蕩而無檢。如和成績、歐陽炯之流，誠如况君所論。然爾時作者，競寫閨情。卽此一端，而出以無窮之法則，無限之語言。或正或反，或旁見側出，或託花鳥，或借神仙，或以懽戚相形，或以盛衰互映，或思而至於怨，至於猜疑，或怨而至於怒，怒而仍歸於怨。千頭萬緒，盡態極妍，亦其壯觀矣。學者茍捐其淫豔之詞，而法其抒寫之妙，曷云不宜。此半塘翁所以讀『相見休言有淚珠』一首，而稱其大且厚也。學者由此參之，則亦可以無礙矣。

二　取古大家爲法

初學塡詞，取徑宜愼，已如前論。卽取古大家爲法，而古大家高處，亦未可一蹴而至。大抵詞至南宋，法度森然，於初學最便。北宋初期，歐晏諸公，品格極高，而渾融超妙，不易窺其涯際。至蘇辛之難及者，詞外之性情學問也。夢窗之難及者，詞内之清氣魄力也。無蘇辛之性情學問，則其失也，必至粗率獷悍。無夢窗之清氣魄力，則其失也，必至生澀晦昧。蓋學古人之高妙，當從古人所以致此高妙者入手。否則雖步趨不爽，終成優孟衣冠。而學其所以然之法，前章論之備矣。茍於前章所

〔二〕　壤助，或當作『襄助』。

論，修養有素，則五代兩宋，皆我之先矩，蘇、辛、夢窗，皆我之良師。卽舍五代、兩宋、蘇、辛、夢窗，而我亦不失其爲大家，不失其爲名手。如此，又豈五代兩宋諸賢所能限哉。樂笑翁『蓮子結成花自落』之語，可謂巧譬善喻矣。學者必具此見識，而後有成就之望也。

三　學古人貴得其精神

古人之詞，亦自有其疵纇。在古人，瑜足掩瑕，不爲深病。但初學須知鑒别，不可吐棄精華，餔啜糟粕。大氐空滑纖巧之語，易爲初學所喜。而古人空滑纖巧之處，或出偶然游戲，或由率爾操毫，本非其勝處。後人徒震於高名，又喜其悦目，遂於此等處求古人，則差之毫釐，謬以千里矣。例如秦少游〈贈歌妓陶心兒〉（〈南歌子〉）云：『玉漏迢迢盡，銀河[一]淡淡横。夢回宿酒未全醒。已被鄰雞催起、怕天明。　臂上妝猶在，襟間淚尚盈。水邊燈火漸行人[二]。天外一鈎殘月、帶三星。』末句暗藏『心』字，蓋偶然游戲之作也。夢窗之『何處合成愁。離人心上秋』（〈唐多令〉），山谷之『女邊着子，門裏挑心』（〈兩同心〉），亦同此類。而少游、夢窗、山谷之勝處，不在此也。張玉田〈水龍吟〉〈寄袁竹初〉云：『待相逢、説與相思，想亦在、相思裏』，許道真〈眼兒媚〉云：『持盃笑道，鵝黄似酒，酒似鵝黄』，皆不免空滑（語本况君）。初看似有趣，細翫了無風味，皆率爾之句也。然張、許勝處，亦不在此也。至劉改之〈沁園春〉〈咏美人足〉、〈美人指〉等作，純出滑稽，

[一] 銀河，《全宋詞》作『銀潢』。
[二] 行人，《全宋詞》作『人行』。

不可以其工巧而亦學之，至迷而忘返，便墮惡趣矣。又如，梅谿深秀，而其失也巧。故周介存謂其『喜用偷字，足以定其品格』；夢窗麗密，而其失也澀，故張玉田謂其『七寶樓臺，眩人眼目。拆碎下來，不成片段』。又有古人之詞，本無疵病，學者但得其似，而遺其真，則成疵病者。如東坡超妙處，非文字聲律所能拘束，故貌若粗豪；學者無其超妙，則真成粗豪矣。美成精美處，無一聲一字不熨貼[一]，故看似鉤勒；學者無其精美，則但見鉤勒矣。耆卿婉麗處，盡委曲鋪敍之能，故似是敷衍；學者無其婉麗，則終爲敷衍矣。故善觀古人者，貴得其精神，必如唐太宗見魏徵爲嫵媚，則古人之短處，未始非卽古人之長處。況本非古人之短處乎。至古來評家，於古人詞，或有詆諆，亦當分別。例如，止庵謂『白石號爲宗工，然有俗濫處』，舉〔揚州慢〕『淮左名都，竹西佳處』八字爲證。其意以爲此八字但點明揚州，近於俗濫，不知『韋郎』、『佳處』四字中，實含無限滄桑之感。蓋揚州本南方商貨薈萃之地，久以繁富著稱。及宋室南遷，金兵屢犯，殘破荒蕪，遠非昔比，此白石所由興感也。故由今之衰，思昔之盛，不覺開口卽帶感慨，豈泛泛點題之筆邪。隨後『自胡馬窺江去後，廢池喬木，猶厭言兵』之句，知其感歎今昔盛衰者，深矣。由此又知初學塡詞者，誦讀古人之詞不多，領會未深，徒恃詞話、詞評以爲先路，實無益處。

四　廣求詞外

蕙風舍人謂：『學塡詞，先學讀詞。』其論讀詞之法曰：『取前人名句意境絕佳者，將此意境締

[一] 熨貼，原作『慰貼』。

搆於吾想望中，然後澄思渺慮，以吾身入乎其中，而涵泳翫索之。吾性靈與相浹而俱化，乃眞爲吾有，而外物不能奪。』（《蕙風詞話》卷一）可謂於此道祕奥盡宣之矣。且不獨詞然也，一切文藝，其意境超妙者，皆當用以涵養吾之性情也。憶昔年旅滬，嘗與況君過從，一日，君誦太白〈惜餘春〉、〈悲清秋〉二賦，謂余曰：『此絶妙詞境也。』《詞話》又有一節曰：『《織餘瑣述》云：蕙風嘗讀梁元帝〈蕩婦思秋賦〉，至「登樓一望，唯見遠樹含煙。平原如此，不知道路幾千。」呼娱而詔之曰：「此至佳之詞境也。看似平淡無奇，卻情深而意眞。求詞詞外，當於此等處得之。」』（同上）又不獨文藝然也，舉凡天地之間，人情物態，何莫非至妙之詞境。靈心慧眼人，自能隨處得之。昔東坡對歐陽公誦文與可詩云：『美人却扇坐，羞落庭下花。』（〈秦王卷衣曲〉）公曰：『此非與可語。世間原有此句，與可拾得。』（《苕溪漁隱叢話》）山谷云：『天下清景，初不擇賢愚而與之遇，然吾特疑端爲我輩設。』（《冷齋夜話》）凡此皆詞外求詞之法也。余來嘉定，一日，往游淩雲山。山當岷、沫二水會合處，林壑幽美，步磴周曲，曳杖其間，恍然如入夢窗詞境中也。始信歐公、山谷之言，不我欺也。然則初學之士專求師法於古人詞中，何似廣求之詞外之爲得邪。

五　學古之道

況君於詞學工力至深。其《蕙風詞話》五卷（《惜陰堂叢書》），多甘苦之言。卷一[一]中又有

[一]　卷一，原作『卷』，據《蕙風詞話》卷一補。

一條，論學詞次第，至爲闓切。其言曰：『兩宋人詞，宜多讀多看，潛心體會，某家某家[二]等處，或當學，或不當學，默識吾心目中，尤必印證於良師友，庶幾收取精用閎之益。』此言先泛覽以會其全也。又曰：『洎乎功力既深，漸近成就，自視所作，於宋詞近誰氏，取其全帙研貫而折衷之，如臨鏡然，一肌一容，宜淡宜濃，一經侔色揣稱，灼然於彼之所長、吾之所短安在，因而知變化之所當亟。』此言繼約取以致其功也。又曰：『善變化者，非必墨守一家之言，思游乎其中，精鶩乎其外，得其助而不爲所囿。』此言再博收以廣其趣也。又曰：『塡詞，智者之事，而顧認筌執象若是乎。吾有吾之性情，吾有吾之襟抱，與夫聰明才力，欲得人之似，先失己之眞。得其似矣，卽已落斯人後，吾詞格不稍降乎。』此言終獨立以成其家也。而『欲得人之似，先失己之眞』一語，尤足破俗士輕學古與專摹擬之蔽。須知學古之要，在取古人之法以爲己之用。而古人之法，又學之自然者。惟自然之中，妙文無限，妙法亦無限，故古今取用無盡。然初學操觚之士，便欲直接取法自然，每苦不易，故必間接取法古人。卽能取法自然，亦必借古以爲鑒。及其學古之功既深，然後卽時卽地，皆能見自然之法則。能見自然之法則，然後能取以自爲。能取以自爲，則吾之性情襟抱，聰明才力，與夫人事物象，境遇時序，皆可發抒盡致，摹略逼眞。學古之道，如斯而已。此豈步趨古人者所能爲哉。至於領略古人之風度氣象，鑒賞古人之襟抱胸次，進而求得古人之學問修養，用以增益吾之神智，涵濡吾之情靈，則又超乎此之所言，而合於孟子『尚友』之義者矣。

[二] 某家某家，《蕙風詞話》卷一作『某家某某』。

六　文家造詣三境

間嘗細思，文家造詣，略有三境。其初純任性靈，彌見聰慧，其長處有非有待[一]於學力而能者。及其弊也，則或入於纖巧而傷格。及年事日增，學力日進，其長處在組練工緻，詞藻富麗，而弊在質實而傷氣，華飾而乏風骨。能有性靈而不流於纖巧，有學力而不入於質實，以學力輔性靈，以性靈運學力，天人俱至，自造神奇之境，斯爲最上，斯爲成就。況君謂『塡詞先求凝重』，凝重卽纖巧之良藥。況君又謂『若從輕倩入手，至於有神韵，亦自成就，特降於出自凝重者一格』，蓋輕倩乃學者初步最易染之習。輕倩，初不失爲可造之資，然習而不察，一變而墮入纖巧，纖巧斯爲病矣。至止庵謂『初學作詞，以用心爲先[二]。遇一事，見一物，卽能沈思獨往，冥然終日，出手自然不平』（《介存齋論詞》），卽彦和『虛静』之義。彦和《文心雕龍》〈神思〉篇論修養文心，言至精妙。如曰：『陶鈞文思，貴在虛靜。疏瀹五藏，澡雪精神。積學以儲寶，酌理以富才，研閱以窮照，馴致以繹詞。然後使玄解之宰，尋聲律而定墨；獨照之匠，窺意象而運斤。此蓋馭文之首術，謀篇之大端。』蓋惟虛始能受，惟靜始能照。夫外物之接於內心也，常千百其狀焉。不虛，則冥然不入於心；不靜，則茫然無別於內。善覺善感之謂何哉，詞家造詣，必具此功夫，方爲究竟。到此境界，則雖純任性靈而無纖巧之弊，或見工力而依然靈氣往來，卽或不衫不履，而神韻天成，不可擬議。所謂復性於初，從

[一] 有待，《詞論》作『專恃』。

[二] 以用心爲先，《介存齋論詞雜著》作『先以用心爲主』。

心所欲不踰矩者，庶幾似之。

重慶《讀書通訊》一九四二年四月三〇日第四一期

靖梅詞話

靖梅

《詞話》五則，載北平《三六九畫報》一九四二年六月一九日第一五卷第一五期第二七九號起，迄二九日第一八期第二八二號，題『詞話』，署『靖梅』。今據此迻錄，改題《靖梅詞話》。原無序號、小標題，今酌加。

靖梅詞話目錄

靖梅詞話

一　真情流落

情是最神秘而不可思義的，真情流落時，有理智思想不能遏止的，而詞人眼中一切皆多情，真情恣放，寄託靈魂的絕妙好詞，足可以代表一個時代的精神，如宋歐陽文忠公〔醉蓬萊〕詞云：『見羞容斂翠，嫩臉匀紅，素腰裊娜。紅藥欄邊，怪不教伊過。半掩嬌羞，語聲低顫，問道有人知麽。强整羅裙，偷回波眼[一]，佯行佯坐。　便問假如，事還成後，亂了雲鬟，被娘猜破。我且歸家，你而今休呵。更爲娘行，有些針線，誚未曾收囉。却待更闌，庭花影下，重來則箇。』此詞娓娓寫出，都入畫境，描寫偷情的景況，宛然在目，詞人的真情，恣放流露紙上，呈現一種自然天籟，是如何的令人玩味。然而情之深者，纏綣綢繆，非筆墨無以表剖其形骸者，如李後主〔菩薩蠻〕云：『花明月暗籠輕霧。今宵好向郎邊去。剗襪步香階。手提金縷鞋。　畫堂南畔見。一晌偎人顫。奴[二]爲出來

[一] 波眼，原作『眼波』，據《全宋詞》乙。
[二] 奴，原作『好』，據《全唐五代詞》改。

難。教君恣意憐。』

北平《三六九畫報》一九四二年六月一九日第一五卷第一五期第二七九號

二　曲盡心坎

『蓬萊院閉天台女。畫堂晝長無人語。拋枕翠雲光，綉衣聞異香。　潛來珠鎖動。驚覺鴛鴦夢。慢臉笑盈盈。相看無限情。』神悄刻酷，曲盡心坎兒上的溫馨也。

北平《三六九畫報》一九四二年六月二三日第一五卷第一六期第二八〇號

三　李清照詞

李清照詞，最膾炙人口，〔采桑子〕云：『晚來一陣風兼雨，洗盡炎光。理罷笙簧。却對菱花淡淡妝。　絳綃縷薄冰肌瑩，雪膩蘇香。笑語檀郎。今夜紗廚枕簟涼。』婍妮的情懷，體貼入微，尤以『笑語檀郎。今夜紗廚枕簟涼』句，嫵媚穠纖，道出靡限風情，殊耐人尋味也。〔減字木蘭花〕云：『賣花擔上。買得一枝春欲放。淚點輕勻。猶帶彤霞曉露痕。　怕郎猜道。奴面不如花面好[一]。雲鬢斜簪。徒要教郎比並看。』寫少婦的媚態，婀娜動人，後逸清新，風致嫣然。

北平《三六九畫報》一九四二年六月二三日第一五卷第一六期第二八〇號、二六日第一七期第二八一號、二九日第一八期第二八二號

[一] 好，原脱，據《全宋詞》補。

四　閨中韻事

歐陽文忠公〔南歌子〕一詞，寫閨中韻事，尤勝，其詞云：『鳳髻金泥帶，龍紋玉掌梳。去來窗下笑相扶。問道畫眉深淺、入時無。　弄筆偎人久，描花試筆初。等閒妨了睡功夫，笑問雙鴛鴦字、怎生書。』以粲花之筆，寫琴瑟之音，繪影繪聲，令人神往矣。

五　俞慶曾〔醉花陰〕

清人俞慶曾女士，有〔醉花陰〕詞云：『一抹晚霞花氣暝。琴韵書聲應。香篆鎖窗紗，下了簾櫳，小語防人聽。　月明如水人初定。郎識儂情性。笑促卸殘妝，卸了殘妝，相倚同窺鏡。』亦甚清麗可喜。閨情如許，有過於畫眉之樂者，讀之可增伉儷之情也。

北平《三六九畫報》一九四二年六月二九日第一五卷第一八期第二八二號

懷人詞話

子文

《懷人詞話》八則，小序一則，載重慶《中央周刊》一九四二年七月二日第四卷第四七期，署『子文』。今據此迻錄。原無序號、小標題，今酌加。

懷人詞話目錄

懷人詞話

詞是情感的産物，情感的種類雖多，而表現在詞中的，多半是惜別、傷春、懷人等數種。今年端午節悶居旅邸，真所謂『獨在異鄉爲異客，每逢佳節倍思親』，遥想老父妻兒天各一方，不勝暮雲春樹之感。因取唐宋詞集朗誦消遣，並將其中有關懷人各詞抄登《中周》。在這干戈遍地的時候，《中周》讀者中一定有許多人骨肉流離，爲相思鄉思和離愁所苦，讀了這些絶妙好詞，或者胸襟可爲之一抒。

一 懷人詞

在許多懷人詞中，我最喜歡溫庭筠的〔憶江南〕：『梳洗罷，獨倚望江樓。過盡千帆皆不是，斜暉脈脈水悠悠。腸斷白蘋洲。』

顧夐的〔訴衷情〕也很好，我特别賞識最後兩句：『永夜抛人何處去，絶來音。香閣掩。眉斂。月將沉。爭忍不相尋。恐[一]孤衾。換我心、爲你心。始知相憶深。』

馮延已的〔蝶戀花〕（一說是歐陽修所作）寫得更深刻：『幾日行雲何處去。忘了歸來，不道春將暮。百草千花寒食路。香車繫在誰家樹。　淚眼倚樓頻獨數。雙燕飛來，陌上相逢否。撩亂春愁如柳絮。悠悠夢裏無尋處。』

馮延已還有一首好詞：『春日宴。綠酒一杯歌一遍。再拜陳三願。一願郎君千歲，二願妾身長健。三願如同梁上燕。歲歲長相見。』

二　李後主詞

少時讀詞，最先是讀李後主的。其中兩闋到現在還背得上來。一是〔相見歡〕：『無言獨上西樓。月如鉤。寂寞梧桐庭院、鎖清秋。　剪不斷。理還亂。是離愁。別是一般滋味、在心頭。』另一首是〔清平樂〕：『別來春半。觸目愁腸斷。砌下落梅如雪亂。拂了一身還滿。　雁來音信無憑。路遥歸夢難成。離恨卻如春草，更行更遠還生。』

三　詩窮後工

古人說『詩窮後工』，我說，詞尤其如此。李後主以萬乘之尊，降爲臣虜，可謂窮矣。所以觸景生情，寫出來特別深刻。

〔一〕 恐，《全唐五代詞》作『怨』。

四　范文正公詞

范文正公允文允武，詞也寫得很好。我最愛他的〔御街行〕〈秋月懷舊〉：『紛紛墜葉飄香砌。夜寂靜、寒聲碎。真珠簾捲玉樓空，天淡銀河垂地。年年今夜，月華如練，長是人千里。　愁腸已斷無由醉。酒未到、先成淚。殘燈明滅枕頭倚。諳盡孤眠滋味。都來此事，眉間心上，無計相迴避。』（按：『都來』，解作『算來』，因此字宜平，故用『都』字。）

五　歐陽修以婉麗勝

歐陽修的詞，以婉麗勝。好詞美不勝收。這裏祇鈔他的〔蝶戀花〕：『庭院深深深幾許。楊柳堆煙，簾幕無重數。玉勒雕鞍遊冶處。樓高不見章台路。　雨横風狂三月暮。門掩黄昏，無計留春住。淚眼問花花不語。亂紅飛過鞦韆去。』

六　蘇東坡〔水調歌頭〕

與歐公齊名的詞人，首推蘇東坡。他的〔水調歌頭〕〈中秋懷子由〉，國文教科書有收作教材的，想讀者中必有多人早已熟讀成誦。我特別愛他最後五句。『明月幾時有，把酒問青天。不知天上宮闕，今夕是何年。我欲乘風歸去。惟恐瓊樓玉宇。高處不勝寒。起舞弄清影，何似在人間。　轉朱閣，低綺户，照無眠。不應有恨，何事長向別時圓。人有悲歡離合。月有陰晴圓缺。此事古難全。但願人長久，千里共嬋娟。』

七　晏氏父子

晏殊、晏幾道父子的詞，可與溫（庭筠）、韋（莊）匹敵，而小晏精力尤勝。有人説：『求之兩宋詞人，實罕其匹。』實非過譽。現在介紹小晏的〔阮郎歸〕：『舊香殘粉如當初。人情恨不如。一春猶有數行書。秋來書更疏。　衾鳳冷，枕鴛孤。愁腸待酒舒。夢魂縱有也成虛。那堪和夢無。』

八　有趣小詞

因爲限於篇幅，不能多寫，且抄兩首極有趣的小詞，以作結束。一首是唐人韓翃給柳氏的〔章台柳〕，另一首是柳氏的〔楊柳枝〕：

（一）章台柳。章台柳。昔日青青今在否。縱使長條如舊垂，也當攀折他人手。

（二）楊柳枝，芳菲節。可恨年年贈離別。一葉隨風忽報秋，縱使君來豈堪折。

重慶《中央周刊》一九四二年七月二日第四卷第四七期

漚盦詞話

漚盦

《漚盦詞話》二三則，小序一則，載上海《雜誌》一九四二年一一月一〇日第一〇卷第二期復刊第四號起，訖一九四三年四月一〇日第一一卷第一期復刊第九號。其小序自識『漚盦』。原有序號，今仍之；無小標題，今酌加。

漚盦詞話目錄

漚盦詞話

余年十五六，即好填詞，迄今二十餘年，自唐季歷兩宋，以迄清人之詞集，靡不披覽。顧涉獵所及，未能深造，彌自愧也。今夏逭暑鄉間，晝長無俚，爰將平日與友人論詞之語，隨筆輯錄，共得百許條。按其體裁，於詞話爲近，因名之曰《漚盦詞話》。藏之行篋，未敢出以示人。會《雜誌》索稿，錄副與之，俾分期刊載，聊充篇幅。他日續有所得，當排比而並刊之。漚盦識。

一　詞莫難於小令

詞莫難於小令。以其體纖弱，明珠翠羽，未足方其清麗；要必有鮮妍之姿，而得雋永之趣，斯爲上乘。如李後主〔相見歡〕云：『翦不斷。理還亂。是離愁。別有一般滋味、在心頭。』風神高秀，千古絕唱。求之清代詞家，如彭孫遹《延露詞》，極妍秀婉媚之致。〔生查子〕〈旅夜〉云：『夢好恰如真，事往翻如夢。起立悄無言，殘月生西弄。』〔浣溪紗〕云：『紅杏枝頭寒食雨，碧桃花外夕陽樓。千條弱柳綰春愁。』〔菩薩蠻〕云：『儂已不成眠。知伊更可憐。』又云：『春夢太分明。鬬人半日情。』〔玉樓春〕云：『江南無數斷腸花，枝上東風枝下雨。』又云：『人從春色去邊來，舟向夢魂來處去。』又如張砥中《洗鉛詞》，亦多緜邈飄忽之音。〔卜算子〕〈送別〉云：『已到別離時，那得多言語。酒似愁濃醉不消，芳草長亭暮。　江上幾重山，都在銷魂處。但願伊心似我心，一任天涯去。』〔浪淘沙〕云：『春柳暮烟含。燕醉鶯酣。飄緜舞絮恨相兼。雨打風吹收不了，又上眉尖。　繫馬弄金銜。斜日厭厭。夢中歸路又誰諳。渺渺茫茫花一簇，說是江南。』〔清平樂〕云：『只恐春光無賴，背人先到西溪。』〔烏夜啼〕云：『也知夢去還和見，無奈不成眠。』又如毛稚黄《鸞情詞》，〔江城子〕云：『滄海月明都換淚，還道是，不成愁。』〔菩薩蠻〕〈細雨〉云：『冥濛簾外如烟氣。積成一點花梢淚。』〔更漏子〕〈得信〉云：『麝熏箋，脂抹印。一點淚痕紅暈。將拆處，更遲留。安排讀了愁。』〔鳳來朝〕〈西湖春曉〉云：『覺愁來、覓愁無處。黯黯飛將去〔一〕。在〔二〕曉樹、冥濛許。』皆姿致幽渺，神味緜遠。低徊吟諷，輒覺靡靡蕩魄。可謂小詞之上乘矣。

二　一字之妙

詞之工拙，固非爭勝於一字，而昔人於此，亦復幾費斟酌。蓋以一字之妙，足令全句生色也。晁無咎評歐陽永叔〔浣溪紗〕『綠楊樓外出秋千』句云：『只一「出」字，自是後人道不到處。』王靜庵謂：『歐九此語，本于馮正中〔上行杯〕詞：「柳外秋千出畫牆。」』予按，王摩詰〈寒食城

〔一〕去，原作『云』，據《全清詞·順康卷》改。

〔二〕在，原作『去』，據《全清詞·順康卷》改。

東即事〉詩有句云：『秋千競出綠楊裡。』二公之用『出』字，蓋皆本此耳。

三 贈別之作

黯然銷魂者，別而已矣。是以贈別之作，每多佳什。唐人絕句：『勸君更盡一杯酒，西出陽關無故人。』可謂絕唱。詞之音節宛轉，寫離別之情，尤婉於詩。柳屯田『楊柳岸，曉風殘月』之句，久已膾炙人口。至若『一番離別兩銷魂。馬上黃昏。樓上黃昏』云云，不過造語纖巧而已。余最愛牛希濟〔生查子〕云：『春山煙欲收，天澹稀星小。殘月柳邊明，別淚臨清曉。　語已多，情未了。迴首猶重道。記得綠羅裙，處處憐芳草。』情辭悱惻，令人黯然。又如白石道人〔長亭怨慢〕云：『漸吹盡、枝頭香絮。是處人家，綠深門戶。遠浦縈回，暮帆零亂向何許。閱人多矣，誰得似、長亭樹。樹若有情時，不會得、青青如此。　日暮。望高城不見，只見亂山無數。韋郎去也，怎忘得、玉環分付。第一是、早早歸來，怕紅萼、無人爲主。算縱有并刀，難翦離愁千縷。』語語幽咽，最爲感人深至。吾鄉（吳江）於有清三百年間，詞人輩出。其贈別之詞，加袁棠（湘湄）〔南樓令〕云：『載月返梁溪。看潮又浙西。對殘缸、絮語依依。問了行裝問僮僕，還再四、問歸期。　落月畫檐低。鄰雞不住啼。到臨分，又勸添衣。纔出中門呼小住，怕門外、曉風淒。』郭麐（頻伽）〔洞仙歌〕云：『綺窗臨水，挂一重簾子。簾外垂楊畫船繫。道春風正好、催放輕橈，全不管，先把箇儂催起。　嘔啞聲未遠，轉箇灣頭，眼底居然便千里。不見一重簾、簾外垂楊，又何況、隔簾雙髻。算臨別無言、忒忽忽，有曲曲溪流、是伊清淚。』以淺近之語，寫纏綿之情，此境亦未易到。至若張砥中〔金縷曲〕云：『歲月難留住。歎回頭、功名萬里，盡成塵土。我已銀絲生雙鬢，何況秋娘眉嫵。待還問、舊時歌舞。無限傷心言不得，解金貂、且醉青樓暮。歌乍闋，淚如雨。西風歷歷傳更鼓。倚江頭、曉來鴻雁，漫催行路。十五年間天涯客，纔是歸來一度。早又向，北燕南楚。馬上濛濛寒雨下，指萬山、樹黑無人處。獨自箇，掉鞭去。』寫離情之外，別有身世之感，慷慨悲涼，又是一副筆墨矣。

四　言情之作

詞稱綺語，言情之作，固所不免。惟閨襜好語，吐屬易盡，率露之多，穢褻隨之。要當以清麗之辭，寫纏綿之思，樂而不淫，哀而不怨，斯爲名貴。如高青邱〔石州慢〕云：『落了辛夷，風雨頓催，庭院瀟灑。春來長恁，樂章懶按，酒籌慵把。辭鶯謝燕，十年夢斷青樓，情隨柳絮猶縈惹。難覓舊知音，把琴心重寫。妖冶。憶曾攜手，鬥草闌邊，買花簾下。看鹿盧低轉，秋千高打。如今何處，縱有團扇輕衫，與誰更走章臺馬。回首暮山青，又離愁來也。』潘瀛選〔大有〕云：『亞字牆邊，楝花風大，小樓中、簾捲人瘦。滿園林、參差綠草誰鬥。屏山水鳥背人數，也何曾、愛單嫌偶。惱恨柳色空濛，和煙鑠畫闌口。燈前懺，花底呪。小鴨戀紅衾，清清坐守。好夢瞢騰，愁到醒時依舊。自謝了，丁香後。愛無限、蜂孱蝶僽。千年事、凝想如無，閒思却有。』袁湘湄〔清平樂〕云：『月斜更短。尋到深深院。約略長廊三四轉。夢近不知人遠。投懷一笑含情。頰窩兩點分明。底事朝來相見，依然脈脈生生。』趙野航〔鳳凰臺上憶吹簫〕云：『芍藥階前，酴醾架下，相逢一任低頭。認苔痕泥印，量徧春鉤。幾曲闌干遮斷，衣香在、人影全休。安排就，情濃似酒，緒亂如秋。知否。鶯鴻瞥眼，除却夢魂中，怎得勾留。願化成輕燕，飛傍朱樓。日日穿簾來去，鏡臺畔、好自凝眸。癡心甚，也知無分，聊與消愁。』賦情駘蕩，含思淒迷。語淡旨深，自然名雋。憶十年前，余嘗填〔洞仙歌〕兩闋。其一爲〈拆書〉云：『瑤璫小札，訝何人緘寄。落款分明李波妹。想雲箋疊了、纖手封將，松膠薄，輕抹唾痕香膩。中央書姓氏。四角看來，添注銀鉤幾行字。除却瘦腰郎、不許開械，畢竟是、女兒心細。更消息、深防外人知，囑付與鑪灰、莫留塵世。』其二爲〈焚箋〉云：『鸞箋一炬，悵霎時銷滅。空裊絲絲篆煙碧。恁煙還易散、些子無痕，祇心上，罥起愁絲重疊。迴環思錦字，掩抑含啼，麗句清辭鏤冰雪。小劫博山爐、一例寒灰，餘香在、尚堪憐惜。莫錯怨、東風不多情，替片片輕吹、雙雙飛蝶。』此兩闋，尚屬辭意新穎，附錄於此，以就正於方家。

五　貧苦之詞

詞人大抵以貧困者居多，而其自寫貧困之境況，或强作達觀之語，則失之道學氣；或激爲悲憤之辭，則失之牢騷氣；或搬運典故，如『牛衣對泣』云云，則滿紙陳言，更是俗筆。昔人謂，歡娛之詞難工；余謂，貧苦之詞，亦復不易著筆。以其造語貴乎親切，而意境又須超曠也。近閱鄧廷楨〔一〕《雙硯齋詞》，有〈贖裘〉一首，姿態橫生，令人擊節。調倚〔買陂塘〕云：『悔殘春，爐邊買醉，豪情脫與將去。雲煙過眼尋常事，怎奈天寒歲暮。寒且住。待積取叉頭，還爾綈袍故。喜餘又怒。悵子母頻權，皮毛細相，斗擻已微蛀。　銅斗熨，皺似春波無數。酒痕襟上猶涴。歸來未負三年約，死死生生漫訴。凝睇處。嘆毿暮氈廬，久把文姬誤。花風幾度。怕白袷新翻，青蚨欲化，重賦贈

〔一〕鄧廷楨，原作『鄧延楨』。

行句。』

六　湘社詞人

上海《雜誌》一九四二年一一月一〇日第一〇卷第二期復刊第四號

近代湘社詞人，易中實尗由昆季，與王夢湘、陳伯弢、況夔笙、程子大齊名，稱『湘中後六子』。中實尤推重子大，謂『子大閎識孤抱，用能別吾湘詞派而定一尊』。夔笙亦稱子大所著《美人長壽盦詞》，『於宋人近清真、白石，其緻密緜麗之作，又似夢窗。於清代近朱錫鬯，《載酒》、《琴趣》兩集勝處，兼而有之。清而不枯，豔而有骨』。同時湘社外之詞人，亦盛稱子大。王幼霞謂，『其詞清麗緜至，取徑白石、夢窗、清真，而直入溫、韋』。譚仲脩謂，『湘社詞人，齊驅掉鞅。子大芳蘭竟體，騷雅紛緋。』然予覼子大緜麗之作，大抵氣體脆弱，運思纖巧。其佳句如『月明昨夜倚闌干。只是更無人與說春寒』。『眉痕鎖夢太無情。恨煞一簾春雨、不分明。』（〔虞美人〕）『記取折枝花樣畫羅裙。記取裙邊書小字，詩瘦也，比儂家、瘦幾分。』（〔江城梅花引〕）『春夢賸些些。柳角簾遮。小桃花落謝娘家。溜却玉釵渾不管，愛彈雙鴉。』（〔浪淘沙〕）『此身願化作花牋。疊偏香閨指印、玉纖纖。』（〔虞美人〕）『紅茜衫子不禁寒。生怕月兒移過、小闌干。』（前調）『魂向夕陽銷盡，澹煙流水孤村。』（〔清平樂〕）『凭闌花第一，扶柳月初三。』（〔臨江仙〕）夔笙以爲得清真神髓，余謂此特拾浙派詞人之牙慧耳。顧獨愛其〔徵招〕、〔西河〕諸闋，氣格蒼秀，魄力沈雄，戞戞獨造，不愧大家手筆。〔徵招〕〈贈沈伯華〉云：『狐奴磧外秋聲送，桑乾一條河水。落日共登臺，黯幽州千里。飄蓬吾與爾。怨關柳、只催征騎。雁外天低，蛩邊人瘦，馬嘶愁起。擊筑少年場，今何似、人海兩鷗而已。自古帝王州，只消磨才子。勸君須醉耳。况有箇、雙鬟能倚。聽今夜、畫角吹寒，變一天霜氣。』〔西河〕諸闋，以其所佔篇幅太多，不復徵引。

七　周迦陵詞

吴江周迦陵先生，古今體詩，規撫蘇黄，卓然大家。近年以其餘力，習倚聲之學，箸有《匏盦詞》、《信芳詞》各一卷。小令啼香怨粉，怯月凄花，不減南唐風格。慢詞俯仰悲歌，雄渾蒼茫，有傲睨一世之槩。兹録其小詞〔浣溪沙〕四闋云：『憶昔妝臺燭乍停。代收鸞鏡索調箏。定情還把守宫盟。　促坐渾忘更漏盡，擁衾不覺曉窗明。驚殘好夢是鶯聲。』『殘夢惺忪被未温。倚牀聊把藥籠薰。落紅偏又點重茵。　壓帳簾鈎纖似月，窺窗花影淡於人。最難排遣是黄昏。』『涼月如丸冷照時。花陰沉寂漏聲遲。劇憐無處寄相思。　紈扇慵歌金絡索，瑤琴愁按玉參差。强燒紅燭寫烏絲。』『徙倚雕闌强自持。落花飛絮數歸期。爲郎瘦損小腰肢。　望斷青山空有約，抛殘紅豆不成詩。一春心事訴誰知。』又〔浪淘沙〕四闋，敘云：『僕本畸人，生逢濁世。啼花怨鳥，实興淪落之思；依翠偎紅，易醒繁華之夢。織盡機中之錦，只剩箋愁；題殘漢上之襟，獨工寫恨。流虹豔覯，還期緣結三生；秀水風懷，早已情忘兩廡。流風未沫，遭遇斯同。爰借俳詞，聊存影事。豪情逸興，都流浪於金迷紙醉之間；俯唱遥吟，極纏綿於鐙炧酒闌之後。大雅君子，幸恕清狂；幼婦外孫，還祈賞析。』詞云：『簷際雨颼颼。笛按〔梁州〕。江南回首又清秋。凄絶曲終人不見，無限離愁。　往事記從頭。同倚高樓。月斜燈炧話綢繆。欲向羅幃尋舊夢，夢也難留。』『咫尺泰娘橋。新築香巢。荼蘼花下醉葡萄。蝶夢惺忪鶯語澀，真箇魂銷。　雲漢碧迢迢。風急天高。

無情雨打可憐宵。冰簟銀牀愁不寐，數盡更譙。』『閒泛木蘭艘。十里橫塘。雨絲風片促歸裝。載得畫中人去也，妬煞鴛鴦。好事最難長。轉眼淒涼。煙波橋畔倦尋芳。綠意紅情收拾起，付與斜陽。』『春夢正矇矓。意密情濃。箇中消息却愁儂。六曲銀屏遮不住，燭影搖紅。人去杳無踪。鸞鏡塵封。妝臺懶復繡芙蓉。欲寄相思何處是，雲樹千重。』

八　自然化境

王靜安論詞，標舉境界。所著《人間詞話》，謂：『有境界則自成高格，自有名句。五代北宋之詞所以獨絕者在此。而境界非獨謂景物也；喜怒哀樂，亦人心中之一境界。故能寫真景物，真感情者，謂之有境界，否則謂之無境界。』余謂，詞人觸景生情，感物造端，亦復融情入景，比物連類；故外界之物境與其內在之心境，常化合爲一。當其寫物境也，往往以情感之滲入，而鎔鑄爲主觀之意境，非復客觀之物境；當其寫心境也，往往藉景色之映托，而寄寓於外界之物境，非復純粹之心境。是故能寫『真景物』者，無不有『真性情』流露其間；能寫『真性情』者，亦無不有『真景物』渲染於外。心物一境，內外無間，超乎迹象，而入乎自然化境。自然化境者，詞中最高之境界也。

物境者，景也；心境者，情也；情景交融，則構成詞之境界。故情以景幽，單情則露；景以情妍，獨景則滯。譬若體態之與衣裳，膚貌之與粉黛，互相映發，百媚斯生。是以善言情者，多寄寓於景；善寫景者，多融入於情。如：『玉樓明月長相憶。柳絲嫋娜春無力。』（溫飛卿〔菩薩蠻〕）『花落子規啼。綠窗殘夢迷。』（仝上）『春水碧於天。畫船聽雨眠。』（韋莊〔菩薩蠻〕）『樓前綠暗分攜路，一絲柳、一寸柔情。料峭春寒中酒，迷離曉夢啼鶯。』『黃蜂頻撲秋千索，有當時、纖手香凝。』（吳文英〔風入松〕）『情如水。小樓薰被，春夢笙歌裏。』（吳文英〔點絳唇〕）『驚起半牀幽夢，小窗澹月啼鷩鴉。』（劉小山〔清平樂〕）『試問閒愁都幾許。一川煙草，滿城風絮。梅子黃時雨。』（賀鑄〔青玉案〕）此皆託景以寫情者也。如『小窗斜日到芭蕉，半牀斜月疏燈後』（無名氏〔玉樓春〕），賀裳《詞筌》謂其寫迷離之況，止須述景，不言愁而愁自見。『燕子漸歸春悄。簾幙垂清曉。』（韓持國〔胡擣練令〕）況夔笙謂，此中有人，如隔蓬山。但寫境而情在其中。又如：『黃葉無風自落，秋雲不雨長陰。』（孫洙〔河滿子〕）『月孤明，風又起，杏花稀。』（溫飛卿〔酒泉子〕）『江上柳如煙。雁飛殘月天。』（溫飛卿〔菩薩蠻〕）皆『淡遠取神，只描取景物，而神致自在言外』（借用夔笙語）。此融情以入景者也。

九　比物連類

詩人比物連類，寄託遙深，詞人亦然。余最愛玉田句云：『楊花點點是春心，替風前，萬花吹淚。』（〔西子妝慢〕）『恨西風，不庇寒蟬，便掃盡，一林殘葉。』（〔長亭怨〕〈舊居有感〉）一寫春色，一寫秋景，淡淡着筆，而感慨無窮，殊耐人玩味。又如賀方回（鑄）〔踏莎行〕〈詠荷花〉云：『斷無蜂蝶慕幽香，紅衣脫盡芳心苦。』下云『當年不肯嫁東風，無端却被秋風誤』，辭旨哀怨，含蓄不盡，自是〈騷〉、《雅》遺音。

一〇　善言情者

唐人詩：『曲終人不見，江上數峯青。』善寫悵惘之情。司馬溫公〔西江月〕：『笙歌散後酒微醒。深院月明人静。』更覺悵惘難堪。較之柳屯田『今宵酒醒何處，楊柳岸、曉風殘月』，有過之，無不及。故沈義父《樂府指迷》謂：『以景結情最好。』余亦謂，『善言情者，多寄寓於景』也。

一一　當行本色

詞家有當行，多用本色語。如清真『最苦今宵，夢魂不到伊行』，『天便教人，霎時厮見何妨』，『許多煩惱，只爲當時，一晌留情』，『多少暗愁密意，惟有天知』，『拌今生，對花對酒，爲伊淚落』，雖屬當行家語，爲後世詞人所推崇，然余終病其率直，殊無意味。所謂『單情則露』也。本色語之動人者，多以淺顯之辭，達幽隱之情；造語貴乎曲折，則語愈轉而情愈深。如蕭淑蘭〔菩薩蠻〕：『去也不教知。怕人留戀伊。』孫夫人〔風中柳〕：『別離情緒，待歸來都告。怕傷郎，又還休道。』孫光憲〔謁金門〕：『留不得，留得也應無益。』宋徽宗〔燕山亭〕：『天遥地遠，萬水千山，知他故宫何處。怎不思量，除夢裏、有時曾去。無據。和夢也、新來不做。』此外不可多得，蓋質勝文之難也。

上海《雜誌》一九四二年一二月一〇日第一〇卷第三期復刊第五號

一二　物我化境

静安於境界中，分『有我之境』與『無我之境』。謂：『「淚眼問花花不語。亂紅飛過秋千去」，「可堪孤館閉春寒，杜鵑聲裏斜陽暮」，有我之境也。「采菊東籬下，悠然見南山」，「寒波澹澹起，白鳥悠悠下」，無我之境也。有我之境，以我觀物，故物皆着我之色彩；無我之境，以物觀物，故不知何者爲我，何者爲物。』余謂，詞人於物境心境，化合爲一，而自成詞境；在此境中，處處着我，斷無『無我之境』。『淚眼問花花不語。亂紅飛過秋千去』，『可堪孤館閉春寒，杜鵑聲裏斜陽暮』，藉物境以寫心境，固爲『有我之境』。至若『採菊東籬下，悠然見南山』，『寒波澹澹起，白鳥悠悠下』，此乃融心境於物境，初非『以物觀物』之謂。必有超脱之心境，所得超脱之物境；此物境者，固爲我心境之象徵，而妙合於自然化境，安得遂謂之『無我之境』。詞人自有詞心，以詞心造詞境，以詞境寫詞心，固處處着我，初無『無我之境』也。』

馮延己〔謁金門〕：『風乍起。吹皺一池春水。』唐中主李璟戲問延己曰：『吹皺一池水，干卿底事。』似可謂『無我之境』矣。顧此非『以物觀物』，而專寫物境也，寫物即寫我，寫物境即寫心境，融心境於物境之中，而入乎自然化境，其高妙在此。蓋我心之未接於物，寂然不動，正若一池平靜之春水；忽爲外物所感，則情緒撩亂，有不能自禁者矣。『風乍起。吹皺一池春水』，正此種心境之象徵，固亦一『有我之境』也。至若范石湖〔眼兒媚〕下半闋：『春慵恰似春塘水，一片縠紋愁。溶溶洩洩，東風無力，欲皺還休。』雖其思路與延己相似，而點明『春慵』，又着『恰似』兩字，以示取譬於物境，辭意固較明顯，終不若延己融心物於一境之爲高妙耳。

詞人寫心境而取譬於物境者，多屬名句。如李後主〔相見歡〕『自是人生長恨、水長東』，〔虞美人〕『問君能有幾多愁。恰似一江春水、向東流』，〔清平樂〕『離恨恰如春草，更行更遠還生』等句，皆是也。

一三　詞境

靜安辯詞境，又有『隔』『不隔』之別。謂：白石寫景之作，如『二十四橋仍在，波心蕩、冷月無聲』（按此係〈揚州慢〉中之句），『數峯清苦。商略黄昏雨』，『高樹晚蟬，説西風消息』，雖格韻高絶，然如霧裏看花，終隔一層。如歐陽公〈少年游〉〈詠春草〉上半闋云：『闌干十二獨凭春。暗碧遠連雲。二月三月，千里萬里，行色苦愁人。』語語都在目前，便是不隔。至云『謝家池上，江淹浦畔〔一〕』，則隔矣。白石『酒祓清愁，花消英氣』，則隔矣。余謂：凡詞之融化物境心境以寫出之者，皆爲『不隔』；了無境界，僅搬弄字面以取巧者，爲『隔』。『隔』無〔二〕『不隔』之分野，惟在此耳。『謝家池上，江淹浦畔』，『酒祓清愁，花消英氣』，此數句皆僅在字面上搬弄取巧，謂之『隔』也，宜矣。至若白石〈揚州慢〉下半闋，乃感懷杜牧而作。杜牧詩云，『二十四橋明月夜，玉人何處教吹簫』，今白石之過揚州也（按白石於淳熙丙申至日過揚州），昔時之簫聲，早已絶響，而美人名士，亦俱歸黄土，惟橋與月尚如故耳。故有『二十四橋仍在，波心蕩、冷月無聲』之句，不可謂非『語語都在目前』，而含思悽惋，有絃外之音，真可謂千古絶唱。靜安僅以寫景視之，自難領悟。其於白石之詞境，殆亦如『霧裏看花，終隔一屑』歟。靜安嘗推崇南唐中主詞：『菡萏香銷翠葉殘。西風愁起緑波間』，謂『大有衆芳蕪穢，美人遲暮之感』；然則白石『數峯清苦。商略黄昏

〔一〕畔，原作『上』，據《人間詞話》改。下一處同。

〔二〕無，疑當作『與』。

雨』，『高樹晚蟬，説西風消息』，融心境於物境中，其遲暮之感，沈鬱之致，更是淒然欲絶；『隔』於何有。乃靜安獨賞南唐，貽譏白石，『故知解人，正不易得』（即用靜安語）。

一四　詞筆之高下

唐人詩『江頭數盡南來雁，不寄西風一幅書』，描摹入神，自是好詩。蓋當其『數雁』時，在每隻雁上，含有幾多熱望，誰知數盡來雁，而終不得一幅之書，又是幾多失望。凡此神情，悉流露於寥寥十四字中，此其所以能動人也。張武子〔西江月〕過拍：『殷雲度雨井桐凋，雁雁無書又到。』襲取其意，而神情俱失。以視玉田『寫不成書，只寄得、相思一點』，含思綿邈，超神入化，不着刻鏤痕迹；於此可悟詞筆之高下。

一五　獨造

好詞要有境界，要以我之詞心寫我之詞境，貴乎戛戛獨造，不容勦襲。清真融詩以入詞，昔人譏其『頗偷古句』，原非上乘。後之詞人，拾人牙慧，往往翻詞句以入詞。如徐山民〔阮郎歸〕：『妾心移得在君心，方知人恨深』，乃脱胎於顧敻〔訴衷情〕：『換我心，爲你心。始知相憶深。』聶勝瓊〔鷓鴣天〕：『枕前淚共階前雨，隔箇窗兒滴到明』，乃襲取溫飛卿〔更漏子〕：『梧桐樹，三更雨。不道離情正苦。一葉葉，一聲聲。空階滴到明。』王士禎《花草蒙拾》亦謂：俞仲茅小詞云：『輪到相思沒處辭。眉間露一絲。』語本李易安之『纔下眉頭。却上心頭』，其前更有范希文『都來此事。眉間心上，無計相迴避』，李語特工耳。他如蘇東坡〔卜算子〕：『才始送春歸，又送君歸去。

若到江南趕上春，千萬和春住。』黄山谷〔清平樂〕：『春歸何處。寂寞無行路。若有人知春去處。喚取歸來同住。』王碧山勦襲其意，加以變化，譜入慢詞，云：『怕此際春歸也，過吳中路。君行到處。便快折河邊，千條翠柳，爲我繫春住。』只是拾取昔人舌尖上幾句聰明語，愈刻劃，愈纖巧；愈變化，愈薄弱。要知詞固有詞境、有詞心，以我之詞心，造我之詞境，譬若釀秫爲酒，繅繭爲絲，有其本源。若以他人已釀之酒，已繅之絲，而再釀之，再繅之，宜其所成者，質薄而味淡矣。頃閱《蕙風詞話》，載陳夢弼〔鷓鴣天〕詞：『指剝春葱去採蘋。衣絲秋藕不沾塵。眼波明處偏宜笑，眉黛愁來也解顰。　巫峽路，憶行雲。幾番曾夢曲江春。相逢細把銀釭照，猶恐今宵夢似真。』歇拍係用晏叔原[一]『今宵賸把銀釭照，猶恐相逢是夢中』句，亦套語耳。乃蕙風謂『恐夢似真，翻新入妙，不特不嫌沿襲，幾於青勝於藍』，推崇過當，殆阿私之言歟。

一六　纖巧一路

李清照〔武陵春〕：『聞説雙溪春尚好，也擬泛輕舟。只恐雙溪舴艋舟。載不動、許多愁。』蔣竹山〔虞美人〕：『樓兒忒小不藏愁。幾度和雲飛去、覓歸舟。』詞筆清雋可喜，開後世纖巧一路。

[一] 原，原作『源』。

一七　廋詞

南朝豔曲，好爲廋[一]詞。廋詞，猶隱語。如『蓮』隱含『憐』意，『芙蓉』隱含『夫容』——夫君之容貌——之意。〔子夜歌〕：『霧露隱「芙蓉」，見「蓮」不分明。』『絲』隱含『相思』之意，『匹』隱含『匹偶』之意。〔子夜歌〕：『始欲識郎時，兩心望如一。理「絲」入殘機，何悟不成「匹」。』又如，〔丹陽孟珠歌〕：『適聞「梅」作花，花落已成子。』其中『梅』字，隱含『媒』意。〔華山畿〕：『將懊惱。石闕晝夜「題」，「碑」淚常不燥。』其中『題』字，隱含『啼』意，『碑』字隱[二]含『悲』意。大率取其諧聲，含情隱約，較風騷比興之旨，尤爲宛轉，耐人尋味。唐人作絕句，間有承其遺風者。如『東邊日出西邊雨，道是無「晴」還有「晴」』，『晴』、『情』諧聲，亦廋詞也。詞之小令，本以婉麗勝，而《金荃》、《香奩》、《花間》、《尊前》諸集，絕少廋詞。惟牛希濟〔生查子〕云：『新月曲如眉，未有團圞意。紅豆不堪看，滿眼相思淚。　終日劈桃穰，人在心兒裏。〔桃穰中有桃仁，『仁』、『人』諧聲。〕兩朵隔牆花，早晚成連理。』通篇連類屬辭，含思婉約；兼比興之長，極廋詞之妙。蓋吾國文字多諧聲，聲既相諧，義亦雙關，遂成廋詞。此實爲吾國文學上獨擅之絕技，彼異域之士，以衍音成文者，不特無由獲此技巧，抑亦未易領悟其妙趣也。

上海《雜誌》一九四三年二月一〇日第一〇卷第五期復刊第七號

[一] 廋，原作『庾』。下一『廋』字同。

[二] 字隱，原作『隱字』，據上文改。

一八 詞之淡

詞之淡，在脱不在易。所謂脱者，天然好語，脱口而出。昔人云：『文章本天成，妙手偶得之。』又云：『得來容易却艱辛。』近代蕙風詞人更下一轉語云：『自然從追琢中出。』初非率易之謂也。丁飛濤曰：『月是何色，水是何味，芝蘭之香何香，水烟山霧之氣何氣。其間皆有自然化境。』此我之所謂詞之淡也。而此自然化境，惟妙手偶得之耳。余於飛卿詞，最愛其〔更漏子〕一闋（詞見前節），以其語彌淡而情彌苦。他如韋莊〔女冠子〕：『不知魂已斷，空有夢相隨。除却天邊月，沒人知。』李後主〔相見歡〕：『翦不斷。理還亂。是離愁。別有一般滋味、在心頭。』皆姿致幽渺，神味綿遠；不假粉飾，自然入妙。又如張星耀（砥中）《洗鉛詞》〔烏夜啼〕：『也知夢去還相見，無奈不成眠。』彭孫遹（羡門）《延露詞》〔菩薩蠻〕：『春夢太分明。關人半日情。』陳玉璂（賡明）《耕烟詞》：『夢裏和愁，愁時如夢，情似越梅酸。』（詞牌不復記憶）郭麐（頻伽）《浮眉詞》〔賣花聲〕：『夾衣初換又添綿。只是別來珍重意，不爲春寒。』袁棠（湘湄）《濃睡詞》〔阮郎歸〕：『歸期已近怕書來。書來未擬回。』許肇箎（壎友）〔蝶戀花〕：『喚到侍兒何處使。秋千架外尋梅子。』皆着墨無多，尋味不盡，亦異乎穠豔爲佳者矣。

詞之厚，在意不在辭；詞之雄，在氣不在貌；詞之靈，在空不在巧；詞之淡，在脱不在易。有沈雄之氣魄，乃能有雄健之筆力；有雄健之筆力，乃能寫蘇辛一派豪放之詞。蓋詞之豪放，由於才氣之橫溢，初不斤斤於字句間也。清初陳維崧《迦陵詞》，氣魄絶大，骨力絶遒，幾可突過蘇辛。其〔醉落魄〕〈詠鷹〉云：『寒山幾堵。風低削碎中原路。秋空一碧無今古。醉袒貂裘，略記尋呼處。　男兒身手和誰賭。老來猛氣還軒舉。人間多少閒狐兔。月黑沙黃，此際偏思汝。』是何等懷抱。有此懷抱，出語自豪。余嘗填〔臨江仙〕，歇拍云：『一丸涼月照人間。老狐啼破冢，靈鬼嘯空山。』雖無多大魄力，自謂尚有意境。

顧貞觀華峯營救[一]吳兆騫一事，詞家記載綦詳，其〔金縷曲〕一闋，膾炙人口。所著《彈指詞》，自謂『不落宋人圈繢，可信必傳。』曹溶（秋嶽）評其詞『有凌雲駕虹之勢，無鏤冰翦綵之痕。』余最愛其〔青玉案〕：『天然一憕荆關畫。誰打稿、斜陽下。歷歷水殘山賸也。亂鴉千點，落鴻孤咽，中有漁樵話。　登臨我亦悲秋者。向蔓草、平原淚盈把。自古有情終不化。青娥塚上，東風野火，燒出鴛鴦瓦。』又〔夜行船〕〈登鬱孤臺〉云：『爲問鬱然孤峙者。有誰來，雪天月夜。五嶺南樹，七閩東距，終古江山如畫。　百感茫茫交集也。澹忘歸，夕陽西挂。爾許雄心，無端客淚，一十八灘流下。』以飛揚拔扈之氣，寫嶔崎歷落之思，如渴驥奔泉，怒猊下坂，其品格當在東坡、稼軒之間。

一九　詞品

自袁綯謂：『東坡詞當令關西大漢，執鐵綽板，唱「大江東去」。屯田詞可令十七八女郎，按紅牙拍，歌「楊柳岸，曉風殘月」。』後人奉爲美談，遂論詞派有婉約與豪放之分。此僅辨別其粗枝大葉耳。昔吾邑（吳江）郭麐頻伽與金匱楊伯夔，仿司空表聖《詩品》之例，撰《詞品》各十二

[一] 營救，原作『營捄』。

則，辨別極爲精細。茲摘錄其精華於左。頻伽《詞品》：

幽秀　時逢疏花，娟若處子；嫣然一笑，目成而已。

高超　即之愈遠，尋之無蹤；孤鶴獨唳，其聲清雄。

雄放　海潮東來，氣吞江湖；快馬斫陣，登高一呼。

委曲　美人有言，玉齒將粲；徐拂寶瑟，一唱三嘆。

清脆　芭蕉灑雨，芙蓉拒霜；如秋之氣，如冰之光。

神韻　明月未上，美人來遲；却扇一顧，羣妍皆媸。

感慨　鉛水迸淚，鵾鷄裂絃；如有萬古，入其肺肝。

奇麗　鮫人織綃，海水不波；淒然掩泣，散爲明珠。

含蓄　陽春在中，萬象皆動；一花未開，衆綠入夢。

逋峭　清霜警秋，微月白夜；其上孤峯，流水在下。

穠豔　雜組成錦，萬花爲春；異彩初結，名香始重。

名雋　名士揮麈，羽人禮壇；微聞一語，氣如幽蘭。

伯夔《詞品》：

輕逸　天風徐來，一葉獨飛；千里飄忽，鶴翅不肥。

綿邈　秋水樓臺，澹不可畫；時逢幽人，載歌其下。

獨造　洞庭隱鱗，蒼梧逸猿；元氣紛變，創斯奇觀。

淒緊　松篁幽語，獨客泛琴；落花辭枝，淒入燕心。

微婉　美人何許，短琴潛弄；卷簾綠陰，微雨思夢。

閒雅　茶烟晝清，鬻藤一枝；秋老茅屋，檐蟲挂絲。

高寒　俯視苔石，行歌長松；千葉萬吹，凛然噓冬。

澄澹　鷺鷥立雨，浪花一肩；采采白蘋，江南曉烟。

疏俊　卓卓野鶴，超超出羣；田家敗籬，幽蘭逾芬。

孤瘦　空山沍寒，老梅古愁；遥指木末，一僧一樓。

精鍊　鉥心掐胃，韜神斂光；水爲沈流，星無散芒。

靈活　荷露入握，菊香到瓶；四無人語，佛閣一鈴。

其所標詞品，雖間有指工力者，如『獨造』、『精鍊』，而大抵皆屬意境。要之，迹象可求，意境難辨。就詞之迹象言，則婉約與豪放之分，亦可得其大較。而就詞之意境言，則頻伽、伯夔之所標舉者，差可奄有衆妙。惟其剖析微茫，可意會而不可言傳耳。

二〇　當行出色

《西廂》：『繫春心，情短柳絲長；隔花陰，人遠天涯近。』在曲中，非當行出色之語。蓋北曲專重白描，不尚辭藻；若以此兩句作詞看，却是絕妙好詞。

二一　葉元禮

吾邑詞人，在郭麐以前卓然名家者，如女作家葉小鸞及葉元禮（舒崇）、徐釚（電發），其最著者也。元禮丰神儁逸，不減衛玠。其風流韻事，播於藝林，傳爲佳話。朱彝尊（竹垞）〔慶春澤〕一闋，即爲元禮而作。元禮少時，嘗隨其兄學山（舒胤）過流虹橋（在今吴江城西門外），有女子在樓上見而慕之，問其母曰：『有與葉九秀才偕行者，何人也。』母漫應之曰：『三郎也。』女積思成疾，將終，語母曰：『得三郎一見，死無恨矣。』氣方絶，元禮適過其門，母以女臨終之言告。元禮入哭，女目始瞑。竹垞詞云：『橋影流虹，湖光映雪，翠簾不捲春深。一寸橫波，斷腸人在樓陰。遊絲不繫羊車住，倚何人、傳語青禽。最難禁，倚徧雕闌，夢徧羅衾。　重來已是朝雲散，悵明珠佩冷，紫玉烟沉。前度桃花，依然開滿江潯。鍾情怕到相思路，盼長堤、草盡紅心。動愁吟、碧落黄泉，兩處誰尋。』（見《江湖載酒集》）元禮著有《謝齋詞》，啼香怨粉，怯月淒花，清儁秀麗，一如其人。嘗客會稽，每入市，窺簾者夾道。時宋副使琬，觀察越中，曰：『是將「看殺衛玠」。』因招之入署讀書。（見朱彝尊《靜志居詩話》）元禮既至西泠，遇雲兒於宋觀察席上，一見留情，時尚未破瓜也。雲兒居孤山別墅，密簡相邀，訂終身焉。別五年，復至湖頭，則如綵雲飛散，不可蹤迹矣。元禮撫今追昔，情不自禁，援筆賦〔浣溪沙〕四闋。（見徐釚《南州草堂詞話》）其一云：『彷彿清溪似若耶。底須惆悵怨天涯。青驄繫處是儂家。　生小畫眉分細繭，近來綰髻學靈蛇。妝成不耐合歡花。』其二云：『柳暖花寒懊惱時。春情脈脈倩誰知。廉纖香雨正如絲。　團就鏡台烏鰂墨，寄來江上鯉魚詞。此生有分是相思。』其三云：『潛背紅窗解佩遲。銷魂爾許月明時。羅裙消息落花知。　蝶粉蜂黄拚付與，淺顰深笑總難知。教人何處懺情癡。』其四云：『斗帳脂香夜半侵。幾香絮語夢難尋。清波一樣淚痕深。　南浦鶯花新別恨，西陵松柏舊同心。一番生受到而今。』雲兒即阿芸，元禮別有〈寄阿芸〉一律，可資考證。

葉小鸞，字瓊章，一字瑤期，自號煮夢子，紹袁幼女。葉氏一門風雅，其母沈宜修（宛君）有《鸝吹詞》，姊紈紈（昭齊）、小紈（蕙綢），均善倚聲，而瓊章尤爲傑出。所著《疏香閣詞》，不特可冠《午夢堂集》（葉氏總集），在徐乃昌《小檀欒室彙刻閨秀百家詞》中，亦可壓卷。其〔如夢令〕〈辛未除夕〉云：『風雨簾前初動。早又黄昏催送。明日縱然來，一歲空憐如夢。如夢。如夢。惟有一宵相共。』又〔踏莎行〕歇拍云：『無端昨夜夢春闌，絲絲小雨花爲淚。』格韻高妙，氣體秀脱，方之《漱玉》，無多讓焉。年十九卒，紹袁哭之慟，作《續窈聞》云：『余家設香花幡幢，敦延吳門泐巷大師，問以亡女瓊章。師曰：「瓊娘向係月府侍書女史，因游戲人間，故來君家，今仍歸緱山仙府。」隨爲遣使招之。少頃即至，題句云：「幃風瑟瑟女歸來，萬福尊前且節哀。」二語即止，似哽咽不能成者。又作詩[一]呈泐，有「從今別却芙蓉主，永侍猊牀沐下風」之句；云：「願從大師授記，不往仙府矣。」師云：「皈依必須受戒，受戒必須審戒；我今一一審汝。』師云：「曾犯殺否。」云：「曾犯。曾呼小玉除花蝨，也遣輕紈壞蝶衣。」「曾犯盜否。」云：「曾犯。不知新綠誰家樹，怪底清簫何處聲。」「曾犯淫否。」云：「曾犯。晚鏡偷窺眉曲曲，春裙親繡鳥雙雙。」又審「四口惡業」，「曾妄言否。」云：「曾犯。自謂前生歡喜地，詭云今坐辨才天。」「曾綺語否。」云：「曾犯。團香製就夫人字，鏤雪裝成幼婦詞。」「曾兩舌否。」云：「曾犯。對月意添愁喜句，拈

〔一〕詩，原作『師』，據《午夢堂集》本《續窈聞》改。

花評出短長謠。」「曾惡口否。」云：「曾犯。生怕簾開譏燕子，爲憐花謝罵東風。」又審「意三惡業」，「曾犯貪否」，云：「曾犯。經營緗帙成千軸，辛苦鶯花滿一庭。」「曾犯嗔否。」云：「曾犯。怪他道蘊敲枯硯，薄彼崔徽撲玉釵。」「曾犯癡否。」云：「曾犯。勉棄珠環收漢玉，戲捐粉盒葬花魂。」師曰：「子固一綺語罪耳。」遂與之戒，名曰智斷，字絕際。』其事雖窈渺難信，而所引皆瓊章詩句，足見其才思之敏妙也。

二三　湘湄詞

與頻伽研討倚聲之學者，曰袁棠，字湘湄。湘湄所著詞集，曰《洮瓊》，曰《濃睡》。其詞清雋綿麗，卓然名家。顧以布衣終老，無籍甚名，其詞亦遂湮沒不彰。譚復堂獻輯《篋中詞》，始選錄之。余猶恨其表彰不力，未探驪珠。嘗屢爲摘句，以入詞話。茲更錄其〔河傳〕、〔唐多令〕兩闋，皆《篋中詞》所未選者也。〔河傳〕云：『春曉。雨小。陰陰院宇，落紅多少。聽他雙燕呢喃。闌干。東風寒不寒。　欠伸微度吹蘭息。香幃揭。小玉低聲說。略從容。下簾櫳。休傭。羅衣添一重。』〔唐多令〕，題爲〈白門使院桐花下作〉，詞云：『濃綠結陰涼。疏花作穗長。漏苔階，點點斜陽。隔院不知誰拜月，飄一縷，水沈香。　團扇記追涼。輕容玉色裳。倚梧桐，冷着思量。一樣黃昏人立地，多幾曲，短迴廊。』『湘湄舊藏宋帝賜周益公洮瓊硯，希世之寶也，故以名其館及詞。』聞之鄉先輩陳去病云。

上海《雜誌》一九四三年四月一〇日第一一卷第一期復刊第九號

文芸閣先生詞話

龍沐勛

《文芸閣先生詞話》，附小序一則、本傳一則，載南京《同聲月刊》一九四三年一月一五日第二卷第一二號，署『萬載龍沐勛輯』。今據該本迻錄，析爲二四則；原附《昭萍志略·人物志》本傳，今仍之。原無序號、小標題，今酌加。

文芸閣先生詞話目録

文芸閣先生詞話

予因重校《雲起軒詞》，遂就行篋所攜近人撰述之論及芸閣先生詞者，彙鈔成帙，附刊集後，藉爲學者參究之資。他日續有所得，當爲補入焉。中華民國三十二年一月，沐勛附記於金陵寓廬之荒雞警夢室。

一　朱彊邨〔望江南〕

歸安朱彊邨先生孝臧《彊邨語業》卷三，〔望江南〕〈雜題我朝諸名家詞集後〉云：『閒金粉，曹鄶不成邦。拔戟異軍成特起，非關詞派有西江。傲故難雙。』文道希

二　汪精衛手批《廣篋中詞》

番禺汪精衛先生兆銘手批《廣篋中詞》云：文芸閣能爲沈博絕麗之文，其詞脱胎蘇辛，而設色絢麗，無其率易之習，可謂於詞壇別樹一幟，蔚爲重鎮。

三　王伯沆手批《雲起軒詞鈔》

溧水王伯沆先生瀣手批徐刊《雲起軒詞鈔》云：芸老詞共一百五十餘首，初選得八十首，加朱圍其上，數月後重讀一過，又就鄙意遴其尤精者二十餘首。復增朱圍一，斷爲可删者八，餘俟異日再定。芸老爲近代詞學一大宗，所以嚴爲甄録者，實不欲此集有豪髮憾耳。

四　冒鶴亭《小三吾亭詞話》（一）

如皋冒鶴亭先生廣生《小三吾亭詞話》卷一云：萍鄉文氏，與余家三世，俱宦粤東。咸豐初，叔來觀察殉節嘉應，先曾王父伯蘭公亦殉乳源。兩家子弟，垂髫往還，其後復申之以姻婭。道希讀學廷式爲叔來觀察之孫，光緒庚寅廷試，以第二人及第。博聞彊記，似俞理初、章實齋一流人物。其畢生精力，盡在所著《純常子枝語》中。茂陵遺稿，無人過問，致足慨也。道希論本朝人詞，謂：『曹珂雪有俊爽之致。蔣鹿潭有沉深之思。成容若學陽春之作，而筆意稍輕。張皋文具子瞻之心，而才思未逮。』

五　冒鶴亭《小三吾亭詞話》（二）

又言：『自朱竹垞以玉田爲宗，所選《詞綜》，意旨枯寂。後人繼之，尤爲冗漫。以二窗爲祖禰，視辛、劉若仇讐，家法若斯，庸非巨謬。』故其所作《雲起軒詞》，渾脱瀏灕，有出塵之致。亦可謂出其餘事，足了千人者矣。〔虞美人〕云：『無情流水聲嗚咽。夜夜鵑啼血。幾番芳訊問天涯。

不道明朝、已是隔牆花。　夕陽送客咸陽道。休訝歸期早。銅溝新漲出宮牆。海便成田、容易莫栽桑。』自注：乙未四月作。〔翠樓吟〕云：『石馬沉煙，銀鳧蔽海，擊殘哀筑誰和。旂亭沽酒處，看大艑，風檣峨舸。元龍高卧。便冷眼丹霄，難忘青瑣。真無那。冷灰寒柝，笑談江左。　一笴能下聊城，算不如呵手，試拈梅朶。苕鳩棲未穩，更休説、山居清課。沉吟今我。祇拂劍星寒，欹屏花妥。清輝墮。望窮煙浦，數星漁火。』〔永遇樂〕云：『落日幽州，憑高望處，秋思何限。候雁高鳴，驚麐晝竄，一片飛蓬捲。西風萬里，踰沙越漠，先到斡難河畔。但蒼然、平原目極，玉關消息初斷。　千里祇有，明妃塚上，長是青青未染。聞道胡兒，祁連每過，淚落笳聲怨。風霜頓改，關河猶昔，汗馬功名今賤。驚心是、南山射虎，歲華易晚。』

六　冒鶴亭《小三吾亭詞話》（三）

又云：庚子辛丑之間，道希寓黄歇浦。其時帶甲天地，京朝士夫多南還。若沈子培子封兄弟、丁叔衡、費屺懷、張季直暨外舅黄叔頌先生，與余輩朝夕咸集，極一時文酒山河之感。道希曾賦〔念奴嬌〕詞云：『江湖歲晚，正少陵憂思，兩鬢衰白。誰向水精簾子下，買笑千金輕擲。淒訴鵾絃，豪斟玉斝，黛掩傷心色。更持紅燭，賞花聊永今夕。　聞説太液波翻，舊時馳道，一片青青麥。翠羽明璫飄泊盡，何況落紅狼籍。傳寫師師，詩題好好，付與情人惜。老夫無語，卧看月下寒碧。』迄今思之，何異《東京夢華》也。道希之以病歸萍鄉也，余送之登舟，惜别懷歡，黯然無緒。道希尋舉六祖『落葉歸根，來時吃飯』二語，遂别去。别未久，遽歸道山。讀其病中〔南鄉子〕詞云：『一室病維摩。且喜閒庭掩雀羅。煑藥翻書渾有味，呵呵。老子無愁世則那。　莽莽舊山河。

翰林院侍讀學士。羣小側目，中以蜚語，憂傷憔翠，自戕其生。天喪斯文，後無來者，我豈阿其所好耶。誰向新亭淚點多。惟有鷓鴣聲解道，哥哥。行不得時可奈何。』道希四十始通籍，以大考第一，擢

七　夏映庵《忍古樓詞話》（一）

新建夏映庵先生敬觀《忍古樓詞話》云：余作詞始於庚子，時寓居海上，與萍鄉文道希兄弟日相過從，道希頗授予作詞之法。一夕，李伯元茂才於酒肆廣徵京津樂籍南渡者四十餘人，爲評隲殘花之舉。余首賦〔念奴嬌〕詞，道希輩頗擊節歎賞，和者遂十餘人。道希詞云：『江湖歲晚，正少陵憂思，兩鬢衰白。　誰向水精簾子下，買笑千金輕擲。淒訴鵾絃，豪斟玉斝，黛掩傷心色。更持紅燭，賞花聊永今夕。　聞説太液波翻，舊時馳道，一片青青麥。翠羽明璫飄泊盡，何況落紅狼籍。傳寫師師，詩題好好，付與情人惜。老夫無語，卧看月下寒碧。』余詞云：『催花羯鼓，怪聲聲動地，漁陽摻急。吹起辭枝紅亂旋，莫道東風無力。析木青萍，桑乾白柳，夢見傷心色。黄塵走馬，舊衣曾涴京陌。　分付紅粉歌筵，金尊休淺，同是江南客。行遍天涯都不似，却悔年時心迹。罥樹游絲，迸盤清淚，思繞腸牽直。四條絃上，數聲如訴如泣。』此詞余集中不載，今日視之，正是小兒初學語也。《詞學季刊》第一卷第二號

八　夏映庵《忍古樓詞話》（二）

又云：番禺葉玉甫恭綽，亦號遐庵，蘭臺先生之孫也。幼隨父仲鸞太守於南昌官所，與余爲總角

交。年十六七即能詞，萍鄉文芸閣學士廷式極歎賞之。芸閣詞宗蘇辛，玉甫嘗爲余言：『近代詞，學辛者尚有之，能近蘇者，惟芸閣一人耳。』余謂：『學辛得其豪放者易，得其穠麗者罕。蘇則純乎士大夫之吐屬，豪而不縱，是清麗，非徒穠麗也。』同上第一卷第四號

九　夏吷庵手批《東坡詞》跋

又手批《東坡詞》跋云：『近人惟文道希學士，差能學蘇。』《同聲月刊》第二卷第十號

一〇　郭嘯麓《清詞玉屑》

閩縣郭嘯麓先生則澐《清詞玉屑》卷六云：文道希學士，爲珍、瑾二妃師。其由大考首列，驟遷讀學，蓋由特眷。甲午之役，與張嗇庵俱主戰甚力。常熟入其言，亦力主之。在朝，頗抗章言事，風棱殊峻，卒以此斥罷。余嘗見其〈詠盆荷〉〔金縷曲〕云：『生小瑤宮住。是何人、移來江上，畫欄低護。水佩風裳映空碧，祇恐夜涼難舞。但愁倚、湘簾無語。太液朝霞和夢遠，更微波、隔斷鴛鴦語。抱幽恨，恨誰訴。　湖山幾點傷心處。看微微殘照，蕭蕭秋雨。忍教重認前身影，負了一汀鷗鷺。休提起、洛川湘浦。十里曉風香不斷，正月明、寒瀉金盤露。問甚日，凌波去。』繹其辭意，蓋痛潛龍之困，兼哀椒掖也。

一一　胡步曾激賞文芸閣

新建胡步曾先生先驌評文芸閣《雲起軒詞鈔》、王幼遐《半塘定稿賸稿》云：曩與王伯沆先生

評騭晚清詞家，予極推重王幼遐與朱古微。先生雖許之，而特激賞吾鄉文芸閣。其時予尚未見文詞也。乃從先生假《雲起軒詞鈔》，歸而誦之。見其意氣飆發，筆力横恣，誠可上擬蘇辛，俯視龍洲。其令詞穠麗婉約，則又直入《花間》之室。蓋其風骨遒上，並世罕覯，故不從時賢之後，局促於南宋諸家範圍之内。誠如所謂美矣善矣。視王半塘之導源碧山，復歷稼軒、夢窗，以還於清真者，不幾微有天機人事之别耶。然嘗試溯詞之源流，本爲歌曲之濫觴，雕蟲之小技，春花秋月，徵歌按舞之候，所以寄麗情，調急管，以圖一夕之歡者耳。初非莊重雅正之詩可比。故《花間》一集，全賦豔情，其淫靡之甚者，且鄰於鄭衛。時至北宋，尚沿故習。故耆卿《樂章》，多雜鄙語，山谷小詞，不登大雅，范文正不惜爲『都來此事。眉間心上，無計相迴避』之語，歐陽文忠且傳有『堂上簸錢堂下走，那時相見已關心。何況到如今』之辭，蓋風尚使然也。自東坡以横放傑出之才，爲銅琶鐵板之曲，逸懷浩氣，超脱塵垢，於是《花間》爲皂隸，而耆卿爲輿臺，風氣乃爲之丕變。至辛稼軒之〔菩薩蠻〕〈書江西造口壁〉，〔破陣子〕〈爲陳同甫賦壯詞〉，幾不知其爲令詞矣。自是以降，雖不人爲蘇辛，而詞已盡洗綺羅香澤之態，無論爲白石之清空，或夢窗之穠麗，要不容纖悉傖俗之氣存乎其間。而傖俗則《花間》之痼疾，北宋所不免，雖清真且以不高遠見譏也，故南宋名家，决不作『啼粉涴郎衣，問郎何日歸』之傖語，即周清真之『低聲問，向誰行宿，城上已三更。馬滑霜濃，不如休去，直是少人行』，與『有何人念我無聊，夢魂凝想鴛侶』，及『不戀單衾再三起。有誰知，爲蕭娘，書一紙』，亦非白石、夢窗所肯落筆也。嘗謂惟南宋之詞爲雅詞，要亦文學進化之跡有然。

《雲起軒詞》之勝於時賢者，以其令詞逼肖《花間》，非他人所能企及。而其品格，則反以耽於側豔，遂落下乘。半塘則無此病也。即《花間》一集，其中諸詞，亦有雅鄭之別。如溫助教之作，則尚爲美人芳草之思，如『春夢正關情。鏡中蟬鬢輕』，『鸞鏡與花枝。此情誰得知』，『春恨正關情，畫樓殘點聲』，『紅燭背，繡簾垂。夢長君不知』，『若耶溪。溪水西。柳隄。不聞郎馬嘶』，皆語語有身分，所謂麗以則者。至顧敻之〔荷葉杯〕，則直鄭衛之聲矣。《雲起軒》之豔詞，高者可以頡頏助教，下者則不免《花間》之惡調，然純自藝術一方面觀之，尚有非顧敻、牛嶠所能及者。如〔菩薩蠻〕云：『簾波輕漾屏山悄。錦衾夢斷聞啼鳥。此際覺春寒。繡羅衣恁單。　幽蘭凝露重。江遠蘋花共。愁極夜如年。静看罏上煙。』〔思佳客〕〈古意〉云：『十幅緗簾窣地垂。千株楊柳麴塵絲。玉人手把菱花照，絶代紅顔欲贈誰。　花子薄，翠顰低。輕紗吉了稱身宜。苧蘿女伴如相問，莫道儂家舊住西。』〔清平樂〕云：『春人婀娜。春恨吟難妥。一縷醲香熏意可。獨倚雲屏閒坐。　林間百種鸎啼。玉階撩亂花飛。生怕韈羅塵涴，黄昏深下犀帷。』〔浪淘沙〕云：『半捲水精簾。漏静香添。薄寒已是換吴綿。鏡裏修眉天上月，比似纖纖。　閒檢道書籤。嬾卸花鈿。嬌羞卻趁翠帷前。坐又不成眠又起，良夜厭厭。』皆矜嚴得體，無纖細之語，側豔之思。〔菩薩蠻〕一闋，置之溫助教集中，可亂楮葉。又如〔天仙子〕云：『草緑裙腰山染黛。閒恨閒愁儂不解。莫愁艇子渡江時，九鸞釵。雙鳳帶。杯酒勸郎情似海。』雖非名貴之作，尚不俚俗也。至〔點絳脣〕云：『惜別經年，愔愔長憶卿知否。近偎羅袖。密意花房逗。　借看鸞釵，私掐纖纖手。端相久。眉痕依舊。只是黎渦瘦。』〔浣溪紗〕〈擬唐人〉云：『著意偎人思不禁。寒燈相對夜沈沈。此時何必是同心。　凝視酒痕侵素靨，近前香氣透羅襟。不情端恐負神明。』〔巫山一段雲〕云：『繫肘香囊在，同心綵勝遥。東風吹滿綠楊橋。離魂一度銷。　記得星眸寶靨。醉裹花枝微顫。明燈回照下幃羞。隨郎不自由。』則如妖姬姹女，其媚在骨，雖爲歌場班首，究異於大家閨秀也。然其設色之工麗，雖柳七不能尚焉。至〔浣溪紗〕云：『纔啓朱櫻轉自緘。柔腸似結解應難。感郎情重畏郎憨。　也解避嫌防後悔，時將薄怒掩深慙。此時輕别阿誰甘。』又：『小醉歸來夜已分。新茶潑乳捧殷勤。夢回初覺髮香熏。　昵枕低幃千種態，向時矜重霎時親。細看濃翠拂輕颦。』則直《疑雨集》之流亞，不期見諸名家集中，尤不期見諸入蘇辛之室之《雲起軒詞鈔》中也。於是不能無憾於爲之刊行者，不加以沙汰選擇也。彊邨詞中摹擬《花間》之作，視此名貴殊甚，而《鶩音集》中概從割棄，非以狂花客慧，非所以藏諸名山者耶。

一三　神來之作

然《雲起軒詞》不僅以此類令詞擅場也。令詞一如絶句，最難見長，以其氣短少迴旋之餘地，而在能手則每多神來之作。如上舉辛稼軒之〔破陣子〕、〔菩薩蠻〕是。其次亦須清韻悠然，繞梁不絶，方稱能事。雲起軒於此，晚清五十年間，殆無能與抗手者。如〔鷓鴣天〕〈題王幼遐御史秋窗憶遠圖〉云：『壁滿花穠世已更。讀碑猶記擘箋名。屋梁月落懷人夢，易水霜寒變徵聲。　家國恨，古今情。鏡中白髮可憐生。君知六代恖恖否，今夕沙邊有雁驚。』其大聲鞺鞳處，直可高揖稼軒。又如〔玉樓春〕云：『南來北去經行慣。歷歷關河長在眼。仙山無樹鶴書稀，滄海生波龍穴淺。　袖中賸有陰符卷。醉裏不辭遊俠傳。借如李令擁旌旗，何似顧榮揮羽扇。』又：『洞天福地何蕭爽。芝草琅玕日應長。浩歌華月碧山間，九點齊烟如在掌。　清狂試演霓衣唱。自叩銅鉦神益王。一杯舉手勸長星，江水滔滔前後浪。』〈鷓鴣天〉〈即事〉云：『劫火何曾燎一塵。側身人海又翻新。閒憑寸硯磨礱世，醉折繁花點勘春。　聞柝夜，警雞晨。重重宿霧鎖重闉。堆盤買得迎年菜，但喜紅椒一味辛。』又：『臘鼓聲中醉一杯。世情不復强安排。錯從蟻穴聞牛鬭，自縱鵬天任燕猜。　看傀儡，賣癡獃。草頭木脚滿槐街。祥雲輝映三千界，曾見崆峒訪道來。』曠朗之懷，溢於言表。所以藏諸名山，傳之百世者，此類之作也。

一四　慢詞悲壯激越

其慢詞之悲壯激越，神似稼軒，而無龍洲之俚，其興到之作，雖半塘亦非其匹。如〈八聲甘州〉〈送志伯愚侍郎赴烏里雅蘇臺〉一詞，予已在他文中舉之矣。其〈永遇樂〉〈詠秋草〉云：『落日幽州，憑高望處，秋思何限。候雁高鳴，驚麏晝竄，一片飛蓬捲。西風萬里，踰沙越漠，先到斡難河畔。但蒼然、平原目極，玉關消息初斷。　千年祇有，明妃冢上，長是青青未染。聞道胡兒，祁連每過，淚落笳聲怨。風霜頓改，關河猶昔，汗馬功名今賤。驚心是、南山射虎，歲華易晚。』真聲裂金石之作，與辛稼軒〈永遇樂〉〈北固亭懷古〉一闋，直相伯仲。其嶔崎磊落之襟懷，亦千載下若合符節。學蘇辛至此，斯能盡蘇辛之能事矣。又如〈木蘭花慢〉〈寄上元王木齋〉云：『男兒何不請長纓。揮劍剸龍庭。祇麻衣入試，金門獻賦，那算功名。藏形。不妨操畚，學兵符、須入華山深。四野荒雞喚曉，萬重飛雁迴汀。』其胸中獨往獨來之氣，亦非强作高調者所能模擬。至〈八歸〉

〈答沈子培刑部贈别〉之作云：『誰信蒼梧路阻，憑將心事，唤醒西京銅狄。罾蛟潭底，拜鵑林下，此意無人知得。』睠懷君國之思，溢於言表。可奈東風，吹不散濃雰淒霧，漆室之憂，〈小弁〉之怨，固又不可以尋常詞句論矣。

一五　閒淡之作

其較閒淡之作，亦神思飄逸，清迥絶塵。如〔水龍吟〕云：『我是長安倦客，二十年、輭紅塵裏。無言獨對，青燈一點，神遊天際。海水浮空，空中樓閣，萬重蒼翠。待驂鸞歸去，層霄迴首，又西風起。』可謂神似東坡。〔賀新郎〕〈贈黄公度觀察〉云：『平生儘有青松約。好布被、横擔榔栗，萬山行脚。閶闔無端長風起，吹老芳洲杜若。撫劍脊、苔花漠漠。吾與重華遊元圃，遭迴車、日色崦嵫薄。歌慷慨，南飛鵲。』亦蕭灑閒逸，非斤斤於音節宫徵之細者。又如〔瑣窗寒〕〈九江旅舍〉云：『酒所。看今古。對斗柄芒寒，滿江清露。琵琶自語。誰似當年白傅。倚危闌、愁見浪花，海雲正起郎勿渡。』對景興懷，自饒清韻，皆最耐人尋味者也。

一六　曠達高人一等

芸閣之爲人，風期雋上，不拘細行，以少年高第，因緣時會，得明主之寵任，不數載而躋高位，居清要，其才其遇，仿佛似李供奉。而其蹉跌亦似之。放逐後豪情猶在，終其身無幽憂之語，不得不謂曠達高人一等也。惟庚子八月〔憶舊遊〕〈詠秋雁〉云：『梳翎。自來去，歎市朝易改，風雨多經。天遠無消息，問誰裁尺帛，寄與青冥。遥想横汾簫鼓，蘭菊尚芳馨。又日落天寒，平沙列幕邊馬嗚。』尚遺憾於戊戌之失敗，不能已於言。此外如『懷抱向人何處盡，臥聽林風淒寂。經卷楞嚴，琴聲賀若，静頑爐煙直』，『朦朧世態休看鏡，撩撥清愁且著書』，蓋雖憂患之餘，猶能善自排遣如此。其〈病中戲筆〉云：『一室病維摩。且喜閒庭掩雀羅。賫藥繙書渾有味，呵呵。老子無愁世則那。』真能處逆境者，即此已高出人一頭地也。

一七　《半塘詞》與《雲起軒詞》異趣

《半塘詞》則與《雲起軒詞》異趣，蓋其淵源各別也。《雲起軒詞》所宗純爲蘇辛，小令則步趨《花間》，於南宋諸大家，絕少浸淫，故其豔麗在面而不在骨，其豪詞亦磅礴有餘，沈著不足，尤無論於研鍊濬秀之勝矣。《半塘詞》自南追北，既得夢窗之研鍊，復得稼軒之豪縱，工力才華，互相爲用，與雲起軒純恃才華者異趣，雖無以別尹邢，然自操勝算也。其不類處尤在令詞。半塘非無風懷者，其爲人之不拘小節，亦仿佛似文芸閣。然其所治爲兩宋，故芸閣所躭側豔之語，半塘乃不屑爲之。其豔詞之最可誦者，如〔鷓鴣天〕云：『笑裏重簪金步搖。鸚哥學語儘能嬌。祇愁淡月朦朧影，難驗微波上下潮。　牋十色，燭三條。東風從此得愁苗。靈蕤祕記分明在，回首神峯萬仞高。』〔南鄉子〕云：『斜月半朧明。凍雨晴時淚未晴。倦倚香篝溫別語，愁聽。鸚鵡催人說四更。　此恨拚今生。紅豆無根種不成。數徧屏山多少路，青青。一片煙蕪是去程。』〔玉樓春〕云：『落花風緊紅成陣。睡重不知春遠近。箏絃聲澀鎮慵調，燕語情多羞借問。　屏山苦隔天涯信。咫尺關河千萬恨。樓前芳草遠連天，望眼不隨芳草盡。』又：『不辭沈醉東風裏。笑解金魚能值幾。四條絃語輭如煙，一桁簾痕清似水。　醉調銀甲寒侵指。只有翠尊知客意。酒雲紅暈襯微渦。解向歌塵凝處起。』〔鵲踏枝〕云：『落蕊殘陽紅片片。懊恨比鄰，盡日流鶯囀。似雪楊花吹又散。東風無力將春恨。　慵把香羅裁便面。換到春衫，歡意垂垂淺。襟上淚痕猶隱見。笛聲催按〔梁州〕遍。』又：『斜日危闌凝佇久。問訊花枝，可是年時舊。濃睡覺來如中酒。誰憐夢裏人消瘦。　香閣簾櫳煙閣柳。片霎氤氳，不信尋常有。休遣歌筵回舞袖。好懷珍重初三後。』又：『幾見花飛能上樹。難繫流光，枉費垂楊縷。箏雁斜飛排錦柱。只伊不解將春去。　漫許心情黏地絮。容易飄揚，那不驚風雨。倚遍闌干誰與語。思量有恨無人處。』皆極穠豔，然意深而隱，語婉而曲。以擬《花間》固不類，然未始非《花間》後一轉境也。夫美人芳草之思，本爲詩歌一要素，然自有達之之道，不必取償於肉感之美也。吾以爲『祇愁淡月朦朧影，難驗微波上下潮』，豔麗極矣，更何必明指，如『凝視酒痕侵素靨，近前香氣透羅襟』哉。雖然，此非所以持文王之短長，其所師法者自有別也。

一八　慢詞殆不相下

至於慢詞，雖騰踔橫厲，未能突過雲起軒，而悲壯激越，殆不相下。其淒厲處且非雲起軒所能及也。其〔念奴嬌〕〈登暘臺山絕頂望明陵〉之作，弔古傷今，淒激無對，余已在他文中舉似之矣。他如〔鶯啼序〕〈和子苾同叔問登北固樓用夢窗韻聯句〉之作，後兩段云：『新詞讀罷，琴筑蒼涼，想寤歌獨寐。清嘯對、江山名勝，坐念當日，名士新亭，暗傾鉛淚。飆輪電卷，驚濤夜湧，承平簫鼓渾如夢，望神州、那不傷愁悴。風沙滾滾，因君更觸前遊，驚心短歌聲裏。　長安此日，斗酒重攜，且吟紅寫翠。漫省念、關山漂泊，海水橫飛，怕有城烏，喚人愁起。與君試向，危樓凝睇，綠陰如幙芳事歇，惜流光、誰解新聲倚。從教淚滿青衫，俯仰蒼茫，恨題鳳紙。』繁聲急節，感時撫事，庚子山〈哀江南〉後，殆少此作。又如〔滿江紅〕〈送安曉峰侍御謫戍軍臺〉云：『荷到長戈，已禦盡、九關魑魅。尚記得、悲歌請劍，更闌相視。慘淡烽煙邊塞月，蹉跎冰雪孤臣淚。算名成、終竟負初心，如何是。 天難問，憂無已。真御史，奇男子。只我懷抑塞，媿君欲死。寵辱自關天下計，榮枯休論人間世。願無忘、珍惜百年身，君行矣。』悲壯激越，一時無兩。雖安之劾李文忠，不得不謂爲昧於時勢，而在英主之前，疏論權相，不得不謂爲『真御史，奇男子』也。此詞語語自肺腑中流出，非但贈安，亦以寄意。則他日之屢捋虎鬚，抗疏直諫，固有以也。

一九　淒緊動人心魄

嘗讀《雲起軒詞》，覺其奇情壯采，誠一時無兩，而淒緊動人心魄者，則殆不多見。以所遭而論，半塘不過一喜言事之侍御史耳，芸閣則居清要，預機密，其一身之利害，與戊戌之成敗，息息相關。珍妃爲其弟子，德宗爲其恩主，則竄逐之後，宜有抑塞淒慕之懷，形諸筆墨矣。而乃不然，吾人已見其庚子詠秋雁之作，不過僅表遺憾，與致慨於人事變幻之不常而已。一若非局中人而爲隔岸觀火者，固由於善自排遣，然其睠懷君國之思，恐亦遜人一等也。在半塘則不然。如〔西河〕〈燕臺懷古用美成韻〉云：『酒酣擊筑甚處市。是荆高、歌哭鄉里。眼底莫論何世。又盧溝冷月、無言愁對。易水蕭蕭悲風裏。』如〔尉遲杯〕〈次漚尹寄弟韻〉云：『誰念舊日神州，看青暗、齊煙九點猶凝。清渭東流無消息，衰淚與、銀瓶水迸。長歌斷、悲風自發，正塵暗、銅駝泣露梗。』在在皆蒿目時難之語。又如〔滿江紅〕〈敬書岳忠武王贈吳將軍寶刀行墨蹟後〉云：『暗嗚氣，悲涼曲。千萬徧，循環讀。歎王刀可假，何堪重辱。悵望千秋人不見，相尋一輸車還覆。』〔滿江紅〕〈朱仙鎮謁岳鄂王祠敬賦〉云：『風帽塵衫，重拜倒、朱仙祠下。尚仿佛、英靈接處，神游如乍。往事低徊風雨疾，新愁黯淡江河下。』〔倦尋芳〕〈同人社集瓣香樓，俯仰今昔，慨然有作，樓爲許奉新行河時奏建，祀文正、忠襄二曾公〉云：『看檻外、斜陽烟柳，腥染春愁，淒抑相向。一瓣香熏，目斷岳靈天上。茶火風雲名士氣，河山涕淚平戎想。』對於岳忠武、二曾公屢表思慕景仰之懷，蓋有感於甲午、庚子之再辱，怵於内憂外患之相迫而至，遂深時危則思頗、牧之懷也。夫如是，則可媲美杜陵詩史，不僅爲刻畫風月之小技矣。

二〇　氣節相尚

朱古微序《半塘詞》云：君天性和易，而多憂戚，若别有不堪者。既任京秩，久而得御史，抗疏言事，直聲震内外。然卒以不得志去位，其遇厄窮，其才未竟厥施，故鬱伊不聊之概，一於詞陶寫之，其哀樂誠有過人者。而天性尤厚，如〔金縷曲〕〈二月十六日紀夢〉云：『不堪衰鬢成翁矣。試回頭、卌年彈指，悲歡夢裏。難得宵來團圞樂，情話依依在耳。似遠别、悤悤分袂。若是九原仍骨肉，算此身、此日翻如寄。非耶是，更誰會。』〔金縷曲〉〈辛峯至自汴梁，出示所作和稼軒詞數十篇，讀之喜不自禁，即用稼軒韻題此索和〉云：『心事從何説。算平生、等閒消盡，酒漿裘葛。回首麻衣十年恨，淚盡隴山冰雪。暗循徧、絲絲華髮。何物向禽兒女累，負歸雲、夢渺瀧岡月。』〔摸魚兒〕〈癸巳熟食雨中〉云：『壺山路，昨夜夢中親見。棠梨幾處開徧。東風濺慣孤兒淚，那更雁行中斷。』〔滿江紅〕〈辛峯沒於泰州，七月三日，設奠成服，賦此招魂〉云：『淚灑椒漿，誰信道、望風酹爾。試屈指、天涯骨肉，衹今餘幾。一個那堪今又弱，諸孤藐爾知何似。最傷心、愁病念兄衰，書新至。』〔長亭怨慢〕〈泊灣頭，距揚州十里，追悼辛峯，淒然有作〉云：『凝佇。歎人天咫尺，今夜夢魂通否。烏啼月落，衹倦枕、殘更頻數。倘雁影、得並江湖，早歡入、鐙前兒女。』皆一字一淚，哀痛之情，溢於言表，其篤於天倫者如此。他如〔徵招〕〈過觀音院追悼疇丈〉，〔齊天樂〕〈讀金陵詩文徵所錄疇丈遺著感賦〉，〔綺寮怨〕〈以疇丈鶴公所書聯吟詞卷屬叔問作感舊圖於卷後〉，〔齊天樂〕〈泊舟光福故友許鶴巢郎中鄉里也感題此解〉諸詞，沈著悲咽，語語自肺腑中流出，其篤於友朋之交誼者復如彼。而〈讀金陵詩文徵所錄疇丈遺著感賦〉云：『堂堂忠孝大節，叢殘文字裏，誰證孤抱。郭泰人師，灌夫弟畜，慙負針砭多少。』可知其所交遊者，非僅文字棋酒之朋，而爲以氣節相尚、道義相切劘者。其天性純篤如此，其文章自有過人者在也。惟其天性純篤，故哀樂過人，而歷世經驗特深。

二一　人生觀悲樂不同

《半塘詞》大致以淒悲爲骨，讀之固能使人深知世味，然非以供茶餘酒後之欣賞者也。今試取文芸閣與半塘二人〈送志伯愚侍郎赴烏里雅蘇臺參贊大臣之任〉之作相較，則可見二人之人生觀悲樂之不同。在文芸閣則曰：『有六韜奇策，七擒將略，欲畫凌煙。一枕瞢騰短夢，夢醒卻欣然。萬里安西道，坐嘯清邊。』又還堪慰，男兒四十，不算華顛。』在半塘則云：『老去驚心鼙鼓，歎無多哀樂，換了華顛。儘雄虺瑣瑣，呵壁問青天。認參差神京喬木，願鋒車歸及中興年。』在文以爲可樂者，在王則以爲可憂，兩詞皆爲名篇，而王詞意味，宜若較爲真實，切於事理也。半塘此種感於人事靡常之語，見不一見。〔徵招〕〈觀音院追悼疇丈〉云：『殘僧驚客老，問哀樂、中年多少。』〔東風第一枝〕〈己亥人日，社集四印齋，賦得人日題詩寄草堂〉云：『醒醉裏、盛年暗度。歌哭外、舊游何處。已拚書劍飄零，老懷倦裁秀句。』〔月華清〕〈己亥中秋〉云：『漫説霓裳舊譜。歎老去纔知，管絃淒楚。默數華年，換了幾般幽素。甚時遣、似水閒愁，都化作半空飛霧。』〔三姝媚〕〈四月十日病起，賦寄叔問叔由〉云：『杜宇催人休苦。問廢綠迷津，勸歸何處。花影吹笙，敞畫簾、空憶月明前度。那得流光，將恨與、頹波東注。』反覆申言，莫非此意。在豪放之《雲起軒詞》中，則甚少此類語句，而饒及時行樂之意。自深於世味者觀之，豪邁超脱之辭固佳，然昭示物情，動人深思，則淒警之辭，較耐尋味焉。

二三　性情與遭遇

兩家之詞，性質所以異者，固由於性情之不同，而其人之遭遇，亦自有異。文芸閣少年掇巍科，躋高位，居清要，文譽翔於朝野。後雖以政變遭竄逐，綜其一生，功名事業，要遠在王半塘之上。半塘久任京秩，始得御史，終以言事外簡，且不得循例之遷轉，歷境坎坷，要爲特甚，故早年便有『歎臣朔常饑，將軍負腹，奇氣向誰吐。休起舞。便燕頷權奇，無覓封侯處』之語，他如『老境閉門思種菜，未要木奴千樹』，『天外冥鴻不可招。十年心迹負團瓢。歸也好。只畫裏煙巒，無地供游釣』，抑鬱之懷，有不得已於言者，與趙堯生『低顔入市，對年少、休問金貂酒價』之語，同寄一慨。故在文芸閣，自不難作『孔雀羅裙擎玉盌，鵝兒錦帕覆雕鞍。偶憶蒲萄過大宛。閒尋芝艸渡扶桑，寶瑟歌成三婦豔。銀鎗舞急萬人呼，易水行時虹貫日，扶餘王後氣成雲』之豪語，而半塘衹能作

『喚取花前金叵羅。醉時了了醒時歌。東風去住無憑準，奈爾雞聲馬影何』抑塞不平之語也。又如〔浣溪紗〕〈題丁兵備丈畫馬〉云，『空闊已無千里志，馳驅枉抱百年心』，亦自悲其遇也。

二三　文似李王似杜

綜而論之，二公皆一時詞場屠龍手，以技言殆難軒輊，然文頗似李白，王則似杜甫。有清詞家，舍蔣鹿潭外，能與之抗手者殆鮮。然聞雲起軒繼起者無人，繼半塘而起者，則朱古微、鄭叔問、況夔笙、趙堯生，皆名世作者，亦猶太白之後裔無人，而昌黎、白傅、義山、荆公、山谷、後山、簡齋、放翁、遺山，皆導源於杜陵也。抑李非學所能及，而杜則有軌範可循歟。無亦杜陵之詩，其深厚處，雖以太白之儁才，尚有不逮者歟。讀文王二家之詞，正可以此相喻也。《學衡雜誌》第二七期

二四　狄平子《平等閣詩話》

溧陽狄平子先生葆賢《平等閣詩話》云：文芸閣學士，嘗自誦〔水龍吟〕一闋示人云：『落花飛絮茫茫，古來多少愁人意。游絲窗隙。驚飆樹底。暗移人世。一夢醒來，起看明鏡，二毛生矣。看沐勛案：手稿及刊本皆作『有』葡萄美酒，芙蓉寶劍，都未稱，平生志。　我是長安倦客，二十年軟紅塵裡。無言獨對，青燈一點，神遊天際。海水浮空，空中樓閣，萬重蒼翠。待驂鸞歸去，層霄四首，又西風起。』且過陳右銘中丞，當時最賞此詞，謂非詞人之作。

附：

《昭萍志略·人物志》本傳

文廷式字芸閣，一字道爔。沐勛案：据《萍鄉文氏四修族譜》，字道希，號芸閣，《昭萍志略》誤。爲壯烈公晟之孫。資政大夫高廉兵備道星瑞之子。附監生。光緒壬午中式順天鄉試舉人。天才超軼，讀書十行俱下，過目不忘。尤長于史學，譽噪京師。名公卿爭欲與之納交。己丑欽取内閣中書第一名。庚寅恩科，成進士。覆試一第第一名。殿試一甲第二名及第。授職翰林院編修。旋充國史館協修，會典館纂修，本衙門撰文。癸巳恩科，充江南鄉試副考官。所取多名下士。閱近人叢刊中，有梓其《南軺日記》者。甲午御試翰詹，取一等第一名。昇授翰林院侍讀學士，兼日講起居注官，特派稽察右翼宗學。甲午會試磨勘試卷官，教習庶吉士。協同内閣批本，署大理寺正卿，加四級，覃恩加一級。負一時重望。遇事敢言。甲午中東和議，□人要挾過甚，廷式職司記注，一再陳諫，極言其不可從。有『辱國病民，莫此爲甚』等語。而揭參首輔，語尤激勵。奏稿流傳都下，見者以爲賈太傅痛哭流涕之言，不是過也。然卒以抗直，爲忌者所中，罷官歸里，杜門不出。戊戌政變，幾陷不測。至癸卯恩詔曠蕩，大臣有議起廷式官者。而廷式遽于甲辰八月逝世矣。朝野惜之。著有《補晉書·藝文志》、《雲起軒詞鈔》，均刊行。《純常子枝語》三十二卷，《奏議》六卷，《畫墁雜錄》、《知過軒文稿》、《芳蓀室譚録》、《美意延年室雜鈔》、《補過軒文集》、《元史録正》、《維摩語》、《文氏世録》、《聞塵偶記》，待刊。其行實已宣付史館，不復贅録。

南京《同聲月刊》一九四三年一月一五日第二卷第一二號

碩父詞話

碩父

《顗齋詞話》七則，載上海《永安月刊》一九四三年五月一日第四八期；《石淙閣詞話》四則，載九月一日第五二期、一一月一日第五四期；《石牀詞話》三則，載一九四四年七月一日第六二期；四期皆署『碩父』。今據此合三爲一，改題《碩父詞話》。原無序號、小標題，今酌加。

碩父詞話目錄

碩父詞話

一　《作詞十法》

元高安周德清（挺齋）撰《作詞十法》，謂作詞大抵先要明腔，後要識譜，審其音而作之，庶無劣調之失云。周氏所舉十法，爲知韻、造語、用事、入聲作平聲、陰陽、務頭、對偶、末句、定格等是也。元人之所謂詞，即今之所謂北曲。然周氏《十法》，亦可通之於詞也。

二　務頭

務頭之説，後之學者，每不知其究竟，而各家之説，亦時有出入。近人任氏中敏云：『一學者倘一時不解何處爲詞之務頭者，但看譜中某調註明某某字必當去上、去平、上平、去上平等等，不可移易者，即知是該調聲音美聽之處，填詞時若嚴守之，而文字又務求精警，務令聲文合美，則雖不悉中爲務頭之處，要亦相去不遠。』此與吳瞿安先生『每一曲中，必須有三音相連之一二語，或二音相連之一二語，即爲務頭處』之論，蓋相符也。

三　歌詞代各不同

明陸深《溪山餘話》云：『歌詞代各不同，而聲亦易亡，今世踵襲，大抵分爲二調。曰南曲、曰北曲。胡致堂所謂綺羅香澤之態，綢繆宛轉之度，正今日之南詞也；登高望遠，舉首高歌，而逸懷浩氣，超乎塵垢之表，近於今之北詞也。』詞曲分南北之説，始於明人。蓋北音高亢，南音柔靡，地域使然，有不能强同者矣。至於宋賢詞則婉麗與豪健者並有之，在當時殊無南北之説也。

四　詞貴守律

詞貴守律，前賢言之者多矣（清人詞有極不守律者）。自陽羨萬氏樹（紅友）《詞律》一書出，學詞者往往奉爲規臬也。夫古人作詞或前後兩首，偶有不同，亦爲習見。承學之士，往往以此爲籍口，率爾亂填，或妄自製腔調，滋可厭也。坊肆有所謂詞譜者，每於古人詞旁，亂注可平可仄，最爲誤人。嚴持平仄須當注意，即四聲陰陽，亦以不苟爲是。一調之中，豈無數字自以互用，然必無通篇可以隨便通融之理。學詞入手時，應嚴格自繩，他日受用不盡也。

五　唱詞之法

自填詞之説盛，而唱詞之法亡。南渡以降，樂譜亡佚，元曲大行，其音節已非，故今人而欲求唱詞之法，殊非易事。余維崐曲南詞，多沿用宋詞調名，如〔風入松〕、〔臨江仙〕、〔二郎神〕、〔洞仙歌〕、〔采桑子〕……等均是，以爲必尚有宋樂遺意（譬如六十年前之鼓詞，其調沿襲至今，詞意內容，雖常有改作，而其調依舊）。以此推之，殆亦相去不遠矣。

六　以崑曲歌詞

余爲探求唱詞之法，曾求教於當世諸詞學名家，而所以見授者，不過爲哦詩之法，私心不然也。乃更從南曲老樂工學，俾於崑曲之歌宋詞者以歌詞，詎知崑曲中，同一詞牌，往往唱法各異，甚至每曲之歌同一調名，亦各不相同。（如《紅梨記》〈亭會〉一折，小生所唱之〔風入松〕，與旦唱之〔風入松〕，其所吹之工調，不盡相同。）因此而轉覺茫然莫知所從焉。

七　唱曲與詞學

解唱曲者，於詞學大有裨益。如《千鍾祿》〈八陽〉一折，蓋北詞遺意也。其〔傾盃玉芙蓉〕『受不盡苦雨淒風帶怨長』一句，曲之唱音最高亢處也，非至唱時，不知其上去聲搭配之妙。『苦雨』『帶怨』四字若易以他字，决唱不到，亦决不能如此動人。日後唱詞時，便深知四聲之不可不講求矣。

上海《永安月刊》一九四三年五月一日第四八期，題《顗齋詞話》

八　學詞藻鑒

大鶴山人與張孟劬丈書，論詞極精，可爲學詞者之藻鑒。今摘錄其言於下：『沈伯時論詞云，讀唐詩多，故語多雅淡，宋人有隱括唐詩之例，玉田謂取字當從溫李詩中來，今觀美成、白石諸家，嘉藻粉縟，靡不取材於飛卿、玉溪，而於長爪郎奇雋語，尤多裁製。嘗究心於此，覺玉田言不我欺。因暇熟讀長吉詩，刺其文字之驚采絶艷，一一彙録，擇之務精，或爲妃儷，頓獲巧對。温八叉本工倚聲，其詩中典要，與玉溪獺祭稍別，亦可粹以藻詠，助我詞華，必不臆造纖靡之辭，自落輕俗之習，務使運用無一字無來歷。熟讀諸家名製，思過半矣。』夫詞者，詩餘也。兩宋名家，多有裁剪唐人詩句入詞者，自明人造作纖仄柔靡之辭，詞之博雅風格，爲之掃地。故欲求詞境之高、詞句之典，多讀唐人詩，爲不二法門也。

九　吳昌綬詞學之邃

仁和吳伯宛先生（昌綬）博通羣籍，爲一代名士，歿後，遺作多未梓行，詞稿亦不知散佚何處。頃見其和張山荷（壽樓春）詞有〈懷吳門舊燕〉云：『慚衰顔梔黄。聽鹽聲鵲外，蜜語蜂旁。猶記揉雲梨夢，膩脂蕁鄉。欹竇瑟、如人長。鳳城南、秋衾宵涼。恨卸朵鬟花，凝冰泪酒[一]，輕別（踏搖娘）。嗟漂泊，浮江湘。贈迴文錦字，年少疎狂。誰遣蕉抽心卷，藕連絲量。悲弱絮，懷猗桑。問空梁、燕泥存亡。誤石上三生，吳宮屧廓春草香。』自註云：此詞不惡，但用字太多，有類《演雅》，然不忍棄也云。先生寓居吳下時，嘗數與朱漚尹侍郎相和唱，侍郎恆稱道其詞學之邃焉。

上海《永安月刊》一九四三年九月一日第五二期，題《石淙閣詞話》

[一] 泪酒，或應作『泪洒』。

一〇　周保璋詞學

錢君西園郵示鄉前輩周保璋先生《鏡湄軒長短句》。先生爲邑名諸生，澹泊自持，不慕榮利，著書自遣，意宴如也。晚歲築室清鏡塘上，因自號曰『鏡湄居士』，其詞不務紛華，自見真色，亦可觀其爲人也。精音韻之學，著有《聲韻雜論》等書，未刊。其論詞之音律有云：『詞出於詩，詩原於《三百篇》，上而〔卿雲〕、〔南風〕，皆已被之絃歌。《書》曰：「詩言志，歌永言，聲依永，律和聲。」觀此數首，可知音律之大概矣。四聲之説，於古無傳，《三百篇》之韻，多平仄通叶。後世一字數音者，古音多略，究未知古人有無平仄之别。其爲詩也，豈有斟句酌字以求合律者。詩成而歌之，一詩有一詩之性情，即有一詩之音節。於是以樂器和之，所謂「聲依永」也；協之以律，定其某韻某調，使聲之高下清濁雜而不越，所謂律和聲也；〔高山〕、〔流水〕，聽其聲而可知其志，殆亦音節之出於性情者。後世詞家自度之腔，或務求悦耳，未必盡合古意。而因情生聲，尚近自然，……』文長不能悉録。夫近世詞人，於四聲之説，爭辯紛呶，引古證今，莫衷一是。閲先生之言，其亦可以休乎。

一一　縟麗與濃摯

《花間》一集，詞華紛茁，錯采鏤金，所謂『古蕃錦』者是也。然學其字面之縟麗，不如學其情境之濃摯。陽春翁於時名輩雖較後，然語淡而意真，實開晏氏父子、歐陽、子野一脈。夫學詞者不可不自小令入手，學小令應以陽春爲矩範，既可免雕飾之病，詠歎比興，亦可以知其大概焉。

上海《永安月刊》一九四三年一一月一日第五四期，題《石淙閣詞話》

一二　王西莊餘事爲詞

王西莊先生爲一代大儒，學術精邃，與錢辛楣先生齊名，所著《十七史商榷》一書，士林傳誦，爲治史學者之津梁。餘事爲詞，亦戛戛獨造。《謝橋》一集，余求之數年。頃得錢氏玉振堂手抄本，不禁狂喜。其中佳構極多，難勝遍舉。兹録其〔雙雙燕〕〈題張憶娘簪花圖〉云：『小脣秀靨，訝壓衆風流，趁時梳裹。冰蕤露萼，依約鬢邊花朶。當日平康占斷，按金縷、瑤笙吹和。贏他妙手調鉛，染出翠顰輕鎖。低嚲。娉婷婀娜。自化綵雲歸，粉香摧挫。釵鸞箏鴈，都逐亂紅飛墮。空剩霜紈塵涴。有多少、留題傳播。淚濕青衫[一]，一種傷心似我。』其風格在東山、梅溪之間，可謂傑出當時。

一三　程序伯《紅蘅別譜》

程序伯先生廷鷺，博學不仕，以丹青著譽，東南稱爲『小四家』之一。詩已刊者曰《以恬養志齋集》；所爲詞曰《紅蘅別譜》，未刊。近承錢君西園録副相眎，余愛其〈向湖邊青溪訪張麗華〉詞：『結綺臨春，一番塵劫，付與六朝啼鳥。脂井雲荒，春長紅心草。翠輦紅粱陳迹換，薄倖黃奴，甚甘被、嬋娟笑。烟月蕪城，有啼螿凄弔。欲問叢祠，捲夢靈旗杳。只小姑獨處，門外青山繞。嗚咽溪聲，算珮環歸去，正賞心亭外月初曉。休重憶，花發後庭，歌殘玉樹，落盡棠梨，暮雨行人

〔一〕『淚濕』句，按譜當爲六字句，此處疑有脱漏。

悄。』麗華祠在賞心亭側。比年旅食白下，訪之不可得。讀先生詞，重有慨焉。

一四　溫廷筠〔歸國謠〕

溫庭筠[一]〔歸國謠〕，一作牛嶠、馮延巳製。奥衍縟麗，爲小令傑搆，古今無和之者。余妄用其韻倚聲，頗爲詞壇傳誦，詞云：『苕華玉。鳳蹙寶鬘摇罘罳。吳綾香染紅粟。照觥雙袖綠。蕚梅半簪銀燭。踏歌蓮步促。寸波遥遞心曲。墜歡能再續。』

上海《永安月刊》一九四四年七月一日第六二期，題《石牀詞話》

[一] 溫庭筠，原作『溫廷筠』。

瘦儒説詞

瘦儒

《説詞》三則，載《新天津畫報》一九四三年一二月五日第一二卷第五期，題『説詞』，署『瘦儒』。今據此迻錄，改題《瘦儒説詞》。原無序號、小標題，今酌加。

瘦儒説詞目録

瘦儒説詞

一　詩與詞

閒情可以入詩，亦可以塡詞。詩是一種風趣，詞却又是一種風趣。宋陸放翁有詩云：『裘馬清狂錦水濱，最繁華地作閒人。金壺投箭消長日，翠袖傳杯領好春。幽鳥語隨歌處拍，落花鋪作舞時茵。悠然自適君知否，身與浮名孰重輕。』又以此意塡〔風入松〕云：『十年裘馬錦江濱。酒隱紅塵。黄金選勝鶯花海，倚疎狂〔一〕、驅使青春。弄笛魚龍盡出，題詩風月俱新。自憐華髮滿紗巾。猶是宦身。鳳樓曾記當時語，向〔二〕浮名、何似身親。欲寄吳箋〔三〕説興，這回真個閒人。』意境的描寫，詞却較淋漓盡致的多，由此也可以見出詩與詞的表現手法各有不同。

〔一〕狂，原脱，據《全宋詞》補。

〔二〕向，《全宋詞》作『問』。

〔三〕欲寄吳箋，原作『欲寫英殘』，據《全宋詞》改。

二　燕子入詞

詞中所常要描寫的東西是鴛鴦浴水，燕子的交飛，是金獸香烟，是鷄窗外的輕霧，是鸚鵡的問語，是枕畔的淚痕，是水晶簾下的塵珠，是風殘月下的離愁別恨。詞總較詩香豔的成分濃厚，而其中以燕子入詞的尤其多，雖然燕子是相同的，可是意境的表現却不相同。『時有入簾新燕子，明日清明』，是初春的燕子；『鶯燕迢迢。羅衫暗摺，蘭痕粉跡都銷。流水遠，亂花飄。苦相思、寬盡香[一]腰。幾時重恁，玉驄過處，小袖輕招』，是由燕子而引起的離愁；『幾雙海燕來金屋。春滿離宮三十六。春風剪草碧纖纖，春雨浥花紅撲撲』，這是雍容華貴的燕子；『莫上玉樓看。花雨斑斑。四闌羅幕護春寒。燕子不知春去也，飛認闌干』，這却是以燕子來描寫凄凉的情緒了；『烏衣巷，今猶昔。烏衣事，今難覓。但年年燕子，晚烟斜日。抖擻一春塵土債，悲凉萬古英雄蹟。且芳尊、隨分趁芳時，休虛擲』，這却是藉燕子而憑古弔今了。

三　抒情寫景

在詞中所描寫的，多半是抒情而兼寫景的。純粹是抒情的那類作品也不少，唯有純寫景的詞，那却是很不多見的。我很喜歡蔣捷的那闋〔一剪梅〕[二]中的兩句，『紅了櫻桃。綠了芭蕉』，但可

[一] 香，《全宋詞》作『春』。

[二] 一剪梅，原作『剪梅』。

惜这非純粹寫景。純粹寫景的詞，猶如畫中的素描，我最喜歡張桂和張磐的這兩首。張桂的〔菩薩蠻〕云：『東風忽驟無人見。玉塘烟浪浮花片。步濕[一]下香階。苔點金鳳鞋。　翠鬟愁不整。臨水閒窺影。摘得野薔薇。游人相趁歸。』又張磐的〔浣溪沙〕云：『習習輕風破海棠。鞦韆移影上迴廊。日長蝴蝶爲誰忙。　度柳早鶯分暖綠，過花小燕帶春香。滿庭芳竹又斜陽。』這純粹是些畫意的詞，一些也不含有抒情的成分，這却是詞中少見的作品云。

《新天津畫報》一九四三年一二月五日第一二卷第五期

〔一〕濕，原脱，據《全宋詞》補。

讀詞隨筆

汪遵時

《讀詞隨筆》若干則，今見九則，載蘇州〔一〕油印刊物《藝文》一九四四年一〇月第二卷第一期，題『讀詞隨筆（一）』，署『汪遵時』；一二月一日第二卷第三期，題『讀詞隨筆』；一九四五年二月一日第二卷第五期，題『讀詞隨筆五續』，署『日寺』；四月一〇日第三卷第一期，題『讀詞隨筆七續』；後三期皆署『日寺』。今據此迻錄。原無序號、小標題，今酌加。

〔一〕今所見《藝文》各期未見出版地，第二卷第一期稿約地址爲『葛百戶巷十一號』，則此刊出版地當在蘇州。

讀詞隨筆目錄

讀詞隨筆

一　詞趣

詩歌爲衆所知，且皆喜諷咏之，然則詞曲之感趣者，实無異於詩也。詩盛於唐，而詞亦始於唐也。曩昔民間所口誦之韻歌，雖名曰『樂府歌辞』，或曰『民曲俗調』，然則實爲詞之苗秧耳。民歌類詞，相傳漢朝已可聞之。後及唐葉，以民歌俗曲，賦之于文壇，筆之于辭章，命名曰『詞』者；自詞創建後，流傳四方，聲遺異鄉，不僅仕儒民夫，傳爲吟咏，致及伎妹歌倡，用爲宴客管絃；非限富室舞筆，堪使姑婦吟而習之。由此觀之，可見詞之趣爲何如焉。夫詞，既基於民間，而創始于詩人學士。詞之文質，既爲士衆所喜，而又得志於廟堂，則其詞之風尚，可謂盛矣哉。

二　詞史三期

蓋詞，能表達歡樂悲憂，志憤離情，故詞之婉孌雄偉，使人讀之，□震慨然。則詞之艷麗者，可不言而知矣。以詞史論之，可概爲三期述之：一期，約自初唐開元、天寶至唐末，其間由詞曲萌芽，至新詞之形成；二期，自五代至南宋之亡，斯時文人儒士，不爲舊曲古譜所範，而自創新調；三期，自元初至明末，此期乃詞之終束期。元明之際，詞人僅遵舊曲、仿古調，無自展精新之勢，於清時，詞始復盛轉興，清□□□色矣。

三　詞之啓興

詞啓則興，興啟必有其源。其源相傳爲建安朝，專業於樂府歌辭；其後樂府歌辭經晉、隋及唐中葉而衰之，故詞興起而代之也。詞雖曰係樂府歌辭之遺枝，然不若謂之詩源爲切。詩源之謂，亦唯言詞之啟耳，故實與五七言詩□關係□，是故詞之所以能輝煌若是，亦其一因也。

四　詞體之始

稱詞者，始於明皇李隆基之〔好時光〕一闋，可謂詞體，其後偉詩人李白之詞，亦頗□勝名。其詞清雋而淒壯，讀其〔菩薩蠻〕、〔憶秦娥〕娥二詞（編者按：據多數學者考證，此二詞爲無名氏所僞托，故胡雲翼《詞選》不標李白），則可感也。

宝髻偏宜宮樣。蓮臉嫩，體紅香。眉黛不須張敞畫，天教入鬢長。　莫倚傾國貌，嫁取個，有情郎。彼此當年少，莫負好時光。〔好時光〕——李隆基

平林漠漠烟如織。寒山一帶傷心碧。暝色入高樓。有人樓上愁。　玉階空佇立。宿鳥歸飛急。何處是歸程。長亭更短亭。〔菩薩蠻〕——李白

簫聲咽。秦娥夢斷秦樓月。秦樓月。年年柳色。灞陵傷別。　樂遊原上清秋節。咸陽古道音塵絶。音塵絶。西風殘照，漢家陵闕。〔憶秦娥〕——李白

蘇州《藝文》一九四四年一〇月第二卷第一期

五　詞意詠境

詞意詠境，非需以詞牌爲名題，隨情所詠，而僅填譜曲而已。所詠之詞，皆爲揮發胸臆之所欲言而賦之，詞意亦便有寄託。錚錚然弦外之音，非曲中所可縛住者也。故二期[一]之詞，可稱皆豪放慨然之語，雄壯悲切之音，無琢字煉句之態，竟別創異風。詞之至此期，已登堂矣。蘇軾之詞，實不愧此期中魁首。

六　五代詞學

五代爲干戈之秋，中原無寧息之朝，文藝亦隨之而遷於西南。故五代之詞釀成，唯南唐、西蜀爲盛最[二]。中原主者李曄（唐昭宗）、李存勗（後唐莊宗）皆輔才學，喜賦詞曲。斯時，新體詩謂詞者，風行甚極，故朝廷臣吏之中，若韓偓、韋莊、牛嶠及晚出之和凝諸仕，皆工詞而聞名者。韓偓，字致光，京兆萬年人，事昭宗爲工部侍郎，後避患於閩，著有《香奩集》。時與韓偓齊名者，皇甫松是也。甫松字子奇，睦州人，工部郎中湜之子。甫松詞清瑩明朗可讀，《花間集》稱之爲先輩也。韋莊、牛嶠後皆入蜀爲仕。和凝字成積，職歷晉相。成積年少多爲艷詞短曲，契丹號爲『曲子相公』者是也。後遭干戈之患，諸士皆避棲各地，故中原詞壇爲之寥若晨星。及至宋，至□帝統、平諸□，

[一] 二期，原作『三期』，據文意改。
[二] 盛最，疑應爲『最盛』。

文藝始復榮光。若論二主及諸士之詞，孰艷孰麗，則可謂：李曄詞悲哀憤[一]，韓偓詞濃艷香奩，皇甫松詞疏瑩潔[二]，牛嶠詞閨情纏綿，韋莊詞深哀婉孌[三]，和凝詞嫵媚清新，李存勗因精識音樂故，因而其詞聚於婉約柔情之態。微吟諸詞，則可感同曲異妙，而覺醺醺也。詩人司空圖者，亦偶賦詞曲，唯傳今者，僅〔酒泉子〕一闋而已，實令讀詞者感悵悵焉。（錄諸詞如下：）

登樓遥望秦宮殿。茫茫只見雙飛燕。渭水一條流。千山與萬丘。　遠烟籠碧樹。陌上人行[四]去。安得有英雄。迎歸大内中。』〔菩薩蠻〕——李曄（唐昭宗）

晴野鷺鷥飛一雙[五]，水葒花發秋江碧。劉郎此日别天仙，登綺席。淚珠滴。十二晚峯高歷歷。〔天仙子〕——皇甫松

摘得新。枝枝葉葉春。管弦兼美酒，最關人。平生都得幾十度，展香茵。〔摘得新〕——皇甫松

侍女動妝奩，故故驚人睡。那知本未眠，背面偷垂淚。　嬾卸鳳皇釵，羞入鴛鴦被。

〔一〕悲哀憤，疑應爲『悲壯哀憤』。

〔二〕疏瑩潔，疑應爲『清疏瑩潔』。下文評其詞『清疏朗潔』。

〔三〕孌，原作『戀』。

〔四〕人行，《全唐五代詞》作『行人』。

〔五〕雙，原作『隻』，據《全唐五代詞》改。

時復見殘鐙，和烟墜[一]金穗。〔生查子〕——韓偓

綠雲鬢上飛金雀。愁眉斂翠春烟薄。香閣掩芙蓉。畫屏山幾重。　窗寒天欲曙。猶結同心苣。啼粉污羅衣。問郎何日歸。〔菩薩蠻〕——牛嶠

蘇州《藝文》一九四四年一二月一日第二卷第三期

七　五代詞人

且莊吟已戚戚之感，亦時以『記得那年花下。深夜。初識謝娘時。水堂西面畫簾[二]垂。携手暗相期。　惆悵曉鶯殘月。相別。從此隔音塵。如今俱是異鄉人。相見更無因』之哀訴情調，言己之胸悒，表己之憤懵，使人誦其〔小重山〕而惋惜，吟其〔菩薩蠻〕而惆悵。是曰韓、牛諸詞，雖亦淒幽盡奥，然未有莊之婉孌哀人之甚也。司空圖詞與韋莊詞，却有同工異曲之妙。莊詞固以哀情怨思感人惋惜，而司氏之『黄昏把酒祝東風。且從容』，抑何異於莊之『遇酒且呵呵。人生能幾何』哉，故莊詞雖詠歎胸懷於浩闊，司氏固詞珠罕寥，然此簡簡短語，足能與莊之慨嘆相抗。司空圖先事僖宗爲知制誥、中書舍人，後隱居中條山王官谷，自號『耐辱居士』，故其詞别創風格。况其〔酒泉子〕中之『且從容』一語，已可表其『耐辱』無遺矣。所惜者，唯其詞傳今者，甚於世賓，僅〔酒泉子〕一闋爲人傳誦而已。皇甫松詞，則清疏朗潔，非若韓、牛之閨情纏綿，韋、司之怨情號

[一] 墜，原作『墮』。

[二] 簾，原脱，據《全唐五代詞》補。

達，與和凝詞頗有同轍之感。讀和凝之『一片春愁誰與共』後，較甫松之『管弦兼美酒，最關人。平生都得幾十度』之句，則可知於『清逸』二字，和詞之遜甫松矣。蓋『一片春愁與誰共』（〔天仙子〕）者，謂感景之美，□□□□覺□□之興起，獨自□□，却是於消極之人生旅程，强作達觀以放憂懷也，此之亦所以謂曰妙者焉。和凝詞技固遜甫松詞，然其慨然主旨，仍未脱甫松之思情變態也。

八　西蜀詞壇

西蜀詞壇巍峙數十載，稱雄藝林。佐蜀主王、孟輔政者，乃有毛文錫、牛希濟、魏承班、尹鶚、顧敻、鹿虔扆、歐陽炯、毛熙震諸士。牛希濟、毛文錫二士，後皆降於後唐明宗，而歐陽炯亦隨昶歸宋。唯閻選及薛昭藴不詳字里。閻選、薛詞皆爽朗清瑩，與毛文錫詞無甚軒輊。若評諸詞孰優孰雅，則以歐詞首推，因歐之詠閨情，非沉醉於絲情綿綿，而功於暢達，故其詞皆嬌柔可味，實表《花間》真態。蜀士李珣詞，尚稱艷柔媚麗，餘則似牛、魏、尹、顧、鹿、毛諸詞，亦皆縟綺可吟。

蘇州《藝文》一九四五年二月一日第二卷第五期

九　詠情寫景

夫歐詞之詠情訴思，未以怨言恨語，謂己之孤寂，悲景之凋殘也。讀其〔三字令〕詞之『紅粉淚，兩心知。人不在，燕空歸。負佳期』，則可知其詞非以怨憤責郎之忘歸，而以深情思郎之遲返也。〔三字令〕詞義，乃謂閨女思郎心切，淚濕粉面，感春之將逝，悲郎之不在己側，徒有遥燕歸南而無郎之影踪，如是則豈有不感日之遲、月之明哉。故花雖紅艷，至時亦唯惹其相思耳。吟及『獨掩畫屏愁不語，斜欹瑶枕髻鬟偏。此時心在阿誰边』之〔浣溪沙〕詞，亦可悉其詠情爲何如之深矣。歐詞非僅詠情工精，而其賦景亦殊清雅。讀其〔西江月〕一闋，如賞春光明媚、鳥語花香之景，吟而味之，無異身歷蕙風飄芳、山秀水澄之境，故其詞深蓄思味之趣，其詞中之『扁舟倒影寒潭，烟光遠罩輕波』一語，尤見精妙。由此可知歐之寫景，彩色無異畫師之用心構佈者也。故曰，歐詞之詠情，乃真情也；歐詞之寫景，實畫幅也。蓋毛文錫之『花外子規啼月，人不見，夢難憑』（〔更漏子〕），訴情雖稱清逸，然未有閻選之『愁鎖黛眉烟易慘，淚飄紅臉粉難匀』者盡情婉切。且下又述及『憔悴不知緣底事，遇人推道不宜春』之語，調尤爲描畫思念之情態而無遺。且毛之『偏憶戍樓人，久絕邊庭信』（〔醉花陰〕），若較薛昭藴之『未別心先咽。欲語情難説』（〔離別難〕）者，則毛詞亦爲無色矣。是謂曰，毛文錫詞，雖稱旖旎鬱情，然未有勝於閻詞之動情、薛詞之楚人也。毛熙震詞則不然，詞旨藴情蓄緒而不直率，讀其『寂寞對屏山。相思醉夢間』（〔菩薩蠻〕），則可感及其雖謂寂寞而對屏山，相思而醉夢間，然其確切之意境，却指因思情而感寂寥，憂悲而醉飲於夢鄉也。吟其『新月上，薄雲收。映簾垂玉鈎』（〔醉花陰〕），則可知其藴情之工，尤屬深如詞義，所謂『閨媛待郎，至夜深月上時，垂簾爲月光映透矣，郎不歸則媛難眠』，其情景較『未別心先咽。欲語情難説』□感深矣。毛詞非爲清簡易窺者，而以匿緒蓄情爲主旨；故讀其詞，雖感深藴難瞭，若評其詞，當不失曲奧善變之妙也。論鹿虔扆詞爲何如，可曰：『其詞雖亦時詠情語艷調，然其傷國悲嘆之辭，當爲主詞』，其〔臨江仙〕一闋，乃含無限之感慨。詞之所云『翠華一去寂無蹤』，『烟月不知人事改』，『暗傷亡國，清露泣香紅』等語，豈非皆含悲號哀聲錚錚然乎。

則凡讀其詞者，無不感同情焉。然吟及其柔情之詞，復覺另涉境界，其纖細之功，亦不少減於閻選之盡情、毛熙震之蘊情也。觀其〔思越人〕詞之『珊瑚枕膩鴉鬟亂』、『玉纖慵整雲散』，與閻選之『愁鎖黛眉烟易慘，淚飄紅臉粉難勻』（〔八拍蠻〕）者，有何異情哉。又其『不堪相望病將成，鈿昏檀粉淚縱横』（〔虞美人〕），較毛熙震之『未得玉郎消息、幾時歸』豈非相類耶。

蘇州《藝文》一九四五年四月一〇日第三卷第一期

讀詞隨筆

林書田

《讀詞隨筆》五則，載天津《公教學誌》一九四四年一二月二五日第四卷第二期，署『林書田』。今據此迻錄。原無序號、小標題，今酌加。

讀詞隨筆目錄

讀詞隨筆

一　詞是純文學

一種文藝有一種立場，和一種特色，才能成功。詞是純文學，是美術文學，不是應用文學，爲什麽研究這種文藝呢。詞可以調和别種學科的枯燥，可以陶冶人的性情，於德育、美育上有無形的補助。

二　創作精神

我們也可以創作，個人都有不同的作風，也不必像柳永一樣，一定要通音律，製新調。創作也不在乎時代的遠近，清時的納蘭性德離唱詞時代已數百年了，但論詞的人都推許他。他有獨自的作風，也可以説是『創作』。他有一種創作的精神，不在乎時代的遠近了。如果説前人的作品，已是燦爛到極點了，後人便無可創作，這話錯了。沒有進取的精神，一切的學問都不能研究了。

三　自動與被動

宋人的詞是自動的，有『以我駕馭萬物』的氣象；清人的詞多是應酬而作，是被動的。

四　詞基於自然

詞是一種美術文學，美術的要素是基於自然的，不自然便是從雕飾方面求美，結果反不美了。美術文學是要保存自然文學的精神的。

五　眼光要偉大

寫詞時眼光要偉大，宋詞的好處在『大』、『重』二字上，至於字面和句法，全是枝葉工夫。不可陳陳相因，拾人牙慧，要先整理舊的方面，然後再溝通新的方面。

天津《公教學誌》一九四四年一二月二五日第四卷第二期

詞之話

欽德

《詞之話》九則，小序一則，載上海叔蘋同學會[一]寫印本《叔蘋月刊》一九四五年一一月第一卷第一一期。署『欽德』。前五則原有序號、小標題，後二則有小標題，無序號。

[一] 叔蘋同學會，按顧乾麟先生一九三九年於上海創辦『叔蘋獎學金』，後受資助同學成立有叔蘋同學會，此刊應即該同學會所辦，其出版地或亦當在上海。

詞之話目錄

詞之話

從來談到詩便推崇唐朝，論到詞便揖出宋人，講到曲就回憶到元代。唐詩、宋詞、元曲，便成了三個文壇聲譽相並的文藝作品。

至於爲何詩則稱唐，詞則崇宋，而曲則推元，也不過是文學界推陳出新、互相代謝之結果罷了。王國維對此評曰：

四言敝而有《楚辭》，《楚辭》蔽而有五言，五言蔽而有七言，古詩敝而有律絶，律絶敝而有詞。盖文體通行既久，染指遂多，自成習套，豪傑之士，亦難於其中自出新意，故遁而作他體，以自解脱。一切文體所以始盛終衰者，皆由于此。

確屬一針見血之論。其所以能獨擅勝場，也無非在乎『眞』字。王氏言：

大家之作，其言情也必沁人心脾，其寫景也必豁人耳目。其辭脱口而出，無矯揉妝束之態，以其所見者真，所知者深也。詩詞皆然。持此以衡古今之作者，可無大誤矣。

清詩人趙翼也在其《論詩》中說：

李杜詩篇萬口傳，至今已覺不新鮮。江山代有才人出，各領風騷數百年。

都是說文章的風格决不能不變。不過風格的變化，究竟不像服装款式的變化那樣簡單。大抵風格的變化，不外是内容變化逐漸促成的結果。我们細細尋究這種變化的經過，大概先是内容變而風格仍舊不變，後来就風格不得不隨内容而變。

這篇東西既以『詞話』命題，便只拿詞和詞人作談論的對像了。宋詞中成名的人物之多，正不輸似唐詩人。把他们的作品細細咀嚼起来，就會覺着各人的詞的風格各自不同，大異小異之處均有。現在姑且把風格分類排列，把一般風格差不多的詞人放在一起談論，别去管他年代誰先誰後。

一　『眞』性[一]

在本文開頭，就説過文藝的能永存不朽，獨擅勝場就只在『眞』一字。最能代表這『眞』的大概有二人：一個是南唐後主李煜，這位大概人人都很熟悉。還有一位便是胡人的納蘭性德，即納蘭容若。

歷史上向來沒有風流而又武功鼎盛、威鎮四方的人君，沒有文武兼全而又直率天眞的。能够駕馭臣屬，能够震鑠四方的人君，必是機謀過人的，決不會直率天眞。直率天眞的人君却往往是歷史上所稱庸懦之君，所謂風流皇帝便是。這等文質彬彬、直率天真的，在太平時世尚可端坐龍廷，受臣下朝拜。在亂世便萬不能保守其帝位，而要被人强奪了。文武兼全的帝君，恐怕也只有曹操一人，不過其人，決不是所謂『眞』性人物，也可斷言。故王國維有言：

[一]　此小標題原排於『浪淘沙　簾外雨潺潺』行頭空格處，顯爲後添，今依文意及下文行款格式移至此。

詞人者，不失其赤子之心者也。故生于深宮之中，長於婦人之手，是後主爲人君所短處，亦即爲詞人所長處。

又說：

客觀之詩人，不可不多閱世。閱世愈深，則材料愈豐富，愈變化，《水滸傳》、《紅樓夢》之作者是也。主觀之詩人，不必多閱世。閱世愈淺，則性情愈眞，李後主是也。

又說：

尼采謂，一切文學，余愛以血書者。後主之詞，眞所謂以血書者也。

爲人所熟知的後主詞如：

〔浪淘沙〕　簾外雨潺潺[一]。春意闌珊。羅衾不耐五更寒。夢裏不知身是客，一晌貪歡。獨自莫凭欄。無限江山。別時容易見時難。流水落花春去也，天上人間。

〔相見歡〕　林花謝了春紅。太匆匆。無奈朝来寒雨、晚来風。　胭脂淚。相留醉。幾時重。自是人生長恨、水長東。

都是被拘後，悲江山之被奪，哀身世之蕭瑟之作，飽含悽惋之『眞』。論者皆謂宋以前詞之作者，大多屬于《花間》一派之風格，流于纖艷輕薄，至後主，始以悲哀之音，寫其淒涼身世，詞格亦因而提高，爲後人開一新意境。

納蘭容若之詞有：

〔一〕潺潺，原作『潺』，據《全唐五代詞》補。

〔長相思〕 山一程。水一程。身向榆關那畔行。夜深千帳燈。 風一更。雪一更。聒碎鄉心夢不成。故園無此聲。

〔如夢令〕 萬帳穹廬人醉。星影摇摇欲墜。 歸夢隔狼河，又被河聲攪碎。還睡。還睡。解道醒來無味。

納蘭容若以自然之眼觀物，以自然之舌言情，是因初入中原，未染漢人風氣，故能眞切如此。論者謂，北宋以來，一人而已。

二　豪放

詞格屬此者，如蘇東坡、辛稼軒等是。詞中多問答之辭，讀起來像散文，意思很暢達，尤以辛棄疾爲甚。試举稼軒詞：

〔西江月〕 醉裏且貪歡笑，要愁那得工夫。近來始覺古人書。信著全無是處。 昨夜松邊醉倒，問松我醉何如。只疑松動要來扶。以手推松曰去。

〔醜奴兒〕 少年不識愁滋味，愛上層樓。愛上層樓。爲賦新詩强説愁。 而今識盡愁滋味，欲説還休。欲説還休。却道天凉好個秋。

還有一首，則流利滑稽竟似演劇一般：

〔沁園春〕（作者自註：將止酒，戒酒杯，使勿近） 盃汝前來。老子今朝，點檢形骸。甚長年抱渴，咽如焦釜；於今喜眩，氣似奔雷。汝説劉伶，古今達者，醉後何妨死便埋。渾如許，歎汝於知己，眞少恩哉。 更憑歌舞爲媒。算合作、人間鴆毒猜。况怨無大小，生於所愛；物無美惡，過則爲災。與汝成言，勿留亟退，吾力猶能肆汝盃。盃再拜，道麾之即去，有召須來。自己不能禁酒，却恫嚇酒盃道，『吾力猶能肆汝』，豈不可笑。等到酒盃再拜要走時，却又怕盃兒一去不返，便老着面皮説，『麾之即去，有召須來』，眞不知是酒盃禍了稼軒，還是稼軒禍了稼軒。

蘇軾的〔無愁可解〕一詞也是這一般風味。

〔無愁可解〕　光景百年，看便一世。生來不識愁味。問愁何處來，更開解個甚底。萬事從來風過耳。何用不著心裏。你喚作、展卻眉頭，便是達者。也則恐未。　此理。本不通言，何曾道、歡遊勝如名利。道即渾是錯，不道如何即是。這裏原無我與你。甚喚做、物情之外。若須待醉了，方開解時，問無酒、怎生醉。

他見國工花日新作〔越調解愁〕，不服氣，便作〔無愁可解〕，處處加以反駁。此詞直分不出誰蘇誰辛。

就一般而論，我個人的私見，感覺得蘇軾是『曠放』，而稼軒是『狂放』。一般蘇軾所作之詞，比較辛棄疾的謹嚴一些，『狂』到發瘋的程度，還沒有。試看他：

〔西江月〕（自註：頃在黃州，春夜行蘄水，過酒家飲。酒醉，乘月至一溪橋上，解鞍曲肱醉少休。及覺，已曉；亂山攢擁，流水鏘然，非塵世也。書此語橋柱上。）　照野瀰瀰淺浪，橫空隱隱層霄。障泥未解玉驄驕。我欲醉眠芳草。　可惜一溪明月，莫教踏碎瓊瑤。解鞍倚枕綠楊橋。杜宇一聲春曉。

還有那首聞名的：

〔水調歌頭〕　明月幾時有，把酒問青天。不知天上宮闕，今夕是何年，我欲乘風歸去。又恐瓊樓玉宇。高處不勝寒。起舞弄清影，何似在人間。

完全是『遊于自然』以求『非塵世』的境界。所以胡寅説：『詞曲至東坡，一洗綺羅薌澤之態，擺脱綢繆宛轉之度，使人登高望遠，举首高歌，逸懷浩氣，超乎塵垢之外。』

詞裏饒有對白之趣的尚有劉龍洲的：

〔沁園春〕（自註：風雪中欲詣稼軒，久寓湖上，未能一往，因賦此詞以自解。）斗酒彘肩，風雨渡江，豈不快哉。被香山居士，約林和靖，與坡仙老，駕勒吾回。坡謂西湖，正如西子，濃抹淡妝臨照臺。二公者，皆掉頭不顧，只管傳杯。　白云天竺去來。圖畫裏、崢嶸樓閣開。愛縱横二澗，東西水繞；兩峯南北，高下雲堆。逋曰不然，暗香浮動，不若孤山先訪梅。須晴去，訪稼軒未晚，且此徘徊。

凑着東坡的〈飲湖上初晴後雨〉詩，『欲把西湖比西子，淡妝濃抹摠相宜』，及林逋的〈梅花〉詩，『疎影横斜水清淺，暗香浮動月黄昏』，現成東西作一個對話，把各人的個性都表現出來。而『……二公者，皆掉頭不顧，只管傳杯』一句，尤屬傳神。

三　氣象

李白詩多于詞，通常論者多將其歸入詩人類。李白詩的風格，固以氣象雄宏稱，而他詞格也是以氣象勝。王國維曾評其〔憶秦娥〕詞中之『西風[二]殘照，漢家陵闕』二句，謂：『寥寥八字，遂關千古登臨之口。後世唯范文正之〔漁家傲〕，夏英公之〔喜遷鶯〕差足繼武，然氣象已不逮矣。』

〔二〕西風，原作『西氣』，據《全唐五代詞》改。

今錄此三詞觀之：

〔憶秦娥〕　簫聲咽。秦娥夢斷秦樓月。秦樓月。年年秋色。霸陵傷別。　樂遊原上清秋節。咸陽古道音塵絶。音塵絶。西風殘照。漢家陵闕。

范仲淹〔漁家傲〕〈秋思〉　塞下秋來風景異。衡陽雁去無留意。四面邊聲連角起。千嶂裏。長煙落日孤城閉。　濁酒一杯家萬里。燕然未勒歸無計。羌管悠悠霜滿地。人不寐。將軍白髮征夫淚。

若李白的〔憶秦娥〕是上上，那麽范仲淹的〔漁家傲〕便是中上。而夏英公的〔喜遷鶯〕大概只有上中了。試看：

夏竦〔喜遷鶯令〕　霞散綺，月垂鉤。簾捲未央樓。夜涼銀漢截天流。宫闕鎖清愁。　瑶臺樹。金莖露。鳳髓香盤煙霧。三千珠翠擁宸游。水殿按〔涼州〕。

上半闋尚有『氣象』之勝，下半闋不免有《花間》派的『綺羅薌澤』之味了。

論者每言唐詩而宋詞而元曲，其間不無綫索可尋。詩于唐時之風格，每復見于詞，繼又見于曲。所不同者，只是詩、詞[二]、曲三者的格式罷了。李白的那種『氣象宏壯』、『豪放不羈』，在詞裏的替身，便是蘇東坡與辛稼軒。不但此也，李白的詩也多是對話式的。私意以爲，東坡稼軒對『豪放不羈』一点上之神似太白，較諸『氣象』方面尤爲神似。舉其歌詩二則爲例，以與蘇辛『豪放』與『对話式』之特点較：

〔二〕詞，原作『詩』，據文意改。

〈把酒問月〉　青天有月來幾時，我今停盃一問之。人攀明月不可得，月行却與人相隨。皎如飛鏡臨丹闕，绿煙滅盡清暉發。但見宵從海上來，寗知曉向雲間沒。白兔擣葯秋復春，姮娥孤棲與誰鄰。今人不見古時月，今月曾經照古人。古人今人若流水，共看明白皆如此。唯願當歌對酒時，月光長照金罇裏。

〈宣州謝脁樓餞别校書叔雲〉　棄我去者，昨日之日不可留。亂我心者，今日之日多煩憂。長風萬里送秋鴈，對此可以酣高樓。蓬萊文章建安骨，中間小謝又清發。俱懷逸興壯思飛，欲上青天覽明月。抽刀斷水水更流，舉杯消愁愁更愁。人生在世不稱意，明朝散髮弄扁舟。

四　哀怨柔婉

代表這一風格的是李清照。詞格之不同，自然與作者性格以及環境有極密切關係。清照丈夫亡過甚早，以其素篤伉儷之情，不免詞裏行間，處處表露出『哀怨悽涼』情感，作者的風格特色，批評家公認爲『清空』，所謂『清空』，就在有話不説盡處。閱遍《漱玉詞》，選不出一出是不『愁』的。她的：

〔如夢令〕　昨夜雨疎風驟。濃睡不消殘酒。試問捲簾人，却道海棠依舊。知否。知否。應是綠肥紅瘦。

不説出花被吹落，却道『應是綠肥紅瘦』，暗藴『愁怨』。

〔添字採桑子〕〈詠芭蕉〉　窗前種得芭蕉樹，陰滿中庭。陰滿中庭。葉葉心心。舒卷有餘情。　傷心枕上三更雨，点滴凄清。點滴凄清。愁損離人，不慣起來聽。

此時作者丈夫尚未逝去，可是她那種女性的愁，早在詞裏表露出來了。雖説『點滴凄清，愁損離人』，但『不慣起來聽』這一句，多少還看得出點『撒嬌』的韻味。又有：

〔點絳唇〕　蹴罷秋千，起來慵整纖纖手。露濃花瘦。薄汗輕衣透。　見有人來，襪剗金釵溜。和羞走。依門回首。卻把青梅齅。

此首寫女兒羞狀極細膩。最後寫『見有人來，襪剗金釵溜』，溜便溜了，却又寫『依門回首，卻把青梅齅』，顯見是還不願意溜呵。

〔醉花陰〕　薄霧濃雲愁永晝。瑞腦消金獸。佳節又重陽，玉枕紗厨，半夜涼初透。　東籬把酒黄昏後。有暗香盈袖。莫道不消魂，簾捲西風，人比黄花瘦。

何等瀟洒婉轉。就中『玉枕紗厨，半夜涼初透』，及『簾捲西風，人比黄花瘦』，尤屬膾炙人口〔二〕。

〔一翦梅〕　紅藕香殘玉簟秋。輕解羅裳，獨上蘭舟。雲中誰寄錦書來，雁字回時，月滿西樓。　花自飄零水自流。一種相思，兩處閒愁。此情無計可消除，纔下眉頭，卻上心頭。

純寫相念之情。

〔御街行〕　藤床紙帳朝眠起。説不盡、無佳思。沉香煙斷玉爐寒，伴我情懷如水。笛聲三弄，梅心驚破，多少春情意。　小風疏雨瀟瀟地。又催下、千行淚。吹簫人去玉樓空，腸斷與誰同倚。一枝折得，天上人間，沒個人堪寄。

〔二〕　膾炙人口，原作『薰炙人口』。

此首係丈夫死後悼亡之作，故說『吹簫人去玉樓空』。而孤離淒惋之情，于『一枝折得，天上人間，沒個人堪寄』，表達盡矣。

〔武陵春〕 風住塵香花已盡，日暖倦梳頭。物是人非事事休。欲語淚先流。 聞說雙溪春尚好，也擬汎輕舟。只恐雙溪舴艋舟。載不動、許多愁[一]。

此首表示晚年淒涼情感，故有『物是人非事事休。欲語淚先流』之句。

五 戀情唯美

此種風格之代表，如周邦彥、柳永[二]、顧敻等是。

邦彥字美成，有《片玉詞》，『好音樂，能自度曲；製樂府長短句，詞韻清蔚，傳於世』，中多戀情之作，如：

〔玉樓春〕 桃溪不作從容住。秋藕絕來無續處。當時相候赤闌橋，今日獨尋黃葉路。 煙中列岫青無數。雁背夕陽紅欲暮。人如風後入江雲，情似雨餘黏地絮。

『相候赤闌橋，獨尋黃葉路』，頗有今昔之感。

〔萬里春〕 千紅萬翠。簇定清明天氣。爲憐他、種種清香，好難爲不醉。 我愛深如你。我心在、個人心裏。便相看、老却春風，莫無些歡意。

[一] 許多愁，原作『這許多愁』，據《全宋詞》刪。

[二] 柳永，原作『柳永鳳』。

〔紅窗迥〕　幾日來、真個醉。不知道、窗外亂紅，已深半指。花影被風摇碎。　擁春酲乍起。又有個人人，生得濟楚，來向耳畔問道，今朝醒未。情性兒、慢騰騰地。惱得人又醉。

〔六醜〕　東園岑寂。漸蒙籠暗碧。静繞珍叢底，成嘆息。長條故惹行客。似牽衣待話，別情無極。殘英小、强簪巾幘。終不似、一朵釵頭顫裊，向人欹側。漂流處、莫趁潮汐。恐斷鴻、尚有相思字，何由見得。

四首都是情詩，〔萬里春〕及〔紅窗迥〕兩首更爲露骨。王國維評：『美成深遠之致不及歐〔陽修〕秦〔觀〕，唯言情體物，窮極工巧，故不失爲第一流之作者。』

柳永之：

〔鳳棲梧〕[一]　竚倚危樓風細細。望極春愁，黯黯生天際。草色煙光殘照裏。無言誰會凭闌意。　擬把疏狂圖一醉。對酒當歌，强樂還無味。衣帶漸寬終不悔。爲伊消得人憔悴。

豪放之辛棄疾，亦有艷情之作，如：

〔青玉案〕〈元夕〉　東風夜放花千樹。更吹落、星如雨。寶馬雕車香滿路。鳳簫声動，玉壺光轉，一夜魚龍舞。　蛾兒雪柳黄金縷。笑語盈盈暗香去。衆裏尋它千百度。驀然回首，那人卻在，燈火闌珊處。

末兩句『驀然回首，那人卻在，燈火闌珊處』，與『來向耳畔問道，今朝醒未』，其風格與神似，均有『情性兒、慢騰騰地。惱得人又醉』的那股風味。

[一] 柳永之鳳棲梧，原作『柳永鳳之棲梧』。

顧敻之：

〔訴衷情〕　永夜抛人何處去，絶來音。香閣掩。眉斂。月將沉。　爭忍不相尋。怨孤衾。换我心。爲你心。始知相憶深。

『换我心。爲你心。始知相憶深』，與柳永〔一〕之『强樂還無味。衣帶漸寬終不悔。爲伊消得人憔悴』，如出一人手。

六　花間派

花間派，緣名于後蜀趙崇祚編《花間集》十卷，收唐溫庭筠以下十八人之樂府五百餘首。此派風格，屬于富麗纖艷，間有流于輕薄者。至南唐後主李煜，始以悲哀之音，寫其淒涼身世，詞格亦因而提高，爲後人開一新意境。一般説來，《花間》作風，不逮後主一派以情境勝者遠甚。

溫庭筠〔更漏子〕　柳絲長，春雨細。花外漏声迢遞。驚塞雁，起城烏。畫屏金鷓鴣。　香霧薄。透簾幕。惆悵謝家池閣。紅燭背，繡簾垂。夢長君不知。

〔菩薩蠻〕　小山重疊金明滅。鬢雲欲度香顋雪。嬾起畫娥眉。弄妝梳流遲。　照花前後鏡。花面交相映。新貼繡羅襦。雙雙金鷓鴣。

又如：

〔南歌子〕　平康金鸚鵡，胸前繡鳳凰。偷眼暗形相。不如從嫁與，作鴛鴦。

〔一〕　柳永，原作『柳永鳳』。

首首都有『金』什麼的。鷓鴣、鸚鵡、鳳凰，都代表富麗。故人評曰：溫飛卿之詞，句秀也；而李重光之詞，神秀也。

七　風流自賞

屬此格者，白石道人姜夔是也。其：

〔揚州慢〕　淮左名都，竹西佳處，解鞍少駐初程。過春風十里，盡薺麥青青。自胡馬窺江去後，廢池喬木，猶言厭兵。漸黃昏、清角吹寒，都在空城。　杜郎俊賞，算如今、重到須驚。縱豆蔻詞工，青樓夢好，難賦深情。二十四橋仍在，波心蕩、冷月無声。念橋邊紅藥，年年知爲誰生。

〔念奴嬌〕　鬧紅一舸，記來時、嘗與鴛鴦爲侶。三十六陂人未到，水佩風裳無數。翠葉吹涼，玉容銷酒，更洒菰蒲雨。嫣然摇動，冷香飛上詩句。　日暮。青蓋亭亭，情人不見，爭容淩波去。只恐舞衣寒易落，愁入西風南浦。高柳垂陰，老魚吹浪，留我花間住。田田多少，幾回沙際歸路。

〔惜紅衣〕　簟枕邀涼，琴書換日，睡餘無力。細洒冰泉，并刀破甘碧。墻頭喚酒，誰問訊、城南詩客。岑寂。高柳晚蟬，說西風消息。　虹梁水陌。魚浪吹香，紅衣半狼藉。維舟試望故國。眇天北。可惜渚邊沙外，不共美人遊歷。問甚時同賦，三十六陂秋色。

論者謂，白石詞品，韻趣高奇，詞義晦遠，嵯峨蕭瑟，真不可言。唯因其『詞義晦遠』，故不免有『隔霧看花』之病。

其寫景之作，如『二十四橋仍在，波心蕩、冷月無声』，『數峯清苦。商略黄昏雨』，『高樹晚蟬，説西風消息』等，格韻雖屬高絶，終如『霧裏看花』，『真不可言』也。

八　激昂慷慨

放翁值國運頻危之際，所作詞激昂奮抗，感慨動人心魄。〔双頭蓮〕　華鬢星星，驚壯志成虛，此身如寄。蕭條病驥。向暗裏。消盡當年豪氣。夢斷故國山川，隔重重烟水。身萬里。舊社凋零，青門俊遊誰記。　盡道錦里繁華，嘆官閒晝永，柴荆添睡。清愁自醉。念此際。付與何人心事。縱有楚柁吴檣，知何時東逝。空悵望，鱠美菰香，秋風又起。末二句『空悵望，鱠美菰香，秋風又起』，有懷故國，殷思重返之意。〔訴衷情〕　當年萬里覓封侯。匹馬戍梁州。關河夢斷何處，塵暗舊貂裘。　胡未滅，鬢先秋。淚空流。此生誰料，心在天山，身老滄洲。〔桃園憶故人〕　中原當日山川震。關輔回頭煨燼。淚盡兩河征鎮。日望中興運。　秋風霜滿青青鬢。老却新豐英俊。雲外華山千仞。依舊無人問。『淚盡兩河征鎮。日望中興運』，將望中興之心，明白表出。但『秋風霜滿青青鬢。老却新豐英俊』，而『華山千仞』，却『依舊無人問』。眼見復國無望，安得不悲。唯其愛國之殷，而復國又屬渺渺，其悲壯激昂之情，自屬不免了。劉克莊説放翁詞『激昂感慨者，稼軒不能過』，亦屬確事。

九　悽惋淑靜

馮延巳屬此風格。時帶悽惋之情，又有靜肅之緻，異於飛卿《花間》一派綺麗無骨之風。其：

〔鵲踏枝〕　庭院深深深幾許。楊柳堆煙，簾幙無重數。玉勒雕鞍遊冶處。樓高不見章臺路。
雨橫風狂三月暮。門掩黃昏，此計留春住。淚眼問花花不語。亂紅飛入秋千去。

〔醉花間〕　晴雪小園春未到。池邊梅自早。高樹鵲銜巢，斜月明寒艸。山川風景好。
自古金陵道。少年看却老。相逢莫厭醉金杯，別離多，懽會少。

〔南鄉子〕　細雨溼流光。芳艸年年與恨長。煙鎖鳳樓無限事，茫茫。鸞鏡鴛衾兩斷腸。
魂夢任悠揚。睡起楊花滿繡牀。薄倖不來門半掩，斜陽。負你殘春淚幾行。

〔謁金門〕　風乍起。吹皺一池春水。閑引鴛鴦芳徑裏。手挼紅杏蕊。鬥鴨闌干獨倚。
碧玉搔頭斜墜。終日望君君不至。舉頭聞鵲喜。

延巳之〔謁金門〕一首，尤屬燴炙。馬令《南唐書》卷二十一〈馮延巳傳〉，元宗樂府詞云『小樓吹徹玉笙寒』，延巳之『風乍起。吹皺一池春水』之句，皆爲警策。元宗嘗戲延巳曰：『吹皺一池春水，干卿底事。』延巳曰：『未如陛下「小樓吹徹玉笙寒」。』元宗悅。

〔醉花間〕末數句『相逢莫厭醉金杯，別離多，懽會少』，儼然有辛稼軒醉酒之風。但『醉酒』而醉『金』杯，不醉瓦盞。却是延巳、稼軒異處。

上海《叔蘋月刊》一九四五年一一月第一卷第一一期

讀詞憶語

郝樹

《讀詞憶語》若干則，今所見九則，附詞作一首，載上海《和平日報》一九四六年八月一八日，次題『用證君左先生新腔』，署『少洲　郝樹』，文末括注『待續』。今據此迻錄，原無序號、小標題，今酌加。

讀詞憶語目錄

讀詞憶語

一　可歌不可歌

喉舌陰陽，自成樂府，何謂可歌不可歌耶。未定譜前，有詩而後有詞。今曰譜亡而詞不可歌，吾所不解。

二　譜樂與爲詞

詞曲中，字有陰陽，卽小學家之言清濁也。伶工譜樂，取詞於文士耳；今日之文士爲詞，乃反而求之伶譜，可笑亦復可歎。

三　色大聲宏爲主

音節圓潤，盪氣迴腸，此歌者伶人之口技。詩古文詞之作，雖亦宜之，要當聲色並重，以色大聲宏爲主。若此所言，則偏聲而廢色矣。諸君之作，所以不能佳歟。

四 樂曲與詞曲

樂曲，與人明也；詞曲，與人見也。微有不同。

五 但見閒閒之字

但見閒閒之字，不見警策之意者，雖曰渾厚、深沉，要非自然之含蓄。

六 諸家作品

左右諸家作品，猶似《清詞綜》中讀物，大都工穩舉步，無懈可擊。然亦工穩其字，無懈可擊而已，余則不喜。

七 所喜者

郝樹之所喜者，曰竟緻[一]，曰性靈，曰新穎，曰豪壯。詞□曰填，要以入於森嚴，出於和靄，入於法律，出於放縱爲妙。否則寧可不作。

[一] 竟緻，或當作『精緻』。

八　詠史詠事

亦詠史也，亦詠事也，乃必註而後知。

九　但見字句

諸詞層疊，凡我讀之而欲睡者，一言以蔽之曰：但見字句，不見情來。

附　〔泛南湖〕〈易君左先生新腔〉

二月中來客滬上，不彈此詞者，已五月矣。讀君左先生自製新詞，敬服先生之才膽識俱有，幾度蟲吟，喜而和聲：『如何一別淮山去，來踏上、江南路。八載兵戈，幾番天地，贏得瓜分小組。看此日，隔江秦楚。便入骨傷情，離魂亂舞。難到家鄉住。　薰風人似黄花瘦，轉眼風塵透。昔日文章安用也，黄色新聞時候。忽然明月仰新聲，欲步大方家，和新詞一首。』

上海《和平日報》一九四六年八月一八日

今古一爐室談詞

郝少洲

《今古一爐室談詞》若干則，〈序略〉一則，載上海《和平日報》一九四六年八月二三日起，迄一二月二四日，署『郝樹』、『少洲　郝樹』、『郝少洲』；又載上海《永安月刊》一九四七年八月一日第九九期、一〇月一日第一〇一期，署『郝少洲』；二者互有參差重復，因重復條目亦有一定差異，故保留重復，按發表時序，據《和平日報》迻錄爲卷一，據《永安月刊》迻錄爲卷二。原無序號、小標題，今酌加。

今古一爐室談詞目錄

卷一

卷二

今古一爐室談詞卷一

序略

讀古人詞話之多，似可不作。讀今人填詞之累，似又不可不作。曩爲《詩話》小序，聞『詩話作而詩亡』句，有曰：詩話之益，引人入勝，不居其功，有循循善誘之德。今於詞話亦云。

一　神靈小鈔

民庚辰歲，屢讀古名人詞，取其豪壯而新穎者，選鈔一册，名曰《神靈小鈔》。所選作品，大都『石頭城上』（薩都剌〔念奴嬌〕），『地維河岳』（折元禮〔望海潮〕），『大江東去』（蘇軾），『怒髮沖冠』（岳飛〔滿江紅〕），『何處神州』（辛稼軒〔南鄉子〕），『一勺西湖』（文及翁〔賀新涼〕），『水天空闊』（文天祥〔百字令〕），『我夢揚州』（鄭板橋）等作，取其神靈而氣暢也。

人之律韻矣。

二　法外本領

大凡詞之爲藝，純取法外本領，一方面步矩引規，一方面大刀闊斧。以辭爲緯，以意爲經，縱橫之處，皆以神氣貫注，一切字句法律之不純，不必正眼視之。習之既久，强奴不能壓主，自無格格不入之律韻矣。

三　知而能化

官吏之言法律，機械語也；而自司法立法之人言之，莫不從容雄辯，優裕精神，其故何也。全權在握（所謂道理），知而能化，由人而由我也。

四　詞之神氣

詞之有神，如物之有骨幹也；詞之有氣，如人之有呼吸也。捨神氣而不知取，徒事於字句平仄，有如貌醜女子，不幸而未得其貌，恃用其脂粉鉛華，七寶樓臺，拆無片段，千古而下，如識者之唾棄何。

上海《和平日報》一九四六年八月二三日

五　坊間詞籍

坊間所出詞學書籍，於古人作詞派别，後人讀之，藉以知古人文化，追尋時代可也。若其學詞之法，作詞之譜，祇可閱其大概，取其成功不毁之詞調，其他繁節，一切變格又法之説，不必陳陳相因，臚列許多木偶。

六　論詞之法

前人論詞之法，第一通病，皆由作品太多，作法太細。所舉之詞，又且規矩準繩者多，氣概縱横者少。間嘗讀如干闋，按其以下諸字，曰静、曰生、曰冷、曰層疊、曰點綴，從而美之，曰深、曰厚、曰淡泊、曰悠遠。若以近代文化比之，無怪乎白話者流，高聲打擊，稱爲『死文學』、『病文學』也。

七　作法之弊

前人作法之弊，半由風格不大，半由前過者法言太多（所謂詞法）。後人見之，墨守步趨，不知振新之爲得，因而不能用事，不能入史。間有詠世之作，不過『暗香消息』、『大江東去』而外，絶不敢『我夢揚州，便想到、揚州夢我』[一]也。

八　脱俗爲雅

詞之脱俗與否，觀其字句可知。用字之法，不徒盡用『珠玉、花草、富貴』之字已也。卽日常風月文章，若非稍有新穎之處，儘可不取。反之，『金玉富貴』等字，苟善用之，亦可以反俗爲雅。

[一]『我夢』二句，原作『我夢揚州，想到揚州之夢我』，據《鄭板橋全集》改。

九　結構與取捨

句之結構，第一要有音節，務强而不務平，務響而不務幽。字之取捨，可淺而不可熟，可生而不可冷（生謂常見而不常用之字，冷字則並不常見者也）。

一〇　生冷虛實

清人填詞，多用冷字，近人生冷並用。所謂廣博，堆金疊石而已。字之虛實，不以清空爲主（或重虛字），亦不以質實爲要。要之，立意既出，虛實隨之。眼前通俗，略加鍛煉之工，於是而大雅成矣。

上海《和平日報》一九四六年八月二六日

一一　忽然一聲

金聖歎曰：詩者，人之心頭忽然之一聲耳。余曰：作詞之人，尤當誦之不輟。蓋詞者，文章之一藝耳，即忽然之一聲也。若非常鄭重其事，知其難而畏其雖，畏其難而習其難，自以爲詞也，詞嚴於詩者也。詞之目的，有法律也，有法律而一步一趨也。心細如髮，雖有工夫，靈光既躍，萬籟俱寂，於是而文學精矣。

一二　詞中用興

詩有六義，詞亦有之。六義者，六法是也（妄解之處，閲者諒之），與作者之法門也。姑以興、賦、比三者言之。所謂興者，詞中用此，較詩之句整齊者，尤爲便利。大凡一事一物，皆以隨興爲妙，如人之舉步出門，抬頭一望，見月可以談月，見星可以談星，推之而禽獸花草，無不可隨手取來，用以入咏。所貴於取裁者，要必聯絡及本義耳。古人詞句，『秋月娟娟，人正遠』（題爲〈寄興〉），見月者也；『晚山青，一川雲樹冥冥』（題〈西湖〉），見山者也；『橋影流虹，湖光映雪』（題〈紀恨〉），因湖而見橋者也；『暗柳啼雅，單衣竚立』（〈寒食〉），聞鴉而見柳者也。其藉興以收下者，王晉卿的〈惜春〉也，『燕子來時，黄昏庭院』；謝無逸之〈夏景〉也，『人散後，一鈎新月天如水』；秦少游之〈春游〉也，『踈烟淡日，寂寞下蕪城』；至於薩都剌之〈懷古〉，『到而今、只有蔣山青，秦淮碧』；張杲卿之〈懷古〉，『悵望倚層樓，寒日無言西下』；汪大有之〈過金陵〉，『東風歲歲還來，吹入鍾山，幾重蒼翠』；陸放翁之〈寄來人〉，『空悵望，菰美蓴香，秋風又起』。（隨手取列，既無層次，亦無所本，幸讀者有以教之。）皆爲用興之處。

上海《和平日報》一九四六年八月二七日

一三　詞話難易

詩話、詞話之作，自古以来，最難亦復最易。所謂最難作者，當然中説所以然，能洗一切之籠統語，能寫一二之驚人語。其作法品評之處，綜合之，既能高大，分析之，又能精細。有登高一呼之氣概，有獨往獨來之精神，此謂難作者也。所云最易作者，取四方聞見作品，與一切交遊倡和，搜求而廣博之，或鈔短句，或用長篇，句尾句中，如以零碎之贊嘆語，按以一切唐人筆法，似宋人句，通首無礙，可傳之作，與夫脱俗、渾厚、精細、豪雄等字云云，便算了事。

一四　胡適新詩

胡適先生昔日倡新詩時，衆謂其詩有詞氣，有詞味處，亦有詞韻。或愛之，或又非之。愛之者，愛其情采；惡之者，謂其未盡説白，不合白話之宗旨。愚謂使胡君不倡新詩，而倡新詞，即以詞之便利，詞之精采，詞之聲韻，演説而流通之，使一切承流弊者，脱千古囫圇法律，一洗排整宫調之巢臼（近日君左先生新腔，有此精神），别其名曰『新詞』，反可以一張聲勢，爲千古詞學功臣，乃胡君不肯爲此，乃作新詩之説。其學之而出脱者，有意可取，有神可及，其不善而藉湜者，啊呀的嗎，冗長散漫，稚氣而叫囂處，令人啼笑難爲。

一五　立意爲上

詞以立意爲上，古人莫不知之，今人亦莫不知之。然而立意之道，或失之煩，或失之深，或失之晦。夫文，辭達而已；夫意，簡潔而已。詞以明意者也。悲哀歡樂，即由此一意而生；草花風月，即由此一意而用。意可一而不可二，更何能煩與雜耶。彼煩雜而不明，深晦而不顯者，豈繁華之炫人哉，抑深藏之謎語耶。前所引『忽然一聲』云云，所貴乎此一聲者，能大聲而擊夢也，能一棒而喚人也，能與人之刺激也，能動人之啼笑也。詞雖藝之一端，與一切之文章各派，同有文化之責，故當别樹一幟，以迎合時代爲準。

上海《和平日報》一九四六年八月三〇日

一六　六義之説

舊日余爲舊詩詩話，曾以前人六義之説，許多人不能了解，因而大嘴狂悖，加以最淺之比繹。因云：賦者，如此如此者也；頌者，如彼如彼者也；比者，以彼喻此者也。風者，以此喻彼者也；興者，因彼及此者也；雅者，因此及彼者也。六義云云，物我之間，交相利用者也。千百年難釋之義，吾以『彼、此』二字化之，雖云不經，不足以副文典，後學者深淺味之，若由此清淺而上，不愈於隔靴癢，半空抽象者乎。

一七　詩詞之病

余自丁丑以後，一切作品，以色大聲宏爲主，於詞尤爲特盛。蓋歷讀晚清、近人作品，除少數外，實如好遊歷者，偶自醫院中出，張張病榻，所見者，皆病人也，俯首自思，豈作者爲病人哉。詞之本身，乃今日之醫院也。雖然，在今日欲救病人，非謂除醫院也。（今之惡詩詞者，如病人之惡醫院。）要自病人本身救之，欲救文學之無病也，亦非自文學之人；作詩詞者，心頭除之不可[二]。故曰：惡詩詞者，被文法之病害者，不能行路嫌路遠之人也。

[二] 心頭除之不可，疑當作『非心頭除之不可』。

一八　作詞之弊

大凡作詞之弊，多由於用物太多（多用實字）；用物太多之故，由於花草、風月、鱗蟲、鳥獸，日及耳目之間，溺之而不自知覺也。（亦有才學較淺之人，以此字類，充填篇幅。）夫人生生活之間，觸於心者，事也；觸於耳目手足之相接者，物也。人能知耳目手足之接觸，日取諸物而材料，不知萬物之靈，靈在我心之接觸，日取諸我之可珍，同一筆墨，同一文章，亦如寶珠玉者，知珠玉之爲貴，不知我之體膚，我之心靈，較珠玉爲尤貴也。

上海《和平日報》一九四六年九月一八日

一九　比與爲方便法門

六義中之有比與，最爲方便法門。比可虛中用實，化有爲無；興可忙中取閒，閒中得用。如余之昔年〈步少游（秦觀）韻〉（如夢令）：『曲曲情如楊柳。掬掬愁如醇酒。』兩『如』字，虛其實矣。前年〈庚辯和王化霖〉（蘇幕遮）：『弦管爲誰傷不語。説也何妨，此地無鸚鵡。』一『無』字，化其有矣。又如古人『春花秋月何時了。往事知多少』（李後主〈虞美人〉），『菡萏香銷翠葉殘。西風愁起綠波間』（李中主〈攤破浣溪沙〉），忙中取閒者也。余之〈蘭陵王〉詞〈丙子〉：『正門閉。雀踏花枝投地。閒滋味。近晚風來，撩得春愁偶然起。』閒中得用者也。（隻身來滬，一無參考書籍，僅以記憶所及，取舊稿而點綴之。鄙句與古人名句錯雜引用，用以舉例而已，閲者諒之。）人之善比興者，莫不如此。

二〇　詞有風雅

六義之有風雅，風所以避直率也，雅所以避邪曲也。故風取婉曲，而雅取純正。人之作詞，溺於物質，無時代之史事者，有風雅無所用之，故不見有風雅。故曰：風雅墜而詩亡（古人成語，作者當注意此句）。以『風雅』二字之義，不有史事，無所附也。略舉其例如下：（古人詞集，不在身旁，且此等古句亦少。僅以個人隨身帶來之稿件，取例列之。）余之〔獻衷心〕句：『山水外，久飄零。便幾番徵稅，君子懷刑。』〔水調歌頭〕句：『倒懸之恨久矣，還爲揠苗悲。』（某部曲，每每搔動，日寇出而反逃竄，結果民舍被焚。）〔烏夜啼〕句：『天高不救民愁。溺神州。流水年年，常載落花舟。』大都類風。〔獻衷心〕句：『天不遠，日將斜，壺漿簞食引戎車。……休再感，姜伯約，賈長沙。』〔滿江紅〕句：『我家鄉，原爲我江山，休愁絶。』〔定西番〕句：『且且威風雄起，有時而伐之。帷幄昨宵神往，爾何知。』大都類雅。

上海《和平日報》一九四六年一〇月一日

二一　用比之法

詞中用興之法，余既舉之於前。詞中用比之例，茲再約略言之。比法之用，填詞中活套尤多。或正（如下三），或反（如下六），或實（如三、四），或虛（如下二）；或者用物（如下用『梅花蕊』，五），或者用人（如用『劉表』）；或者兩兩雙照（如下一），或者一面深沉（如『眼底山河，樓頭鼓角，都是英雄淚』，不着實境之比意）。故曰，『客裏似家家似寄』（劉克莊句），比也；『底事崑崙傾砥柱。九地黃流亂注』（張元幹〔金縷曲〕），亦比也。『劉表坐談。機會失之彈指間』（陳經國〔沁園春〕），比也；『卅載功名塵與土，八千里外雲和月』（岳飛〔滿江紅〕），亦比也〔二〕。『借問孤山林處士，但搖頭、笑指梅花蕊』（文及翁〔賀新涼〕），比也；『笑多情似我，春心不定』（〔詠遊絲〕）云云（朱竹垞〔春風嫋娜〕），又一比也（翻用法）。他若『暗塵隨馬』，以塵喻人；『吹花搖柳』，因物照我；『輕裝照水，纖裳玉立』，以人妝喻白蓮；皆比法之方便者。

二二　用賦之法

用賦之法，惟以爽直爲上。『天若有情天亦老』，何其爽耶；『雕欄玉砌應猶在。只是朱顏改』，何其直耶。『多少六朝興廢事，盡入漁樵閒話』，何其爽耶；『明月樓高休獨倚。酒入愁腸，化作相思淚〔三〕』，及『殘燈明滅枕頭欹。諳盡孤眠滋味』，何其直耶。其尤壯者，金折元禮『恨儒冠誤我，却羨兜鍪』，宋呂居仁『眼底山河，樓頭鼓角，都是英雄淚』，宋辛棄疾『熊羆百萬堂堂。維師尚父鷹揚。看取黃金假鉞，歸來異姓眞王』，言之有物，乃能言之有序；言之有序，斯爲賦之本色。斯賦法之眞諦歟。

上海《和平日報》一九四六年一〇月二二日

〔二〕亦比也，原在『岳飛滿江紅』五字之前，據上下文乙。
〔三〕相思淚，原作『省思淚』，據《全宋詞》改。

二三　詞學精義簡要

詞學之枝節雖多，詞學之精義簡要。余爲《今古一爐室談詞》，初僅萬餘言耳，既而又删節之，約八千字，今日又汰其一（亦有所增）。本報《海天》已刊大約之半。誠以要義無多，棗梨無罪，不欲瓜分而肢割也。

二四　詩詞話通套

自來讀詩詞話，一切成書，無論其炫眼紛榮，着手精細，一自巨眼裁之，大要不脱通套之五大項：關詞史者十之一二（較有價值）；關詞事者十之二三；詞家個人之掌故者（不關詞學之故事），十之四五；詞學之格調者，字句之引論者，倡和之交游者，十之大半。所謂新議論、新啓發，一無所有。嗚呼，如此談詞，所謂詩話作而詩亡也。

二五　綜合分析二義

余謂詩詞用話之旨，以上數例，衹可偶爾用之。緊要之意，要以綜合、分析二義爲歸。能綜合者，方能有所取捨；能分析者，方能有所識别。能綜合前人之議論者，方得意義之精；能分析古人之作品者，方得作風之歸納。非惟綜合分析之術，可見學者之工，亦惟綜合分析之事，方能有益於後人也。

二六　抽象之境

王阮亭《花草蒙拾》：『或問詩、詞、曲分界。「無可奈何花落去，似曾相識燕歸來」，非《香奩》詩；「良辰美景奈何天，賞心樂事誰家院」，非《草堂》詞。』云云。抽象之境，使人人皆首肯易，使人人知所以然則難。如此辨别，亦如隔窗見月，亦有糊塗之處。

二七　作詞之境

大凡作詞之境，提筆數語，或由興得，或由情來。卽此數語之後，展譜合之，合則留；不合者，略事聲腔，隨意鏗鏘，必有佳句。得之易，成腔亦易，所謂俯拾卽是是也。若或不能如是，展譜之時，綴以陳辭蔓語，點韻裁情，鏤腔劃字，斧斵之痕既露，便卽工穩無疵，亦祇優孟衣冠而已。

二八　學詞最苦之境

余之學詞最苦之境，以壬申、癸酉二年爲最。學歷既淺，耳食之見方深。以吾鄉潘氏四農（前清科舉解元），名聲之在望也，愛其《養一齋詞》，排比玩索，由字句之逗接、調名之異同，推之而詳細分析，受其大苦楚者。如〔賀新郎〕或又題〔金縷曲〕，〔摸魚子〕或又題〔買陂塘〕；〔念奴嬌〕，或名〔大江東去〕，或名〔湘月〕，或又題〔百字令〕。後兩閱月，得《白香詞譜》（尚未得見《詞律》），乃大駡欺人不置。今日思之，雖當日我見太淺，然一名而數用之，大作家亦有所惑，何必爾爾。（卽有用題意者，如鄙作〔淮甸春〕詞，取意淮安曹甸，當註『卽〔念奴嬌〕』之類。）

二九　作詞最勤之日

余之作詞最勤之日，乙亥、丙子爲最。乙亥歲，館於周氏圓溝（周舍），日記時，兩日無詞，必以爲此日虚度。（成《遯世館詞》一卷，選存百零四首。）丙子年，移館崔堡（鎮名），雖賭博之聲盈耳，月一稿册，必有詞數十闋。（有《鄰竹齋詞》一卷，選取百十八首。）自是而後，丁丑變起，作風一變，而《位杜傷元集》矣。

三〇　初讀《詞學季刊》

前致君左先生《讀詞憶語》，用證新腔之意，乃鄙人初讀《詞學季刊》批語。歲甲戌年，余居鄉里，葆力大叔由上海寄來此刊之創刊號。内載程善之君（近人）〈與臞禪論詞書〉曰：『澤於古者深，感於今者淺。何不大嫖特嫖，製造出許多悲歡離合之環境來。以作詞之背景，他日必多可笑、可泣、可傳之作。』此語雖似調侃，所譬喻處，實以道學面孔之可憎，害於詞學之進步者，非淺鮮也。

三一　取裁之法

近人某女士詞：『幾日酥霖，暖風吹老荼蘼。』『酥霖』字細，取小雨潤如之意，取裁可喜。又若『誰鬬寒姿，正青素，乍試輕盈』，以『青素』代作『青女、素娥』之代名詞，似大不可。取裁之法，不可不慎。

三二　用成語如己出

用成語如己出者，陳秀元句：『三兩桃花竹外，對一溪、春水鴨沉浮。』『二分秋色，一寸眉心。』又，『淺斟低語商量慣，怕姮娥、忍俊難禁』，乃有清秀之美。

附　少洲近作詞三闋

〔漁家傲〕：鐵石河山依舊在。清風明月誰曾買。世事而今幾變改。袁世凱。也曾一換新朝代。造化果誰能馭宰。桑田瞥目休滄海。大志於今仍懈怠。誰罪也。思量百遍眞難解。

〔謁金門〕：情漠漠。思入風塵邱壑。柔腸一轉心懷惡。繆情於好爵。時有炎風一作。人有思潮一錯。不是輕衫無一着。柴門流水薄。

〔醉花陰〕：錯過春時忙過夏[一]。浪擲黃金價。佳節又中秋。月下抬頭。又説時髦話。樓頭客思今宵大。算眼前天下。莫道未知愁。隔壁閨娘，流淚三朝夜[二]。

上海《和平日報》一九四六年一二月二四日

[一] 錯過春時忙過夏，原作『錯過春還忙過夏』，據《孝洲紙談》改。

[二] 流淚三朝夜，原作『流三淚夜朝』，據《孝洲紙談》改。

今古一爐室談詞卷二

本篇初名《臨渠別業舊居小園詞話》，全編約兩萬言。去歲，《和平日報》爲刊十之一二，今日重爲編次。如《鶴墅談詩》之例，精思而汰選之，約取萬言如次。卅六年七月八日，郝樹少洲。

一　詞話之作

詞話之作，雖遜詩話之多，試於目錄觀之，亦不鮮見。即我個人所及，知凡詩詞話者，最難亦復最易。所謂最難作者，當然中說所以然，能洗一切之籠統語，能寫一二之驚人語。其作法品評之處，綜合之，既能高大；分析之，又能精細。有登高一呼之氣概，有獨往獨來之精神，此謂難作者也。所云最易作者，取四方聞見作品，與一切交遊倡和，搜求而廣博之，或鈔短句，或用長篇，句尾句中，加以零碎之贊歎語，按以一切唐人筆法，似宋人句，可傳之作，通首無疵，與夫脫俗、渾成、精細、豪雄等字，便算了事。

二　昔人詞話

每見昔人詞話，繁衍貪多之處，無論其炫目粉華，着手細緻，一自巨眼裁之，不出通套之五大項。關詞史者，十之一二（較有價值）；關詞事者（非詞學史），十之二三；詞家個人之掌故者，十之四五；詞章之格調者，字句之引論者，命名之異同者，倡和之交遊者，十之大半。所謂新議論、新啟發，一無所有。嗚呼，如此談詞，所謂『詩話作而詩亡』也。

三　綜合分析

余謂詩詞用話之旨，以上數例，祇可偶爾用之，緊要之意，要以『綜合、分析』二義爲歸。能綜合者，方能有所取捨；能分析者，方能有所識别。能綜合前人之議論者，方得意義之折衷；能分析古人之作品者，方得作風之歸納。非惟綜合分析之術，可見學者之工；亦惟綜合分析之事，方能有益于後人也。

四　詞有六義

詩有六義，詞亦有之。六義者，六法是也（妄解之處，閲者諒之），與作者之法門也。六義之有比興，作法之尤方便者，比可虚中用實，化有爲無；興可[一]忙中取閒，閒中得用。如余之昔年（步少

[一] 可，原作『中』，據上下文改。

游（秦觀）韻〉，『曲曲情如楊柳。掬掬愁如醇酒。』（〔如夢令〕）兩『如』字，虛其實矣（古句甚多，恕不列舉）。前年庚辰，〈和王化霖〉『弦筈爲誰傷不語。說也何妨，此地無鷓鴣』（〔蘇幕遮〕），一『無』字，化其有矣。又如古人『春花秋月何時了。往事知多少』（李後主〔虞美人〕），『菡萏[一]香銷翠葉殘。西風愁起綠波間』（李中主〔攤破浣溪沙〕），忙中取閒者也（作者時地，非閒適之情景）。余之〔蘭陵王〕詞，『正門閉、雀踏花枝投地。閒滋味。近晚風來，撩得清愁偶然起』，閒中得用者也。人之善比興者，莫不如是。（隻身來滬，一無參考書籍，鄙句與古人名句，錯雜引用，用以舉例而已。）

五　風雅

六義之有風雅，風所以避直率也，雅所以避邪曲也。故風取婉曲，而雅取純正。人之作詞，溺於物質，無時代之史事者，有風雅無所用之，故不見有風雅，故曰『風雅墜而詩亡』（古人成語，作者當注意此句）。以『風雅』二字之義，不有史事，無所附也。茲略舉其例如下。（古人詞集不在身旁，且此等古句亦少，僅以鄙人詞稿取例列之。）余之〔獻衷心〕句：『山水外，久飄零。便幾番徵稅，君子懷刑。』〔水調歌頭〕句：『倒懸之恨久矣，還爲揠苗悲。』（某部曲，無謀而動，日寇出而反逃竄，結果民舍被焚。）〔烏夜啼〕句：『天高不救民愁。溺神州。流水年年常載、落花舟。』大都類《風》。又〔獻衷心〕句（其二）：『天不遠，日將斜。壺漿簞食引戎車。……休再感、姜伯

[一] 萏，原作『舊』，據《全唐五代詞》改。

約，賈長沙。』〈滿江紅〉句：『我家鄉，原爲我江山，休愁戚。』〈定西番〉句：『旦旦威風雄起，有時而伐之。帷幄昨宵神往，爾何知。』大都類《雅》。

六　用興

六義之興，詞中用此，較詩之句整齊者，尤爲便利。大凡一事一物，皆以隨興爲妙。如人之舉步出門，抬頭一望，見月可以談月，見星可以談星，推之而禽獸花草，無不可隨手取來，用以入詠。所貴於取裁者，要必聯絡及本義耳。古人詞句，『秋月娟娟，人正遠』（題〈寄興〉），見月者也；『晚山青，一川雲樹冥冥』（題〈西湖〉），見山者也；『橋影流虹，湖光映雪』（〈紀恨〉），因湖而見橋者也；『暗柳啼鴉，單衣佇立』，聞鴉而見柳者也。其藉興以收下者，王晉卿之〈惜春〉也，『燕子來時，黃昏庭院』；謝無逸之〈夏景〉也，『人散後，一鉤新月天如水』；秦少游之〈春游〉也，『疎煙淡日，寂寞下蕪城』；至於薩都剌之〈懷古〉，『到而今、只有蔣山青，秦淮碧』，張杲卿之〈懷古〉：『帳望倚層樓，寒日無言西下』，汪大有之〈過金陵〉『東風歲歲還來，吹入鍾山，幾重蒼翠』，陸放翁之〈寄友人〉『空悵惘，菰美蓴香，秋風又起』，皆爲用興之處。

七　比法之用

比法之用[一]，填詞中活套尤多。或正或反，或實或虛，或者用物，或者用人，或者兩兩雙照（如

[一] 用，原作『月』，據文意改。

下一)，或者一面深沉(如『眼底山河，樓頭鼓角，都是英雄淚』之比意)。故曰，『客裏似家家似寄』(雙照)，比也；『底事崐崙傾砥柱。九地黄流亂注』(虚)，亦比也。『劉表坐談，……機會失之彈指間』(正、實、用人)，比也；『三十功名塵與土，八千里路雲和月』(實)，亦比也。『借問孤山林處士，但掻頭、笑指梅花蕊』(用物)，比也；『笑多情似我，春心不定』(〈詠游絲〉)云云(用反)，又一比也。他若『暗塵隨馬』，以塵喻人；『吹花掻柳』，因物照我；『輕裝照水，纖裳玉立』，以人妝喻白蓮；皆比法之隨便者。

八　用賦之法

用賦之法，惟以爽直爲上。『天若有情天亦老』，何其爽耶；『雕欄玉砌應猶在。只是朱顔改』，何其直耶。『多少六朝興廢事，盡入漁樵閒話』，何其爽耶；『明月樓高休獨倚。酒入愁腸，化作相思淚』，『殘燈明滅枕頭欹。諳盡孤眠滋味』，何其直耶。其尤壯者，金折元禮『恨儒冠誤我，却羨兜鍪』，宋吕居仁『眼底山河，樓頭鼓角，都是英雄淚』，宋辛棄疾『熊羆百萬堂堂。維師尚父鷹揚。看取黄金假鉞，歸來異姓真王』，言之有物，乃能言之有序；言之有序，斯爲賦之本色。斯賦法之常途歟。

九　論詞之法

前人論詞之法，第一通病，皆由作品太多，作法太細，所舉之詞，又且規矩準繩者多，氣概縱横者少。間嘗讀如干闋，按用以下諸字，曰静、曰幽、曰生、曰煉、曰層疊、曰點綴，從而美之，曰深、曰厚、曰淡泊、曰悠遠。若以近代文學比之，無怪乎新文學者，高聲打擊，稱爲『病文學』、『死文學』也。

一〇　作詞之弊

普通作詞之弊，多由於用物太多（多用實字），用物太多之故，由於花草風月，鱗蟲鳥獸，日及耳目之間，溺之而不自知覺也。（亦有才學較淺之人，以此字類，充填篇幅。）夫人生生活之間，觸於心者，事也；觸於耳目手足之相接者，物也。人能知耳目手足之接觸，日取諸物而材料，不知萬物之靈，靈在我心之接觸，日取諸我之可珍。同一筆墨，同寫文章，抑何寶珠玉者，知珠玉之爲貴，不知我之體膚，我之心靈，較珠玉爲尤貴也。

一一　法外本領

大凡詞之爲藝，純取法外本領，一方面步矩引規，一方面大刀闊斧，以辭爲緯，以意爲經，縱橫之處，皆以神奇貫注，一切字句法律之不純，不必正眼視之。習之既久，强奴不能壓主，自無格格不入之律韻也。

上海《永安月刊》一九四七年八月一日第九九期

一二　用六義

詞之本身，本無桎梏。所以如桎梏者，人之自入於板滯也。詞之本身，亦非易板滯也。所以多板滯者，人之不能利用六義之作法也。詞非不易用法也，所以不能用六義者，人但知風花雪月，依韻爲句，依句爲調，知有詞之外表，不知時地人我之間，自有大文章、真文章之內容在。失其寸心，失在方寸之中。乃僅取區區耳目之外之聞見耳。

一三　六義之解釋

余以作詞之人，不用人事，不見風雅，同於風雅墜而詩亡，大唱六義之說。余友某君，不知六法之益，方便於作者甚多，轉謂我『摭拾陳言，不合時代進化』。此志不明，心中莫釋。我乃益肆狂妄，敢取六義之說，大膽而加以最淺之解釋。因云，賦者，如此如此者也；頌者，如彼如彼者也（有揚無抑）；比者，以彼喻此者也；風者，以此喻彼者也；興者，因彼及此者也；雅者，因此及彼者也。（《周禮》『教六詩』注：雅，正也，言今之正者以爲後世法。）六義云云，物我之間，交相利用者也。亦即虛中有實，實中用虛，難中取易，小中見大法也。千百年難釋之義，吾以『彼、此』二字化解，雖曰不經，未出古人文典。自我談話後，學者深淺味之，由此清淺而上，不愈於隔靴搔癢，半空抽象，至於人云亦云，雜亂無章者乎。

一四　詞學之深

詞之立法，等[一]於文之有經；詞之立意，等於文之有權；詞之有體，等於武之有兵；詞之有用，等於武之有略。不知用權，惟經是守，不知用略，惟兵是衛者，語人曰『詞學之深不易見功力』者，

[一] 等，原脱，據下文句式補。

郝隆之日中曬腹、趙括之徒讀兵書類也。

一五 眞花

詞之有字，等於花之有葉；詞之有句，等於花之有枝。得花本而生枝葉，是爲眞花；積枝葉而爲花本，是乃花匠，所爲市販所售形式之僞花耳。

一六 調與韻

詞之有調，等於舟之有水，借水者所以通行。若謂變調不如正調，新腔不如舊腔，是謂海水不如江水，新渠不如舊港。意在擇水，意不在行舟矣。詞之有韻，等於舟之有舵，用舵者所以穩舟，若或守古韻（沈約韻書，『支爲宜』爲一韻，『元樊存』爲一韻），不用聲韻（眞韻之『因』、文韻之『欣』、庚韻之『卿』、青韻之『青』、侵韻之『心』、蒸韻之『冰』，宜爲一韻之類），和人韻不用己韻，是謂新舵，不可以穩。舊舟百千萬，舟喜用一二舵工，所用之老舵也。

一七 遠取人天

六朝、唐宋卑靡作家，大都近取景物，不能遠取人天。一自眼光較大者出，一則曰『韓文載道』，二則曰『杜詩入史』，謂其有爲而言，言之能有物也。詩文而外，獨恨兩宋詞家『暗香消息』〔二〕之餘，『石頭城上』、『大江東去』、『怒髮冲冠』之作太少。

一八　詞之分類

今別文章者，曰抒情，曰寫景，曰記事，曰論說。前二者取義稍狹，可謂人物文字。後二者有關社會，有關國家，有關學術真理。溯此而前，文章分類不如此，說簡而意賅。我於古大〔三〕詞人，讀如干集，寫景抒情者多，記事論說者少，若不振興大義，取徑風雅，文章之有填詞，是直贅疣而已。

一九　由簡趨繁

詩由古體而近體，由繁入簡者也；詞由小令（始於《花間》）而長調，由簡趨繁者也。古體之負重者，猶有近體可讀，長調之靡衍者，並小調而不得清新。讀清人多少小令，令人長歎不已。

二〇　詞之立名

詞之立名，『詞』與『辭』，可以隨分觀之。（不必如說詩者。詩，持也；詞，×也，××也。）

〔二〕暗香消息，兩宋詞未見有此文字，或指姜夔〔暗香〕，〔惜紅衣〕『説西風消息』；宋劉子翬〈次韻張守梅詩〉有『暗香消息已傳梅』；清張秀端〔思佳客〕有『暗香消息許君知』。

〔三〕大，或應作『代』。

自有文字以來，文爲一體，詩爲一體，有詞則詞爲一體，有曲則曲爲一體，有一體皆爲一藝，有一藝皆可風雅，皆有四旨（抒情，寫景，記事，論説），皆有六義，皆可以合我心思，用我身手，若以爲詞嚴於詩，步趨法律之時，静以制動，深於用淺，心細如髮，至於靈光大錮文學之病，果誰人桎梏之哉。

二一 立意爲上

文藝之作，立意爲上，字句爲末。今之論詞曲者，動曰字有陰陽，甚至於嘅稱詞譜已亡，認爲詞不可歌。愚以爲字之陰陽，喉舌中之輕重也。伶工譜樂，取詞於文士耳。喉舌陰陽，自成樂府，（古人詩詞，用以合樂奏者，以爲特别，故名樂府；普通詩詞，不曾合樂器者，不名樂府。非謂其他詩詞，不能爲樂府也。鄙人獨闢是説，曾撰〈詩詞與樂〉一篇。）未定譜前，有詩而後有詞，因文而後入樂。今日之文士爲詞，乃反而求之伶譜。且曰：譜亡而詞不可歌。何其顛倒錯亂，舍本而逐末如是。

二二 詞曲主意

樂曲，與人聞也；詞曲，與人見也。樂曲主聲，悦耳已足；詞曲主意，意在動心者也。音節圓潤，蕩氣迴腸，此歌者伶人之口技也。詩古文詞之作，雖亦相宜，要當色大而後聲宏，聲色並重爲主。若或偏聲廢色，取樂忘意，三家村中鑼鼓，丁丁當當，亦可悦耳，何用詞爲，安用文字爲哉。

二三　詞之法律

詞之法律，較詩之祇對偶者，既有拘謹，爲此筆者，最宜興比兼用，虛實相通。立意既新，自可心靈手敏。酬唱之作，同韻（同一韻曰，不必同字）不可和韻，和韻不可步韻（和韻謂顛倒原韻數字，步韻則依次相同）。必須入於森嚴，出於和藹；入於法律，出於放縱。否則，甯可不作。不然，調調相因，模脱木偶，讀其積字爲句，積句爲詞。但見風花雪月，不見警策之意；但見字句之多，不得情趣之來。縱以渾厚深沉目之，要非自然之含蓄。

二四　性靈作用

昔人言用兵者，動曰『神出鬼沒』，用法之不固囿也。余謂，詞之有律，填詞作家，正如將之用兵，出入之間，大須性靈作用。凡文人天縱之才，不可汩沒於筆硯紙墨之中。去歲，曾與易君君左論詞，生當此世，當以大刀闊斧爲之。易君報余語中，亦曰，自製新腔，我行我素，別樹風格，衝破古律樊籬，皆此意也。入事入史之作，入詞者少。古人有之，大都隱微之間。其入事入史之處，或則題爲先引，或則註而後知。雖曰經意，詞之本身，總如附會之詞，不能情事如指，如武穆之〔滿江紅〕。無他，無此才情，不脱詞格之窠臼，用筆不靈故也。

二五　詞以立意爲主

詞以立意爲主，古人莫不知之，今人亦莫不知之。然而立意之道，或失之煩，或失之雜，或失之深，或失之晦。夫文，辭達而已；夫意，簡潔而已。詞，以明意者也。悲哀歡樂，即由此一意而生；草花風月，即隨此一意爲用。意可一，而不可二，更何能『煩』與『雜』耶。彼煩雜而不明，深晦而不顯者，豈繁華之眩人哉，抑深藏之謎語耶。金聖歎曰：『詩者，人之心頭，忽然之一聲也。』詩詞同爲一體，所貴乎此一聲者，能大聲而擊夢也，能一棒而喚人也，能與人之刺激也，能動人之啼笑也。詞雖藝之一端，與一切文章各派，同有文化之責，故當亦樹一幟，迎合時代，上可以前繼古人，别有新音，下可以進化來者，不落陳套。

二六　立意行神

詞爲軟性散漫之文體，爲此調者，務必精神貫注，氣概盤旋，内以立意爲主，外以行神爲用。取調既合，用韻之時，可以隨筆逢源。我於舊日爲詞，提筆數語，合則留，不合則易，易之而大同有小異者，往往出律出韻，其後涵咏輾轉，或變其字，或變其音，（如異奇、如似、微薄、可能、紅赤、青翠，同意之異音；議論、感慨、廣大、聽聞、辭詞、話語，同意之異字。）伸縮字句，往往老嫩自如。

二七　全神在握

官吏之言法律，機械語也。一自司法立法之人言之，莫不從容雄辯，優裕精神，其故何也。全神在握，道理非虚，知而能化，由人而由我也。

二八　詞之有神氣

詞之有神，如物之有骨幹也；詞之有氣，如人之有呼吸也。捨神氣而不知取，徒事於字句平仄，有如貌醜女子，不幸而未得其貌，恃用其脂粉鉛筆，七寶樓臺，拆蕪片段。識者觀之，讀之欲睡之時，唾棄之聲難免。

二九　豪壯而新穎

民廿九年，屢讀古名人詞，取其豪壯而新穎者，選鈔一册，名曰《神靈小鈔》。所選作品，大都『石頭城上』、『怒髮沖冠』、『地雄河岳』、『何處神州』、『水天空闊』、『一勺西湖』等作，後附鄙作二十餘調，暫錄一二，以代表自己短長。〔離亭燕〕〈題曹甸〉：『瘴雨蠻烟飄灑。剩水殘山之下。不聽蜩螗聲一一，眉蹙書堂飄瓦。誰效屈靈均，留得〈騷〉經愁大。　利涉爻占〈蠱〉卦。〈杕杜〉詩吟《小雅》。懿鑠武功思敵愾，誰指病夫東亞。太白久經天，莫誚紅塵車馬。』〔滿江紅〕〈哭曹甸〉：『萬馬奔馳，留一角、殘棋未歇。驚風雨、搖搖心火，肝腸徒熱。衛國千秋曹甸土，圍城一戰庚辰雪。我家鄉、原爲我江山，休愁絕。　長原草，何時滅。涇河水，移時哲（破堤取水）。看英雄用武，石田可裂。民我同胞當供米，物吾同與宜分劫。國和民、休戚本相依，毋悲咽。』〔獻衷心〕（或曰，日寇已衰，我軍欲至，作此調以迎王師。越數日，雖成虛話，已爲今日之先讖矣。）：『漸冷天過了，寒醒胡笳。風雪裏，舞龍蛇。算苦心思漢，長盼春華。人指斗，雲待月，冷啼鴉。　天不遠，日將斜。壺漿簞食引戎車。看眼前文武，未合桑麻。休再感，姜伯約，賈長沙。』

姜伯約，勞而無功；賈長沙，痛哭無益。同時詩句，『功無可立姜天水，詠可無端阮嗣宗』，皆謂某部曲也。）

上海《永安月刊》一九四七年一〇月一日第一〇一期

雙白龕詞話

蒙庵

《雙白龕詞話》四二則，載上海《雄風月刊》一九四七年二月一日第二卷第二期，上海聯華圖書有限公司《茶話》一九四八年四月一〇日第二三期。署『蒙庵』。今據此迻錄。原無序號、小標題，今酌加。

雙白龕詞話目錄

雙白龕詞話

一　大題小做

小題大做，不如大題小做。一則刻意經營，不免張脈憤興；一則隨手拈來，自然妙契機微。

二　一己之意思

以一己之意思，能使古人就我範圍，此選家之能事。然結果反爲古人所囿。束縛之，馳驟之，乃至不能自脱。

三　市井語

沈伯時《樂府指迷》云：『孫花翁有好詞，亦善用意，但雅正中，時有一二市井語。』此病至深，不可不知。昔人評書，所謂『如王謝家子弟，縱復不端，正奕奕有一種風氣』。此則關乎性情懷抱，益以讀書洗伐之功，不可强求者也。彼三家村學究，孤陋寡聞，使其描寫珠光寶氣、雍容華貴之意象，必致愈裝點，愈覺其寒傖。何以故，以其未曾夢見，心所本無故。

四　詩詞界限

〔楊柳枝〕，本唐人樂府，劉、白諸作，純乎唐音，及《花間》所收，則不能不名之爲詞。然詩詞之界限[一]，究竟若何而分，難言也。劉、白非《花間》，《花間》亦决非劉、白。斯不可誣耳。

五　《碧山詞》與《山中白雲》

《碧山詞》與《山中白雲》較，信爲勁敵。叔夏之流美，聖與[二]之凝練，爲草窗、山村所不逮。其弊也，乃病滑與琢，兩家別集，慎加抉擇，則精者亦不過十之三四而已。

六　凌次仲論詞

凌次仲（廷堪）論詞，以詩譬之，其言曰：『慢詞如七言，小令如五言。慢詞北宋爲初唐，秦、柳、蘇、黄如沈、宋，體格雖具，風骨未遒。片玉則如拾遺，駸駸有盛唐之風矣。南渡爲盛唐，白石如少陵，奄有諸家；高、史則中允、東川，吳、蔣則嘉州、常侍。宋末爲中唐，玉田、碧山，風闊有餘，渾厚不足，其錢、劉乎。草窗、西麓、商隱、友竹諸公，蓋又大歷派矣。稼軒爲盛唐之太白，後村、龍洲，亦在微之、樂天之間。金、元爲晚唐，山村、蜕巖，可方溫、李，彦高、裕之，近於江東、樊川也。小令，唐

〔一〕界限，原作『累限』。
〔二〕聖與，原作『聖興』。

如漢，五代如魏晉，北宋歐、蘇以上如齊、梁，周、柳以下如陳、隋。南渡如唐，雖才力有餘，而古氣無矣。』次仲填詞，守律最嚴，於詞雖不專主一家，而深解音律，其微尚固與白石老仙爲近也，且其詞集名曰《梅邊吹笛譜》，又嘗乞張桂巖（賜甯）爲畫〔暗香〕、〔疏景〕詞意小照，可知其瓣香所在矣。

七　情與境

情與境，不可以户説而眇論也，須身受而意感之。漬漸之功，在乎自養。

八　欺人自欺

以研經考史之功治詞學，與自己了不相干，此是爲人。以語録話頭之言説詞境，使人家永不明白。不但欺人，直是自欺。

九　初學爲詞

初學爲詞，以不看論詞之書，爲第一要義。以其精警處決不能了解，了解處即非精警。且各有看法不同，不可以躐也。

一〇　詞話諸書

《蕙風詞話》曰：『余嘗謂北宋人手高眼低。其自爲詞，誠敻乎弗可及。其於他人詞，凡所盛稱，率非其至者，直是口惠，不甚愛惜云爾。後人習聞其説，奉爲金科玉律，絕無獨具隻眼，得其眞正佳勝者。流弊所及，不特薶沒昔賢精誼，抑且貽誤後人師法。』按清代詞人乃反是，其流傳論詞之語，議論之精辟，乃有夐絶古人者，迨其自爲之，乃多不踐其言，不僅爲眼高手低已也。是以讀宋人論詞語，當別白是非，讀清人説詞，尤當知其所蔽，昔人以初學填詞，勿看元以後詞。余謂閲詞話諸書，於清代諸家，非慎選嚴擇，其流弊亦相等也。

一一　詞選

張氏《詞選》，如惜抱之《古文辭類纂》，然則《宋詞三百首》，其湘鄉之《經史百家雜鈔》乎。

一二　倚聲艷作流變

《湘綺樓日記》有言：『古艷詩，惟言眉目脂粉衣裝，至唐而後，及乳胸腰足，至宋明乃及陰私，亦可見世風之日下也。』按，此言詩體云然，若倚聲之作，殆又甚焉。五代北宋之豔詞，其骨豔，其意摯，愈樸愈厚。南宋之作，不免刷色。自此以降，徒以倖色揣稱爲能事。儇薄相尚，尖新纖巧，無所不用其極，直可覘世運之遞降也。劉改之〔沁園春〕〈指〉、〈足〉二闋，爲龍洲詞中最下下者。而世豔稱之。即賢者如邵孺復（亨貞），亦嘖嘖稱道，刻意追摹。《蛾術詞選》卷三（孺復詞集名）〔沁園春〕序云：『龍洲先生，以此詞詠指甲小脚，爲絶代膾炙，繼其後者，獨未見，彥强庚兄，示我〈眉〉、〈目〉二作，眞能追逐古人於百歲之上，不既難矣。暇日偶於衛立禮坐上，以告孫季野丈，爲之擊節不已。因相約同賦，翼日而成什焉。』龍洲詞於宋人中，未爲上乘，其横放傑出之才，要不可厚非。孺復爲元代詞人，亦卓然名家。其集中〈擬古〉十首，若《花間》、雪堂、清眞、無住、順庵、白石、梅溪、稼軒、遺山、龍洲，靡不神似。可見其功力之深至。後世盛稱孺復詞，亦僅及其〔沁園春〕〈眉〉、〈目〉兩詞，失其眞矣。至若竹垞、葆馚、秋錦諸公，偶事游戲，分和賡詠，愈出愈奇，出人意表，捃摭故實，餖飣成文，縱不至於穢褻，究無當於大雅。可憐無補費精神，致斯道爲之不尊。未始非諸公扇此隳風也。

一三　學詞與填詞

學詞要從相信自己起，不相信自己止；填詞要不學古人起，能學古人止。能事畢矣。

一四　古艷詞不必學

《憶雲詞》删存稿〔菩薩蠻〕〈戲仿元人小令〉云：『夜來風似郎縱憨。曉來雲似郎情薄。窗外柳飛綿。問郎心那邊。　誓盟全是假。只合將花打。見面説想思。知人知不知。』此種詞，直是元人豔曲，古人固有此一格，然其中自有消息，亦不必再學之也。蓮生詞爲復堂所推重，吳瞿安乃謂與《靈芬館詞》同一流弊，其致毁之由，當屬此種。

一五　南宋以下無眞文字

讀〈古詩十九首〉，不外傷離怨别，憂生年之短迫，冀爲樂之及時。其志愈卑下，而其情彌眞切。爲僞道學家所萬不敢言者，此其所以爲千古絶唱也。自有寄託之説興，詩詞遂成隱謎；自有派別之説起，語言乃不由衷情。故南宋以下，遂無眞文字矣。

一六　詩詞眞假

田山薑（同之）《西圃詞説》云：『後來詩詞並稱，余謂詩人之詞，眞多而假少。詞人之詞，假多而眞少。如《邶風》〈燕燕〉、〈日月〉、〈終風〉等篇，實有其別離，實有其擯棄，所謂文生於情也。若詞，則男子而作閨音。其寫景也，忽發離別之悲。咏物也，全寫捐棄之恨。無其事而有其情，令讀者魂絶色飛，所謂情生於文也。此詩詞之辨也。』此論殊精警。惟所謂眞多假少，假多眞少，尚須視乎其人，非漫然生情，及言之不文者，所能概之耳。

一七　情眞語摯意足神全

以婉曲之筆，達難言之情；以尋常之語，狀易見之景。此閨襜中人，所獨擅其長。其病也，或患於淺，或傷於薄。然情眞則語摯，意足乃神全。是語益淺近，而愈覺其深厚，景至平庸，而不礙其韶秀，要本出之自然，不假雕琢，斯爲得之。此惟《漱玉詞》近之，世以幽棲居士與之並稱，非其偶也。

一八　填詞六字眞言

彭瑟軒（鸞），評《獨弦詞》云：『疇丈（按謂端木子疇）肆力古文辭，餘事倚聲，奇氣自不可擬。亦有工致緜密，神明規矩之作，《獨弦詞》（按《獨弦詞》吳縣許鶴巢玉琢著），同工異曲，卓然名家，足當厚、穀、秀三字。』瑟軒與子疇、鶴巢、半塘諸公相唱和，嘗取子疇《碧瀣詞》、鶴巢《獨弦詞》、半塘《袖墨詞》，益以吾師蕙風先生《新鶯詞》，序而刻之，爲《薇省同聲集》。當時詞風，爲之丕變，譚復堂所謂『四人，人各有格，而衿抱同棲於大雅者也』。半塘論詞，以『重拙大』三字爲揭櫫，乃人人所習聞者，此『厚、穀、秀』三字，則知者鮮矣。嘗謂能『厚穀秀』，始能達『重拙大』之境，此固互相表裏，亦填詞之六字眞言也。

一九 《山中白雲》用韻

仇山村稱張玉田詞，『律呂協洽，當與白石老仙相鼓吹』。然《山中白雲》，用韻至爲泛濫，眞、文、庚、青，闌入侵、尋；元、寒、删、先，雜用覃、臨。句中於雙聲疊字，亦有安之未洽者，讀之頓覺戾喉棘舌，如〔新雁過妝樓〕〈賦菊〉云：『瘦碧飄蕭搖梗，膩黃秀野發霜枝。』『飄蕭搖』三字連用，政恐未易上口。惟用入聲韻，則又極爲謹嚴。屋、沃，不混入覺、藥；質、陌，不混入月、屑，極爲可法。

二〇 清初二詞家論詞精語

宋尚木（徵璧）曰：『詞稱綺語，必清麗相須。但避癡肥，無妨金粉。譬則肌理之與衣裳，釧翹之與環髻，互相映發，百媚斯生。何必裸露，翻稱獨立。且閨襜好語，吐屬易盡，率露之多，穢褻隨之矣。』尤展成（侗）云：『近日詞家，愛寫閨襜，易流狎昵。歸揚湖海，動涉叫囂，二者交病。』此清初二詞家，論詞精語，切中當時之弊。展成能言之，而躬自蹈之，何也。

二一　俳詞與雅詞

俳詞與雅詞，僅隔之間，俳詞非不可作，要歸醇厚。情景眞，雖庸言常景，自然驚心動魄，本不暇以文藻爲之妝點也。第一須避俗，俗不在乎字面，而在乎氣骨，此不可以言傳也。多讀古人名作，自能辨之。尤展成〔西江月〕〈詠新嫁娘〉云：『昨宵猶是女孩兒。今日居然娘子。』此等句，看似新穎，實則淺俗，一中其病，將終身不克自拔。

上海《雄風月刊》一九四七年二月一日第二卷第二期

二二　世人說夢窗

世人爭說夢窗詞，不免有西崑諸公撏撦義山之譏。欲求蘭亭面，苦乏金丹。能換凡骨者，誰邪。

二三　心法傳授

曩侍臨桂先生坐。一日，先生忽詔予曰：『欲作詞，須讀古人詞五千首，然後下筆。』當時未嘗不驚怖其言，若河漢也。由今思之，始怳然而嘆曰：嗟乎。此先生不惜心法傳授者，政復在此。差幸不誤落塵網中，端賴受此當頭一棒。試問：從古至今，何曾有五千首，可供我讀之佳詞；即讀得五千首佳詞，又有何用。默察世趨，則此五千之說，尚嫌其少。何則，不如是，不足以語別白是非也。『讀千賦然後能賦』與『說法四十年，未曾道著一字』，同一義理。要悟到此境，方合分際。

二四　填詞協律

《蘋洲漁笛譜》，〔減字木蘭花〕題序云：『西湖十景，尚矣。張成子嘗賦〔應天長〕十闋，余曰：「是古今詞家，未能道者。」余時年少氣鋭，謂：「此人閒景，余與子，皆人閒人。子能道，余顧不能道邪。」冥搜六日而詞成，成子譬賞微妙，許放出一頭地。異時，霞翁見之，曰：「語麗矣。如律未協何。」遂相與訂正，閲數月而後定。是知詞不難作，而難於改；語不難工，而難於協。翁往矣，賞音寂然。姑述其概，以寄余懷云。』填詞協律之説，百年以來，學者精研討索，各有創獲。舊譜既亡，亦徒具成説而已。觀夫草窗十詞，試比勘其音節句法，能得其與霞翁數閲月相與訂正之苦心否。即此可見南宋時，樂律已不能具守。易安所譏『句讀不葺之詩』，霞翁黜削當時『官譜』諸曲，以爲『繁聲』者。則謹守古詞遺譜，亦當慎知所採擇。畏守律，以爲古調放失，輒便自恣，與泥古法，而穿鑿傅會有乖雅音，其弊適均。寧失之拘，毋失之放。是亦折衷之一道。

二五　清人詞

清人詞之所以不及五代北宋者，以其看得太正經，又一面則太隨便也。

二六　教初學填詞

《湘綺樓詞》，〔水龍吟〕〈題嶽雲聞笛圖自序〉云：『圖爲程穆庵爲其師顧印伯作，印伯爲余弟子，葉焕彬誤以康有爲爲我再傳弟子，故戲比之。時久不作詩，偶題二絕句寄去。又於案頭得來紙索題者，因檢案頭易由甫《琴思樓詞》本，和其第一篇〔水龍吟〕韻，以期立成，蓋文思不屬時，非和韻必無着手。以此知宋人和韻，皆窘迫之極思也。印伯溫文大雅，必無無聊之作。見此必憐我之忽忽矣。如張孝達，則又無此捷才，而印伯亦師之，弟子不必不如師，康南海又何諱焉。』壬秋作此詞時，年已八十有三。老懶不復精思，故作此鶻兀語，然以和韻啟發文思，此理却極精。况先生教初學填詞，多和古人韻。即此法也。

二七　入聲字

入聲字在詞中，用之得當，聲情激越，最是振起其調。此惟美成、堯章兩家，獨擅其勝。蓋出天成自然之音節，有定法，即非有定法。當驗諸唇吻齒牙之間。不能泥守一字一聲，鍥舟守株以求之也。昧者爲之，步趨不失，而未有不捩喉棘舌者。

二八　學詞之次第

彊村丈自述學詞之次第云：『予素不解倚聲。歲丙申重至京師，半塘翁時舉詞社，張邀同作。翁喜奬借後進，於予則繩檢不少貸。微叩之，則曰：「君於涂徑，固未深涉，亦幸不睹明以後詞耳。」貽予《四印齋所刻詞》十許家，復後約校《夢窗四稿》。時語以源流正變之故，旁皇求索，爲之且三寒暑。則又曰：「可以視今人詞矣。」一示以梁汾、珂雪、樊榭、稚圭、憶雲、鹿潭諸作。』以上諸家，並彊丈得力之所由，其晚年手定清詞爲《詞莂》，以繼《宋詞三百首》者，仍此志也。凡所願學，於兩宋之外，輔以上述諸家別集，涵泳而翫索之，神明變化，終身以之可也。

二九　《宋詞三百首》宗旨

彊邨丈選《宋詞三百首》，蓋幾經易稿，嘗與先臨桂師斟酌討論，商量取舍。二公論詞宗旨，於此尚可略見端倪。厥後剞劂斷手，尚復更加增損，而印本流行，不能追改矣。重訂之本，散在人間，亦有數本，本各不同。江寧唐氏箋本，即其一也。先師亦有《十四家詞》之選，其目爲：溫飛卿、李後主、晏同叔、晏叔原、歐陽永叔、蘇子瞻、柳耆卿、周美成、李易安、辛幼安、姜堯章、吳君特、劉會孟、元裕之。又備選三家：馮正中、秦少游、賀方回。惜其稿已佚。異日當重爲寫定，以爲《詞蒴》之先。

三〇　《宋詞三百首》金針度人

先師爲《宋詞三百首》作序云：『大要求之體格神致，以渾成爲主旨。夫渾成未遽詣極也，能循塗守轍於三百首之中，必能取精用閎於三百首之外。』此二公不惜金針度與人之旨，略更繼以《詞蒴》一編。則臨濟宗風，於焉大昌矣。

三一　《宋詞三百首》取名

《唐詩三百首》爲邨塾陋書，其稱名頗苦不韻，彊邨丈援之以題所選詞，詎爲便於初學計邪。竊附諍議，不敢逃『輕議前輩』之譏。

三二　盡删黄九

談『柳』學『吳』，爲近二十年來盛行之事，亦時會風氣使然。彊丈選詞，三變存詞多，而黄九竟盡删（原選山谷〔鷓鴣天〕『黄菊枝頭』，〔定風波〕『萬里黔中』各一首），當有深意存其間，然後學固莫能測也。

三三　涪翁是詞家正脈

涪翁詞正是詞家正脈，其爲秀師所訶之語，特飾辭爲其作詩高位置耳。

三四　選而復删柯山詞

柯山存詞不多，如〔風流子〕『亭皋木葉下』一首，其意境當在少游之上，既選而復删之，何也。

三五　《宋詞三百首》所選

《宋詞三百首》所選諸家僅存一二首而屢見於宋人總集者，似可不録。

三六　岳忠武詞

岳忠武『怒髮衝冠』一闋，自是天地正氣，不當以文辭論，若『詞以人重』計，何不易以〔小重山〕。

三七　彊丈瓣香所在

覺翁是彊丈瓣香所在，故所選最多。宣洩宗風，正復在兹，特恐索解人不得耳。（以上數則《宋詞三百首》校記）

三八　清代詞家别集

《聽秋聲館詞話》：『孫文靖爾準《論詞絶句》〔一〕云：「作者誰能按譜填，樂章琴趣闊三千〔二〕。誰知萬首連城璧，眼底無人識畹仙。」蓋爲吾鄉王畹仙中翰（一元）作。畹仙寄籍奉天，冒吴姓，舉京兆。康熙癸未捷南宫，工駢體文，善倚聲。所作幾萬首，顧自來選家，咸未録及，里中人鮮有知其姓氏者。余亦僅見《詠物詞》一卷。』按：《詞綜續編》云：『自訂詞一千六百餘首，釐爲二十卷，名《芙蓉舫集》。』清代詞家别集之繁富，若陳其年《湖海樓詞》三十卷，戈寶士《翠薇花館詞》十九卷。王君所作，庶幾相埒，顧名字翳如，可慨也。其年之意氣才華，寶士之持律正韻，並一時無兩。顧兹鉅帙，轉滋多口。乃知下筆之不可不慎。『愛好，貪多』，宜自反矣。

〔一〕論詞絶句，原作『論詞句』，據《聽秋聲館詞話》卷一二補。

〔二〕闊三千，《聽秋聲館詞話》卷一二作『調三千』。

三九　掉書袋

趙仲符（執信）《飴山詩餘》，〔減字木蘭花〕云：『陸居非屋。三徑幽偏溪一曲。誰與追尋。把臂風期，似竹美林。　清言狂醉。問着時流都不會。隔斷仙津。妝鏡欹斜似美人。』自注：『「虹」，別名美人，見《詩疏》。』李武曾（良年）《秋錦山房詞》〔解連環〕〈送孫愷似陪使朝鮮〉云：『歌殘朝雨。聽都人艷說，酒樓孫楚。纔幾日、天子呼來，見鞭影麴塵[一]，采風東去。堠杳程荒，夢不到、朱蒙舊部。想名藩冠帶，紫羅黃革，遍逢迎處。　書生據鞍慣否。脱絺衣掛晚，短亭談虎。膩小艇、鴨綠江油，信繭紙吟秋，鬟雲遮暑。渡口楊花，惜過了、一天春絮。看雎圖、別叙紛綸，棧車載五。』自注：『「雎圖」、「別叙」，並《孝經緯》，周廣德中高麗所進。』清初詞家爲詞，喜掉書袋，授引[二]僻典，上及經子，非自注不能明，其實與詞之工拙無關也。即如趙詞之用《詩疏》，李詞之引《孝經緯》，細按之，究亦未當，抑且色澤不倖。自注之，則味同嚼蠟；不注，則人莫知所謂。好奇之過，知所勉夫。

四〇　天分性靈

有一種詞，純以天分性靈出之，好在無意求工，自然流露天眞。若遇事，『著色』、『句勒』，便

[一] 鞭影麴塵，原作『鞭影麴影』，據《全清詞·順康卷》改。

[二] 授引，疑當作『援引』。

墮阿鼻犁。

四一　姚燮〔解連環〕

姚梅伯（燮）《畫邊琴趣》〔解連環〕〈觀女郎解九連環〉云：『金絲細翦。恁彎環裊就，看時零亂。背花陰、撩袖凝思，驀響瓊纖纖〔一〕，扣來銀釧。玉指雙挑，把恨結、無端尋遍。笑圓圓〔二〕樣子，層層抱住，到頭不斷。　　似緣蟻珠宛轉。似青蟬離蛻，綠蠶卸繭。便輸伊、鐵石心腸，怕幾度迴來，也須柔輭。解慧鸚哥，隔烟影、頻頻偷看。總憐如、繞夢〔三〕疑山，只明一半。』此題絕新穎，詞亦稱題。然至換頭處，已現舉鼎絕臏之勢。故下乎此，則堆垛字面矣。此等詞，學不至，未有敗者〔四〕。而頗爲初學者所喜。以梅伯之纖媚猶若是，他可知矣。

四二　過於求奇之病

王西樵（士祜）《炊聞詞》〔點絳唇〕〈閨情〉云：『雨嫐空庭，夢回失却桐廬路。春愁相赴。又是紅窗暮。　　卜損金釵，怕見芳園樹。微寒度。水沈銷炷。且伴春風住。』『嫐』字入詞，殊

〔一〕驀響瓊纖纖，《疏影樓詞·畫邊詞》作『驀玉響纖纖』，《全清詞·嘉道卷》作『驀璚響纖纖』。

〔二〕圓圓，《疏影樓詞·畫邊詞》作『團圞』。

〔三〕夢，原脫，據《疏影樓詞·畫邊詞》補。

〔四〕未有敗者，疑當作『未有不敗者』。

不多見。按,《廣韻》:『嬲,奴鳥切,音嬈,擾。』《集韻》:『乃老切。音腦,義同。』[一] 王荆公詩:『嬲汝以一句,西歸瘦如臘。』又:『細浪嬲雪於娉婷。』西樵此字,蓋從此出。《四庫全書提要》嘗譏其『失之雕琢,過於求奇之病。非詞家本色也』。此雖非篤論,然過於求奇之病,當知所戒。

上海《茶話》一九四八年四月一〇日第二三期

[一]『廣韻』數句,《原本廣韻》『嬲』字條:『嬲　奴鳥切,戲相擾也。』《集韻》『嬲』字條:『嬲　戲相擾也。』《康熙字典》卷六『嬲』字條:『嬲　《廣韻》:奴鳥切。音嬈。擾也。……又,《集韻》:乃老切。音腦,義同。』該詞話顯係轉引自《康熙字典》。

觀海說詞

楊拱辰

《觀海說詞》一三則，載開封《國光月刊》一九四七年三月創刊號。署『楊拱辰』。今據此逐錄。原無序號、小標題，今酌加。

觀海說詞目錄

觀海說詞

一　詞之三境

《人間詞話》以晏同叔之『昨夜西風凋碧樹。獨上高樓，望盡天涯路』爲第一境，以柳耆卿之『衣帶漸寬終不悔。爲伊消得人憔悴』爲第二境，以辛稼軒之『衆裏尋他千百度。驀然回頭，那人卻在、燈火闌珊處』爲第三境。如此解釋諸詞，誠屬妙喻，然難爲初學言已。第一爲獨立蒼茫之境乎，第二爲歷盡艱辛之境乎，第三爲『樓頭少婦鳴筝[一]坐，遥見飛塵入建章』之境乎。

此特以世俗之見言之，恐不爲觀堂所首肯。黄崗熊十力嘗以『驀然回頭，那人卻在、燈火闌珊處』爲宋人見道語，其爲無上涅槃歟。湘漪[二]老人嘗推『樓頭小婦鳴筝坐，遥見飛塵入建章』爲唐人絶句壓卷之作，不特氣魄堂皇，何亦非解脱之一道。

〔一〕鳴筝，原作『鳴爭』。下一『筝』字同。

〔二〕湘漪，或當作『湘綺』。

二　白石格韻

觀堂不喜白石，謂格韻高絶，然如霧裏看花，終隔一層。余意不然。霧裏看花，不益增漂渺之致。李商隱詩如簪花少女，然皆如在雲霧中，『是耶，非耶』，□愚於『赤裸裸來去無牽掛』。余喜白石之『橋邊紅藥，年年[一]知爲誰生』，如怨如慕，深得風人之旨。『高樹晚蟬，説西風消息』，正與『可堪孤館閉春寒，杜鵑聲裏斜陽暮』同一境界，白石絶不作淮海語，而感情何莫非之耶。

三　白石高致

白石詩亦有高致，『自製新詞韵最嬌，小紅低唱我吹簫』，雅淡之極。曩余與采石謝澄平、遼陽金靜安等共遊五台[二]靈峯寺，得詞云：『欲問靈峯何處住。未歇風流，同去黄花路。懷抱平蕪山莫數。仙家卻在雲深處。頂禮靈官同韋護。才欲遊時，□遇金剛怒。覺來老僧猶未語，客人已遂雲飛去。』末學無所似，但慕白石高風耳。

四　造境與寫境

觀堂標造境、寫境，以爲理想與寫實派之所由分。余意，造境即『眞』的描畫，而寫境卽『實』

[一] 年年，原作『年未』，據《全宋詞》改。
[二] 五台，『五』原爲空格，五台山有靈峯寺，據此補。

的描畫也。嘗試諸生，何謂造境寫境。有以『淚眼問花花不語』爲造境，而『採菊東籬下，悠然見南山』爲寫境者。雖非允當，然亦有味。『淚眼問花』，花何可問，然非必無此理也。

五　不隔

觀堂詞主不隔，然其一己之詞，鮮有如是者。便『玉河烟柳，總帶棲蟬』，高於『高樹晚蟬，説西風消息』耶。觀堂當有失言之悔也。

六　辛姜爲冠〔一〕

南宋詞自以辛姜爲冠。辛詞跌宕生姿，姜詞格高而韶永〔二〕，非李煜輩所及。

七　神品逸品能品

所謂境界高，神品也；格調高，逸品也；技巧熟練，能品也。白石逸品而兼神品，美成能品而幾於神品，玉田、夢窗輩，能品而已。觀堂技不如美成，格不如白石，其在玉田下乎。

〔一〕本條原與上條連排，據文意分。

〔二〕韶永，疑當作『韻永』。

八　讀美成白石詞

讀美成詞，如平原千里，錦繡織成，舒卷自如；讀白石詞，如與陶、謝對語，意態閒適。

九　美成與白石

〈九歌〉之長處，在縟麗之形容，及複雜之情調，與《詩三百》之單純，正成對照。美成似〈九歌〉，而白石似《詩三百》。

一〇　詩人相儗

以不同時代之詩人相儗，非其倫也。吾人不能以今日之海上明星儗西子、王嬙，而論其媸妍。詩何獨不然。觀堂云：『五古之最上者，實推阮嗣宗、左太冲、郭景純、陶淵明，向前此曹、劉，後此陳子昂、李太白，不與焉。』即犯此病。

一一　詞之獨絕在自然

『池塘生春草』之長處在於自然，『採菊東籬下，悠然見南山』，亦在自然。『空梁落燕泥』，非其比也。唐五代北宋詞之獨絕者，亦在其自然。

一二　詞若山水

長調似北宗山水，如李將軍繪嘉陵風景，堂皇富麗；小令似南宗山水，三言兩語，富有風韻。然不可以長短衡之。詩亦然，絶句固有繞梁之妙，然李商隱律詩，不亦綽約若仙。

一三　韻味與火藥氣

放翁詩詞韻味不永。瑟人詩詞如怒目金剛，其文亦有火藥氣。太炎文直追魏武，兩千年來一人，亦豪傑之士也。

開封《國光月刊》一九四七年三月創刊號

石厂説詞

也石

《石厂説詞》若干則，今見一〇則，載開封《國光月刊》一九四七年三月創刊號，題『石厂説詞（一）』，署『也石』。今據此迻錄。原有序號，無小標題，今酌加。

石厂説詞目録

石厂説詞

一　作詞首貴神味

作詞之法，首貴神味。脈絡字意，其次焉者也。神味疏宕，雖胡天胡帝，亦成佳作。若古人神來之筆，又往往在有意無意之間。其中消息，最難道出。

二　不得不作之境

詞有詞境，非學力不足以濟之。有不得不作之境，有不得作詞[一]。蓋神乎其中[二]，文生乎其外，不假字句，而字句自潤，不假理脈，而理脈自得。不以學力濟之，亦徒負慧心耳。

[一] 有不得作詞，據下文『即不得不作之詞』，疑此句當作『有不得不作之詞』。

[二] 神乎其中，據下文『文生乎其外』，疑當作『神生乎其中』。

三　不忍流連之境

風日清和，燈昏酒暖，輒有不忍流連之境；發爲文章，即不得不作之詞。此時此境，若稍縱失〔一〕，亦復既逝〔二〕，一刹那間，消滅萬種，非過來人不得語也。

四　詞筆與詞心

學詞筆易，求詞心難。文人慧心，發乎中，肆乎外，詞心既萌，當涵之、泳之。平日去俗遠，而接書勤，古人名章，試加體會，久久致境，情於一景中，庶幾近之。

五　情宜深不宜濃

情宜深，不宜濃。以濃爲深者，非；以淡爲深者，摯。以淡爲深，筆須蒼勁，譬如斜陽芳草，至足流連。言人事之流連者，情言非深；言風物之流連者，深勝一籌。若風物自風物，而人事自人事，聽之、任之，等語〔三〕，情最摯至。

〔一〕稍縱失，疑當作「稍縱即失」。

〔二〕既逝，疑當作「即逝」。

〔三〕等語，疑有誤。或「等」字衍，而「語」當與下連讀，作「語情最摯至」。

六　情味并茂

就題言詞，終顯拘束；雖極敏妙，亦必質實。以極窄之境而拓其情理於極大，就有就可通之理，情味自必并茂。

七　闊窄波瀾

詞境有闊有窄，詞心有波有瀾。一事一物、一景一情易竟，而一事一物、一情一景之變化莫測。不細心推尋，必爲粗率獷戾，亦詞家所不取也。

八　就題言詞

就題言詞，此之下焉者。若必爲之，起拍數語，當籠罩全局，不必犯，不必避，嗣後演繹之，泛瀾之。若於題之先後，顧瞻環廻，不見斧斤之跡，次焉者也。始以就題立言，一步一驟，似有所指，而絶無眞意，斯爲下者。

九　境宜質樸語宜冲淡

詞之境宜質樸，語宜冲淡，思緒翼然，不必爲驚人絶豔之語，而令讀者一例顚倒，詞之最上乘。

一〇　**渾成之境**

渾成之境，意必與情合。或出以樸實語，或出以纖細語。意直而圓，消息至微，不可不辨。若意澀情滯，雖絶妙之筆，亦不足以動人。

開封《國光月刊》一九四七年三月創刊號

讀詞漫談

劉次簫

《讀詞漫談》一一則，載青島《星野月刊》一九四七年五月一〇日第一卷第四期，署『劉次簫』。今據此迻錄。原無序號、小標題，今酌加。

讀詞漫談目錄

讀詞漫談

一 讀詞

自從詞的舊譜散失以後，詞的唱法遂不傳於世。雖然像姜夔的自度曲十多首，字旁都附寫歌譜，但是既無拍節，依然無法付之歌唱；所以現在我們對於古人的詞，已經不能從純粹音樂方面去了解領會，只有在字的聲韻和文的構造方面，去進行欣賞。既然是一種可以歌唱的韻文，讀起來當然也可以娓娓動聽。例如五七言詩的唱法，雖然已經失傳，而現在我們讀起詩來，依然覺得聲韻和諧，順口悅耳。倘若曼聲長吟，更是覺得委婉有致。現在我們對於詞縱然不會唱，但是一樣的可以讀，讀的時候也能感覺出聲調和韻味的優美來。不過唱起來好聽的韻文，讀的時候不一定覺得怎樣的好。試將一般人所認爲很好的皮簧劇詞寫出來讀一讀看，往往覺得平平無奇，但是上口一唱，便就大不相同了。讀的聲音固然也是有長有短，有高有低，衹是音樂的成分缺乏，便使本文減色不少。至於文句方面的欣賞，普通說起來，唱的人不必然有聽的人領會的那樣多（如果唱的人是深通音律的文人，那自然與此不同），讀的人卻比聽的人領會得多。所以僅用讀的方法，在字的聲韻和文的構造方面，去了解詞的形式和內容，也還可以相去不遠。

二　文學的觀點

古人所作的詞，並不是全部合於音律，可以歌唱。如北宋的晏殊、歐陽修、蘇軾，都是當時的作詞名家，而李清照批評他們的詞爲『句讀不葺之詩』，並說『又往往不協音律』；宋末沈義父所著的《樂府指迷》中也說，『前輩好詞甚多，往往不協律腔，所以無人唱；如秦樓楚館所歌之詞，多是教坊樂工及市井[一]做賺人所作，只緣音律不差，故多唱之。』但是我們細讀這些被人指爲不協音律或不協律腔的詞，有很多是真正的絕妙好詞，並不因其不能唱或無人唱而減少了他在文學上的價值。我們既已不復曉得詞的唱法，只有離開音樂的觀點，從文學的觀點上，來對古人的詞加以衡量。

三　詞史

讀詞的時候，僅靠直觀的了解是不夠的。對於詞的源流演變，派別師承，以及作詞者的時代身世和文藝作風，都有了解的必要。因此，詞史一類的書也不可不讀。近人劉毓盤著有《詞史》，曾由北京大學鉛印作爲講義，可惜校對不夠仔細，內有訛奪及重出之處。此書以後又在上海翻印，仍是照講義本的內容付排，未加校正。又有王易著的《詞曲史》一書，其中關於詞的一部分頗爲詳細。這兩本書都值得研讀，不過見智見仁，彼此不同的地方也在所難免。例如，無錫人侯文燦在清康熙二十八年彙刻《名家詞》十種，此爲清代彙刻前人詞集的第一個人，其貢獻實在不可也不能

[一] 市井，原作『鬧井』，據《樂府指迷》改。

淹沒，所以王著《詞曲史》於列舉各家所刻詞人專集時，毛晉之後，即首列侯氏；但劉著《詞史》則説侯氏所據各本不善，有誤收者，有未全者，因此不列入第四章之内。實在説，有很多名家的詞集誤收他人的作品，或是軼闕不全，這雖然是一種缺點，但也算不得了不起的大毛病。並且，即以侯刻本而論，其《南唐二主詞》是與王國維所據的南詞本同出一源，王氏也曾在跋語内明白聲叙；其《陽春集》及《東山詞》則與王鵬運所刊者同據一本；其《信齋詞》、《竹洲詞》、《虚齋樂府》、《松雪齋詞》、《天錫詞》、《古山樂府》，則與江標刊入《宋元名家詞》者又是同出一源，並且侯刻《松雪齋詞》比江刻本多〔太常引〕、〔人月圓〕、〔江城子〕、〔浣溪沙〕、〔萬年歡〕五首，其《虚齋樂府》也比江本多〔沁園春〕一首；雖然侯本與其他各刊本有少數微異的地方，但各有短長，也很難武斷其爲不善，劉氏的話確乎是主觀的見解淹沒了客觀的事實，這是讀者所應當注意的。此外，吴梅所著的《詞學通論》（商務印書館出版社的《國學小叢書》之一），也可看作一部簡明的詞史，很值得一讀。

四　唐五代詞

詞，在最初僅是伶工娼妓所唱的曲子，因爲樂譜簡短，所以其文句大都採取五七言詩的形式，而稍形參差；當時的文人學士遊戲筆墨，偶一爲之，詞的格式乃逐漸成立。五代時的君主及士大夫們多喜歡作詞，遂而成爲風氣。不過詞的調子不長，其内容大抵不外别恨、旅愁、閨思、寫景、詠物、懷古等等，到了南唐後主李煜，用詞來抒寫亡國以後的苦痛情懷，詞的境界已經與前不同。唐五代時的詞，大都是直寫眼前景，直述心中意，或是直説意中人，語意淺顯，委婉有致。例如，李白的〔憶秦娥〕詞：『簫聲咽。秦娥夢斷秦樓月。秦樓月。年年柳色。灞陵傷別。　樂游原上清秋節。咸陽古道音塵絶。音塵絶。西風殘照，漢家陵闕。』

韋應物的〔調笑〕詞：『胡馬。胡馬。遠放燕支山下。跑沙跑雪獨嘶。東望西望路迷。迷路。迷路。邊草無窮日暮。』

白居易的〔長相思〕詞：『汴水流。泗水流。流到瓜州古渡頭。吳山點點愁。　思悠悠。恨悠悠。恨到歸時方始休。月明人倚樓。』

溫庭筠的〔憶江南〕詞：『梳洗罷，獨倚望江樓。過盡千帆皆不是，斜暉脈脈水悠悠。腸斷白蘋洲。』

南唐中宗李璟的〔浣溪沙〕詞：『菡萏香銷翠葉殘。西風愁起綠波間。還與韶光共憔悴，不堪看。　細雨夢回雞塞遠，小樓吹徹玉笙寒。多少淚珠何限恨，倚闌干。』

後主李煜〔虞美人〕詞：『春花秋月何時了。往事知多少。小樓昨夜又東風。故國不堪回首、月明中。　雕欄玉砌應猶在。只是朱顏改。問君能有幾多愁。恰似一江春水、向東流。』

韋莊〔菩薩蠻〕詞：『人人盡說江南好。游人只合江南老。春水碧於天。畫船聽雨眠。　爐邊人似月。皓腕凝霜雪。未老莫還鄉。還鄉須斷腸。』

以及諸家名句，如『江上柳如煙。雁飛殘月天』；『花落子規啼。綠窗殘夢迷』；『梧桐樹，三更雨。不道離情正苦。一葉葉，一聲聲。空階滴到明』；『衰柳數聲蟬。魂銷似去年』；『煙月不知人事改，夜闌還照深宮。藕花相向野塘中。暗傷亡國，清露泣香紅』；『憔悴不知緣底事，遇人推道不宜春』；『回首隔江煙火，渡頭三兩人家』，等等，都是明白如話，不加雕飾，但極盡婉約自然之妙。

雖然如溫庭筠的『合歡桃核終堪恨，裏許元來別有人』，和『玲瓏骰子安紅豆，入骨相思知不知』，藉物比人，新鮮有趣，而終是覺有斧鑿痕跡，小刀細工，有傷自然，但是這樣的詞句畢竟不多，僅可算是極少數的例外。

五　文人作詞

宋初承五代之後，文人作詞還有自然美妙之致，如錢惟演的『昔年多病厭芳尊，今日芳尊惟恐淺』，寇準的『孤村芳草遠，斜日杏花飛』，徐昌圖的『淡雲孤雁遠，寒日暮天紅』，與『殘燈孤枕夢，輕浪五更風』，潘閬『三三兩兩釣魚舟。島嶼正清秋』，王禹偁的『水村漁市。一縷孤煙細』，范仲淹的『愁腸已斷無由醉。酒未到，先成淚。殘燈明滅枕頭敧，諳盡孤眠滋味。都來此事。眉間心上，無計相迴避』，和他的〔蘇幕遮〕詞：『碧雲天，黃葉地。秋色連波，波上寒煙翠。山映斜陽天接水。芳草無情，更在斜陽外。黯鄉魂，追旅思。夜夜除非，好夢留人睡。明月高樓休獨倚。酒入愁腸，化作相思淚。』以及張先的『深院鎖黃昏，陣陣芭蕉雨』等，教人讀了，都有輕快之感。至於晏殊、歐陽修兩人的詞，卓然成家，尚有南唐二主和馮延巳等的韻味，但是已經開始刻意求好，講究凝鍊。如晏氏的『無可奈何花落去，似曾相識燕歸來』，和歐陽氏的『綠楊樓外出秋千』等句，雖然一向是被人稱道，但終覺得有點描眉畫眼，塗脂敷粉。美，固然是不錯，畢竟與張先的『雲破月來花弄影』，和宋祁的『紅杏枝頭春意鬧』等句，同是缺乏不施脂粉，自饒風韻的高致。不過，這些還是淡掃蛾眉、薄施脂粉，與南宋許多詞人的濃妝艷抹不同，所以不失爲一代名家。

六　詞調擴充

這時在詞的方面很自然的發生了兩種要求，一種是音樂上的要求，另一種是文學上的要求。簡短的曲調，唱起來已經不能滿足人們精神上的需要，人們需要更充實、更繁複，和變化更多的調子，拿近代音樂的說法來講，一支完美的曲子，應當是對稱、統一和變化三種要素得到協調，才可以使聽衆引起快感，但這不是在一個簡短的曲調内所能辦得到的，簡短的曲調往往是輕快流利，而缺乏豐富的内容，爲滿足人類更高的音樂方面的要求，只有將調子擴展充實。北宋人之創造慢詞，便是因爲這個緣故。原有的調子太簡短，作詞的人受了字數的限制，不能充分的將自己想説的話都寫出來，並且格式無多，很難於前人的窠臼以外，別創新穎的意境，因此在文學的立場上，也有了將詞調擴充的必要，這也是創造慢詞的原因之一。

七　慢詞

慢詞的調子長，字數多，使作詞的人得到了更多的自由，但聲韻律腔的限制，依然是十分嚴格。在這種嚴格限制之下，運用文學上的技術，也可以宛轉自如的寫出更豐富的情感。例如，首創慢詞的柳永所作的〔雨霖鈴〕詞：『寒蟬淒切。對長亭晚，驟雨初歇。都門帳飲無緒，方留戀處，蘭舟催發。執手相看淚眼，竟無語凝噎。念去去、千里煙波，暮靄沈沈楚天闊。　多情自古傷離別。更那堪、冷落清秋節。今宵酒醒何處，楊柳岸、曉風殘月。此去經年，應是良辰好景虛設。便縱有、千種風情，更與何人説。』馮夢華説，柳詞能『狀難狀之景，達難達之情，而出之以自然』，他的寫景抒情所以獨到，是得了調子較長的幫助，他的詞出語自然，不雕琢，不做作，不堆砌，不局促，這是他的文學技術的成功。吴梅嫌他的詞『皆是直寫，無比興亦無寄託，見眼中景色，即說意中人物，便覺直率無味』，這並不是持平之論。

八　蘇辛一派

蘇軾利用詞，來說他要說的一切；將詞的領域，幾乎是無限制的擴展。他替詞開闢了一個新的境界，這是一種劃時代的成功。雖然一般推崇婉麗的人，認爲蘇詞不合口味，目爲『豪放』，但又震於其名，不敢顯加攻擊，遂說後人不可强學；但是蘇辛（棄疾）一派的詞，確是詞中的創獲。自有他在文學上，爲他派詞人所不能獲得的價值。不過，像南宋蔣捷那樣隨意叫囂，則確乎是不可爲訓。因爲到那個時期，詞在文學演進的過程中，已經接近尾聲，刻鵠類鶩，自然成爲模仿者無可逃避的結果，所以無論何種文學作品，倘若不能生面别開，自闢蹊徑，只是模仿前人，便不會有光明的前途，祇有陷入愈趨愈下的深淵而已。

九　詞的末路

詞從小令發展到慢詞，在形式上已經不能再向前發展，至於内容方面，作家既多，題的種類又復不是變化無窮，在同類題目的範圍以内，應有的意境大都被前人想到了，可用的辭藻大都被前人用過了，再想出奇生新，實在並不容易。所以，詞至南宋時期，氣格漸趨死板，只有辛棄疾的詞，縱横揮灑，一氣呵成，能夠上承蘇軾的作風，卓然樹立一幟。姜夔精通音律，能自創新譜，所作的詞，清秀空靈有餘，而渾雄不足。這恐怕是過於着重音樂成分的緣故。此外，有許多作家，每人都有幾首清新可讀的詞，但是大家都在字面上用功夫，講鍊句、佈局、下字、用典，有的教人讀了簡直莫明其用意所在。所以有許多長篇的詞，滿紙花團錦簇，而無法把握其中心意旨。這已經到了詞的末路，縱然一代文人盡了畢生的力量，終不能將此種頹勢挽回過來，又沒有另外創造的決心與才力，因此，詞遂一蹶不振。以後雖然清代有許多文人致力於詞的復興，但僅是得到了一大堆模仿古人的產品，對於詞的本身，既沒曾達到興廢繼絕的目標，更談不到新的發展了。

一〇　解詞

一個技術高明的詞人，要在詞中表現他的情感或意志的時候，總不肯坦坦白白和盤托出，因爲這樣，必然減低了作品在文學上的價值。所以都是隱約其辭，使讀者像在雲烟中看山一樣，偶然從雲破煙斷的地方，得見一峯半嵐，下餘的只是自己去懸想；這並不是說詞的文字艱深隱晦到令人不解的程度，而是寄託深遙，教人無從捉摸其絃外之音究竟是甚麼，作者內心中所蘊藏的部分，究竟還有多少。名詞的妙處在此，讀詞時，下死力尋根究底的人的苦處，亦即在此。世界書局出版的《詞準》一書，其《甲編》作詞法的末尾，有這麼一段話：『有許多好詞，作者的主意固已不可考，而讀者不妨見仁見智，自立解說，所謂「作者未必然，讀者何必不然」也。「附會」一辭，爲史學家考據學所大忌，但以之欣賞文學，則固不妨。』以附會來欣賞文學，這是我們——至少是我個人——所不敢輕於嘗試的。我們既不是在心理上患着色盲症，當然對於一切事物都願意知其真象，如果硬要指鹿爲馬，則是甘於自欺，一經有了主觀的附會，必然的對於所欣賞的對象，不能有確切的了解，附會便是曲解，便是誤解，結果等於不解，所以這種見仁見智，一任尊便的讀詞方法，是萬萬不可提倡的。王沂孫有一首〔齊天樂〕詞，題目是〈賦蟬〉，原文如次：『一襟余恨宮魂斷，年年翠陰庭樹。乍咽涼柯，還移暗葉，重把離愁深訴。西窗過雨。怪瑤佩流空，玉箏調柱。鏡暗妝殘，爲誰嬌鬢尚如許。　銅仙鉛淚似洗，歎移盤去遠，難貯零露。病翼驚秋，枯形閱世，消得斜陽幾度。餘音更苦。甚獨抱清商，頓成淒楚。謾想熏風，柳絲千萬縷。』吳梅在《詞學通論》內說：『宮魂餘恨』，點出命意；『乍咽涼柯，還移暗葉』，慨播遷之苦；『西窗』三句，傷敵騎暫退，燕安如故；『鏡暗妝殘』二語，言國土殘破，而修容飾貌，側媚依然；衰世君臣，全無心肝，千古一轍也；『銅仙』三句，言宗器重寶均被遷奪，澤不下逮也；『病翼』二句，更痛哭流涕，大聲疾呼，言海島棲遲，斷不能久也；『餘音』三句，遺臣孤憤，哀怨難論也；『漫想』二句，責諸臣苟且偷安，視若全盛也。並說，『如此立意，詞境方高。』

又蘇軾有一首〔卜算子〕詞，題目是〈黄州定惠院寓居〉，原文如次：『缺月掛疎桐[一]，漏斷人初靜。時見幽人獨往來，縹緲孤鴻影。　驚起卻回頭，有恨無人省。揀盡寒枝不肯棲，楓落吳江冷。』鮦陽居士說：『缺月』，刺微明也；『漏斷』，暗時也；『幽人』，不得志也；『獨往來』，無助也；『驚鴻』，賢人不安也；『回首』，愛君不忘也；『無人省』，君不察也；『揀盡寒枝』，不偷安於高位也；『寂寞吳江冷』，非所安也。

似這種解詞的辦法，穿鑿附會，强作解人，實在使我們讀之徧體起粟，我們自然不敢說解詞的兩

[一] 疎桐，原作『竦桐』，據《全宋詞》改。

人是不懂詞的人，但是如此解法，實在使我們這真不懂詞的人，更加莫名其妙了。如此解詞者大有人在，所以我們寧可規規矩矩的就詞論詞，實不必節外生枝，自作聰明。

二　順拗

讀慣了五七言詩的人，讀起詞來，有時覺得不大順口，特別是對於五字七字的詞句，總希望其順而不拗；實則五七言詩的順拗並不能應用到詞上去。在詩中，凡其平仄與通暢的格式不合者，即謂之拗體；但在詞則不然，詞句有時與詩的字數同而平仄不同，這是詞的正體，並不得謂之爲拗。因爲詞以能唱爲主，唱起來不拗即是順，讀起來不順也不是拗。吳梅說：『凡古人成作，讀之格格不上口，拗澀不順者，皆音律最妙處。』現在既不能唱詞，其音律之最妙與否，不復可知。但至少可以說，在音律上不得不如此，唱起來依然是圓轉滑脫，並不至於拗口。並且拗口與否，是習慣的問題。讀詞多了，便覺得其每一句，都非如此不合韻調，反以爲詩的平仄格式太單調，太缺乏變化。張綖的《詩餘圖譜》，每遇與詩句的平仄不甚相同的句子，便想改爲順適，這是一種很大的錯誤。我們不能站在詩的立場來讀詞，正與我們不能站在詞的立場來讀詩一樣。二者各有疆界，不必互相混淆。好的詩句可以作詞的材料，所以許多名詞裏面運用前人的詩句，讀之使人覺得格外渾成。但詩句入詞以後，其在人們腦子裏所引起的反應，已經與以詩句的姿態所引起的反應不同，因爲上下文的烘托陪襯，已經使被運用的詩句增加了新的成分，不再僅是單純的詩句了。倘若詩句經過了詞人的剪裁，更是如此。

總而言之，詞已經是不能歌唱。我們讀詞，好比從照片中看山水風景一樣，看到的不過是外觀的形態，對於他的真正生命，無可捉摸，所以只可就詞論詞，各取所得。有些人還是想從音律方面去了解前人的詞，這種不畏困難的研究精神固然可以佩服，但是究竟言之不能詳確，勞而無功，深爲可惜。若是將詞當作一種文學作品來欣賞，我想雖然不能了解音樂部分的好處，在文字方面，至少也可以得到不少的益處。

青島《星野月刊》一九四七年五月一〇日第一卷第四期

集成詞話

厲鼎煃

《集成詞話》若干則，今見二則，小序一則，載鎮江《集成》一九四七年七月一〇日第一號，題『集成　詞話』，署『厲鼎煃』；九月一〇日第二號，題『集成詞話』，次題『（二）桂蔚丞先生遺詞』，署『憶梅』。今據此迻錄。第一號所載無序號、小標題，今酌加。

集成詞話目錄

集成詞話

詩亡於話，而詞又何話之有。話詞，所以存十一於千百，非敢亡之也。否則充棟汗牛者，誰盡讀之。然非好之者，不能話，亦不願聽人話也。憶梅蓋好詞者也；話古今人之詞，以貽夫同好。其不願聽吾話者，吾亦不屑强聒之也。丁亥端午後五日，記於榴紅桐緑之軒，儀徵憶梅詞人厲鼎煃。

一　董伯度《含碧堂詞稿》

武進董伯度先生憲，遺著《含碧堂詩稿》，附《詞稿》一卷，無錫錢名山先生嘗爲序之。佳句如〔滿庭芳〕云：『落花成陣，一半過隣家。』『安得身如輕燕，歸來早醉話桑麻。』風致嫣然。〔滿江紅〕云：『破夢不知腸轉九，横空忽報花飛六。』思深詞苦，亦神來之筆也。〔念奴嬌〕〈書感〉云：『開閣怕見青山，青山仍舊，又把人埋了。』悵觸無端。〔八聲甘州〕〈懷許夢因金陵〉云：『多少南朝舊恨，盡付莫愁湖。』〔如夢令〕云：『迴避。迴避。好讓鸚哥安睡。』風趣之至。〔浪淘沙〕云：『報道一聲春欲去，斷盡花魂。』『爲問人同春去了，若個溫存。』惆悵切情。又〔金縷曲〕〈寄厲志雲〉换頭云：『伊誰眞把塵緣屏。問茫茫、知音何處，笑他歌郢。尚有愛才心未死，獨繭抽絲難盡。記舊約、平山相等，祇怕重尋時已改，聽潮鳴、月滿秋江冷。君去也，鶴宵警。』聲悽以厲，哀怨之作也。〔念奴嬌〕〈檢亡婦遺札一首絶佳〉，詞云：『珠沉玉碎，試開箱尚有，雙魚殘字。莫道鳥龍曾染紙，侵眼都成紅淚。五夜詩催，八行書就，誰向瑤京寄。人生行樂，壯時偏不如意。　愧我連歲辭鄉，春來攜酒，尚踏平山翠。堪歎林禽稱共命，留得風前孤翅。美景空存，離情難補，此恨銀箋記。挑燈重展，年年添作秋思。』教人無處着圈，是絢爛之極，歸於平淡也。此外尚有〔如夢令〕十首，蓋悼亡之作，而未加附題，實集中壓卷之作。其一曰：『樓上瓊簫罷弄。蕭瑟金風相送。朗月照空階，露冷桐間孤鳳。誰共。誰共。偏是愁來無夢。』其二云：『幾陣簾前秋雨。滴碎蕉心難補。琴倚夜窗虛，猶記蘭房小語。空佇。空佇。輸與河邊牛女。』其三云：『作客頻嫌書懶。握手遽驚魂斷。江水碧無情，咫尺天涯歸緩。不算。不算。艸艸夢中春短。』其四云：『獨對茫茫蒼昊。何處瑤池瓊島。行客總須歸，那問華年正好。去早。去早。歲月慣催人老。』其五云：『徙〔一〕倚空閨神倦。庭草萋萋綠徧。玉匣網絲生，人赴碧樓金殿。不見。不見。寂寞殯宮秋薦。』其六云：『堂畔似聞織素。落葉階前無數。踏碎一庭秋，爲掃夜中歸路。且住。且住。檻外飛鴻暗度。』其七云：『翳翳林端煙靄。睡起怪禽聲碎。離料碧天遙，環珮更歸天外。重會。重會。知是人間何代。』其八云：『彈指流光十載。石上三生相待。碧落寸心通，精衛何勞填海。未改。未改。髣髴雲鬟常在。』其九云：『偶檢篋中殘繡。枕上淚痕沾透。翠帶幾回量，不信秋來腰瘦。聽漏。聽漏。又是黃昏時候。』其十云：『千古神原不死。默禱爐香篆紫。清酒未曾

〔一〕徙，疑當作『徒』。

乾，畫像空留形似。如是。如是。焚寄家書連紙。』情眞語摯，自然入妙。先生悼亡者再，而卒賴繼室嚴覺先女士之賢，爲梓遺稿，此亦報應之不爽者。至〔沁園春〕『英雄老，哭名流健者，一例庸才』，『壯不如人，世誰知我，獨立蒼茫倒綠醅』，則效劉龍州體，而嘻笑怒罵，雖非詞家所尚，亦可見生平骯髒不平之概矣。

鎮江《集成》一九四七年七月一〇日第一號

二　桂蔚丞先生遺詞

邗江桂先生蔚丞，久任北京大學地理教授。南還後，遂爲府中學堂邀任講。余肄業省立八中時，先生以皤然一老，講授羣經大義。民八孔誕日，先生嘗於大會堂講《禮記》〈禮運〉[一]『大同』一章，實爲余治禮學之先導。生平長於爲其[二]，而遺作不少概見。主修《江都縣志》，刻本今已稀見。但讀王翕廷鑒《懷荃室詩餘》丁巳（民國六年）新刻三卷本，附錄先生和章一闋，蓋卽民國年年[三]題春作。王融永明之體，賴宣城詩集以傳。吉光片羽[四]，彌足珍貴。茲迻錄於左，覽者幸勿[五]

〔一〕禮運，原作『孔運』。
〔二〕長於爲其，疑有誤，或當作『長於爲此』。
〔三〕年年，有誤。
〔四〕吉光片羽，原作『吉光守羽』。
〔五〕幸勿，原作『辛勿』。

笑爲阿其所好，過而存之也。詞調寄〔暗香〕，懷荃原作有副目〈人日寄懷蔚丞〉。先生步韻云：『試燈幾日，看漢宮柳彈，昆池冰坼。羯鼓衝寒，怕聽花前數聲擊。新歷應題上巳（原註：近歲參用西歷，卻好三月三日），渾不見、怒江春色。祇感得、驛使梅枝，遙向隴頭擲。江北。望眼急。歎暮雨短檠，笑共誰索。李程賦筆。無復豪情吐紅霓（原註：舊《七政歷》改爲《觀象歲書》，面目全非矣），賴有迦陵鼓吹（原註：謂陳孝起《戊丁詩》）。聊寄遺、西窗幽寂。想此夜搔白首，聖湖水碧。』

鎮江《集成》一九四七年九月一〇日第二號

説詞韻語

楊仲謀

《説詞韻語》一一則，序一則，載遵義陸軍步兵學校《鐘聲月刊》一九四七年七月一〇日第一〇期、八月一〇日第一一期、九月一〇日第一二期。署『果齋楊仲謀』。原有序號，無小標題，今酌加。

説詞韻語目録

説詞韻語

序

詞濫觴於中唐，發展於晚唐五代，而大盛於南北兩宋，歷金元以迄明清，千餘年間，作者輩出，洋洋洒洒，蔚爲大觀，於是詞與詩、曲，鼎足而三矣。人心不同，各如其面。詞人者感於心，發於言，騁其才思，以觀於天地。肆其文藻，以抒其性情。剛柔弛張，濃淡疏密，面目不同，風神各異。學者諷詠古人之作，觀於殊異之跡，審其得失，評其高下，而品藻出焉。自宋以來，論詞之書以十數。或明體格，或述源流，或評藝術之高卑，或論創作之技巧，讜言明論，足以導後進、示初學者甚夥，而或煩碎蕪雜，是是非非，滋人疑誤者，則又學者所宜擇抉也。余喜讀詞，間嘗涉覽諸家論詞之書，偶有所得，每欲筆於記載，以存一己之私，爲進修之參考，而未遑暇給也。去秋搜集《瘦影詞》竟，乃更捉筆，將昔日讀詞所得，作七言絶句若干首，爲《説詞韻語》，而加小注以説明之。注中多引古今人論詞之語，要皆歸於余之主觀而已。夫讀詞猶嘗百味也，説詞猶論其味之美惡也。口同嗜焉，而海畔有逐臭之夫。文章鑑賞，亦各緣其愛憎而已。此自來作文學評論者之所以爲難也。而况短學如余，又烏可以論其言之當否耶。且又旅中無書，參考不詳，孤陋寡聞，更何免淺薄之譏。固知無補於詞場，能爲一己之心得。所望同好者正之耳。

三十六年六月十六日於古播州

一　詩詞曲之分別

詩教溫柔詞曲曲，文章體態各殊胎。修辭但令歸要眇，意境無妨大拓開。

詞與詩、曲，體態不同，風格各異。自來論詩、詞、曲之分別者甚多，然均模棱其詞，無明確之解釋，使人難於捉摸。如劉體仁公勇《七頌堂詞繹》曰：『「夜闌更秉燭，相對如夢寐[一]。」叔原則云，「今宵剩把銀缸照，猶恐相逢是夢中。」此詩與詞之分疆也。』王阮亭《花草蒙拾》[二]曰：『或問詩、詞、曲分界。予曰，「無可奈何花落去，似曾相識燕歸來」，定非《香奩》詩；「良辰美景奈何天，賞心樂事誰家院」，定非《草堂》詞也。』此二説不爲無見，然其言頗囫圇。『良辰』二句，北宋慢詞中未始無之；『今宵』二句，律詩中亦未始無之。王獨舉《草堂》詞以較，劉獨舉杜詩以較，語不明晰，使人生疑。然則詩、詞、曲三者之别如何。曰：以形式言之，各有特異，姑無論矣。以風格言之，則吾師劉咸炘宥齋先生《詞學肄言》，論之最精。其言曰：『詞之格較詩爲輕曲。曲之格較詞爲顯白。詩本曲而忌直。然詞曲則尤曲，以詞曲較詩，詩猶爲直矣。詩非盡重，而詞曲則以輕爲本體，重則不詞。以詞曲較詩，詩猶爲重矣。若詞與曲之異，又别有在。詞以隱爲長；而曲則

[一] 寐，原作『寤』，據《七頌堂詞繹》改。

[二] 花草蒙拾，原作『花草拾蒙』。

以顯爲長。詞可濃，而曲則以淡爲長。詞非無顯淡者，然而甚少。曲亦有隱濃者，則失其本色，爲當行所賤。此則詞、曲相反而詩又兼之者也。』近人繆鉞論詞曰：『自其疏闊者言之，詞與詩爲同類，而與文殊異。自其精細者言之，詞與詩又不同。詩顯而詞隱，詩直而詞婉。詩有時質言，而詞更多比興。詩尚能敷暢，而詞尤貴醞籍。』（見《思想與時代月刊》第三期）此其大别也。王國維静庵《人間詞話》曰：『詞之爲體，要眇宜修。能言詩之所不能言，而不能盡言詩之所能言。詩之境闊，詞之言長。』此説有是有非。詞體要眇宜修，是也；至謂能言詩之所不能言，而不能盡言詩之所能言，詩之境闊，詞之言長，則有可議之處。詞境之所以狹隘者，由於歷來詞人，墨守《花間》、《尊前》，奉爲正宗。以謂作詞者如超出《花間》範圍之外，則不當行，而被鄙夷之譏。故甚弊也隘，而不能盡言詩之所能言矣。詞之境，豈必不能開闊耶。蘇辛之作，何隘於詩，而人以變調斥之。宜乎其隘也。善乎宥齊先生之言曰：守正、順變二説，不可偏据。不知守正，則類混體失，詞不成詞；不知順變，則境狹語同，作不成作。或謂若容順變，則直重之詞，亦自成趣，豈能復守輕曲之本體。實則此未析之論也。所謂輕曲，乃指修詞。若其情意之輕重，勢調之曲直，乃别一事。情有喜怒哀樂，豈皆怨抑；調有高下疾徐，豈皆纖柔。然而詩之異於文，詞之異於詩者，自有其態。意儘重、勢儘壯，而仍不害其態之輕曲也。論者每不分别而混言之。如明張南湖綖謂，『詞有豪放、婉約二種。然終以婉約爲正』。所謂豪放、婉約，乃兼勢調與意言之。既知二者皆工，而又云婉約爲正，正不正以何爲斷乎。其意蓋謂詞之本體在曲，而言未晰耳。若彭羨門孫遹《金粟詞話》謂，『詞以艷麗爲本色』，則大謬矣。其混之極者，且與描寫之對象，混爲一致。如沈義父所謂：『詞與詩不同，須略用情意，或入閨房之意。如只詠花草，而不著些艷話，又不似詞家體例。』此語之謬甚顯，而沿其説者實多。後之主晏、歐、柳、秦、周、李爲正宗者，莫不陰有此習。其意蓋謂，詞既輕柔，便宜作婦人語。又見溫韋以降，多説艷情，遂以爲詞本宜然。不知詞體取自倡優。唐宋文人作者多代聲口，故多綺語。然已不拘。溫韋之先，唐人詞境，已與詩同。如韋蘇州之詠高齋，王仲初之説民情，白香山之憶清景，皆與其詩同。至於邊塞宮怨，亦絶句之類耳。飛卿詩本籛艷[一]，故詞亦同。吳蜀諸人，則陸放翁《跋花間集》所謂：『斯時天下岌岌，士大夫流宕無聊者耳。』宋世官有伎樂，士大夫莫不以此爲蘭芍，其作艷語，固無足怪，安得據此以定詞體體[二]，况其後境既開拓，何可復守伎家之習，以爲正宗乎。徐電發《詞苑叢談》引梨莊云：『徐巨源論詞源於樂府，謂〈子夜〉、〈懊儂〉善言情，唐人小令，尚得其意。所謂情者，人之性情也。上自《三百篇》以及漢魏、三唐樂府詩歌，無非發自性情。故魯不可同於衛，鄉大夫之作不能同於閭巷歌謠。唐人小令，善於言情。然亦不盡爲〈子夜〉、〈懊儂〉之情。太白〈菩薩蠻〉[三]爲詞調之祖，何嘗不言情，又何嘗以〈子夜〉、〈懊儂〉爲情。凡詞，無非言情。即輕艷悲壯，各成其是。周、柳之纖麗，〈子夜〉、〈懊儂〉之遺也。歐、蘇非「君馬黄」、「出東門」之類乎。放而爲稼軒、後村，則漢帝〈大風〉之歌，魏武酌酒之什，何嘗不言情。亦自道其情耳。』劉容齋熙載《藝概》曰：『詞導源於古詩，故亦兼具六義，不得以一時一境盡之。』此二説皆甚通。明乎詞境與詞格之不當混論，則守正順變之説，不相妨矣。宥師此論

[一] 籛艷，疑當作『纖艷』。
[二] 詞體體，疑當作『詞體』。
[三] 菩薩蠻，原作『苦菩薩』。

甚爲暢透，可以息正變之爭矣。作詞者，意境自開拓，便與詩同。修詞須要眇，不失輕曲之本體。而後詞之體立，詞之用廣，可以與詩競其分野也。

二　詞爲詩餘

莫把詩詞判主奴，詞源樂曲與詩殊。依樂填詞詞入樂，聲歌原不是詩餘。

昔人多稱詞爲詩餘。意者詞興於詩後，詞爲詩之蜕。詩弊而詞興，詞之源導於詩耳。實則詞非詩之餘也。名詞爲詩餘者，未晰詩詞與樂之關係，而又不明遞變之跡也。宥齋先生《詞學肄言》曰：『今所謂詞，乃指唐宋簡短之歌曲也。凡樂歌，有聲有詞，其詞曲度參差，隨樂之屈折。在隋以前，謂之樂府歌辭，亦謂之詩。在宋則爲令曲、慢詞，亦謂之詞。在元則謂之雜劇、傳奇、套數、小令，亦謂之曲。實則詩不專指樂歌，詞則樂歌之通名。唐之詞即古之辭。宋人稱詞爲曲，明人稱曲爲詞，其分爲三專名者，特相爲區别耳。欲異於樂府歌，不得不别稱爲詞；欲異於令慢，不得不别稱爲曲耳。今人或稱詞爲樂府，以古名名之耳。』王灼《碧鷄漫志》曰：『古人初不定聲律，因所感，發爲歌，而聲律從之，唐虞以來是也。餘波至西漢末始絶。今之所謂古樂府者，魏晉爲盛。隋氏取漢以來樂器歌章古調，併入清樂，餘波至李唐始絶。唐中葉雖有古樂府，而播在聲律，則尠矣。士大夫作者，不過以詩自名耳。蓋隋以來，今之所謂曲子者已漸興，至唐而始盛。』又曰：『唐時古意亦未全消，〔竹枝〕、〔浪淘沙〕、〔抛毬樂〕、〔楊柳枝〕，乃詩中絶句，而定爲歌曲。故李太白〔清平樂〕三章皆絶句。元白諸人亦知音協律作歌。』李唐伶伎，取當時名士詩入歌曲，蓋常俗也。《四庫提要》曰：『樂府之歌法，至唐不傳，其所歌者皆詞也。』此二説皆簡明。然於詩之何以變爲詞，詞與詩何異，則尚未明晰，論詩之變詞者朱子。其言曰：『古樂府只是詩，中間却添許多泛聲。後來人怕失了泛聲，逐一添個實字，遂成長短句，今曲子便是。』今人胡適作〈詞的起源〉，修正朱子之説謂：『唐之樂府歌詞，本與樂曲分離，詩人自作律絶詩，而樂工伶人譜爲樂歌。中唐以後，歌詞與樂曲漸漸接近，詩人取現成曲拍，作爲歌詞，遂成長短句。』於此可知詩詞與樂之關係有二：一爲采詩以入樂，一爲依樂以填詞。元微之〈序樂府古題〉所謂『由樂定詞，選詞配樂』者也。朱子所謂添泛聲者，采詩入樂之事，歌者之事也。所謂填泛聲爲實字者，依樂填詞之事，作者之事也。詩本非因樂而作，唐以前采詩入樂，皆須加字加句以足之。故《宋書》〈樂志〉列諸樂府詞，皆前列本曲，後列樂工所奏，可以知矣。又有因詩作調，如王右丞送人詩，後因爲〔陽關曲〕是也。若依樂填詞，則中唐已多。唐崔令欽《教坊記》[一]所載曲牌，與詞牌同者有數十個之多，可知詞即當時之曲，特未能一一留傳至今耳。此等曲牌，觀其調名，皆是先有樂調，而依以作詞，非本作詩而樂人譜之，如《碧雞漫志》所謂以絶句爲歌曲也。近人許之衡作《中國音樂小史》，述歷代樂曲之變遷，考之甚詳。雖爲音樂專書，而於詩詞與樂曲之關係，可以窺見。第最初依樂填詞，尚未成譜，填者僅隨樂調之曲折，而實其泛聲，故或詳或略。詳則其聲律特異之處顯，句度亦參差。略者反之。觀詞中一調有長短數譜之別，可以見矣。樂調要是獨立自成。采詩入樂，必增損詩詞，以就樂調，如李白〔清平樂〕，王之渙『黄河遠上白雲間』等詩，其播在聲律之節拍，非僅七言也。未有屈樂調以就詩詞者。因詩創調，要是創作樂調，亦必於詩詞有所增損。如〔陽關曲〕之三疊而加和聲，不

[一]　教坊記，原作『教場記』。

祇摩詰原詩之音數，斷未有即詩詞而可以爲調者也。入宋以後，塡詞者既多，乃漸成定譜。柳耆卿作爲慢詞，較小令爲長而多曲折，乃與不依樂之詩，面目更別。嗣後采詩入樂之事絶，創調者亦希，大都按譜塡詞，較昔之依樂塡詞者，句度聲律，尤爲嚴謹。由此可知詩者不依樂而作，誦而不歌，依樂則爲歌詞。古稱辭，唐稱詞，元稱曲，一也。詩誦而不歌，故聲韻不嚴，句度多齊整。其或參差者亦非依樂調。詞須歌，故聲韻嚴，句度多參差。其或不嚴者，泛聲不密耳。觀於嬗變之跡，詞之與詩，非有祖禰之分，主奴之別也。蓋以形式論，詞乃歌詩之變，非不依樂之詩之餘；以實質論，詞乃詩之别一體耳。後世詩皆不依樂，詞則爲依樂之詩。二者各有其體，不容相混。非欲强尊詞體也，溯流導源，跡象宜然耳。

遵義《鐘聲月刊》一九四七年七月一〇日第一〇期

三　詞體輕曲

車馳鼠穴宛如蜿，曲徑通幽路可攀。碧淥三湘流細水，一泓春浪九迴旋。

詞體乎輕曲。曲折愈多，其詞愈妙，一句一轉，一字一折，一唱三歎，一波三復。如三湘細流，逶迤而逝。其間又波瀾起落，往復迴旋，氣勢乃不落於平凡。此詞之特點，與詩不同。詩如長江大河，波瀾壯闊，一瀉千里。其體大，其質重，其道寬平，其勢澎湃，其氣磅礴。詞則其體小，其質輕，其徑狹隘，雖有波瀾而勢不澎湃。『風乍起。吹皺一池春水。』其妙在輕盈迴沍，動盪生姿。雖有抑揚而氣不磅礴。『欲説還休。欲説還休。』其妙在紆迴頓挫，吞吐有致。《柳塘詞話》引徐野君云：『詩如康莊九達，車馳馬驟，易爲假步。詞如突岩曲徑，叢篠幽苑。源幾折而始流，橋獨木而方渡。』

此善喻也。詞徑狹如鼠穴，須能於鼠穴中馳車驟馬，將奔騰放逸之勢，勒束而爲宛轉委曲之情，潛氣内轉，迴腸九折。隨樂調之逶迤，而出以溫柔輕曲之詞意。其命篇遣詞，皆有界限，越限則非詞。然而行曲徑者通其幽邃，履鼂叢者攀其巉崖，雖徑狹途巇，而必履險如夷，有振衣千仞岡之概。然後詞之境界，可以開展。詞之風格，足以自振也。

四　詞人流派

文章鑑賞緣憎愛，正變紛紛論不休。俊眼堪欽龍教授，詞家三派各分流。

自來評詞家各以所好，品騭古人。宗《花間》者斥蘇辛爲別調，學蘇辛者請[一]《花間》爲纖弱。入主出奴，爭辯不休。於詞人流派之分析，不落混雜，即嫌强合。近人龍沐勛先生，輯《唐宋名家詞選》，自序：『自溫韋以來，迄南唐之李後主、馮延己，北宋之晏殊、歐陽修、晏幾道，爲令詞之極則。已儼然自成一階段。迨慢曲既興，作者益衆。疎密二派，疆域粗分。疎極於豪壯沉雄，自范仲淹、蘇軾以下，晁補之、葉夢得、張孝祥、辛棄疾、陸游、劉克莊、劉辰翁、元好問之徒屬之。密極於[二]精密婉麗，自張先、柳永以下，秦觀、賀鑄、周邦彦、姜夔、史達祖、吳文英、王沂孫、周密之徒屬之。雖各家亦多開徑獨行，而淵源所自，昭然可觀。』其論甚爲公允。晏歐以前，慢詞未盛，而小令輝皇發展。詞之作者，各具風格。劃爲一階段，甚爲適宜。以疎密二派論慢詞，亦可以包舉無遺。

[一] 請，疑誤，或當作『謂』。

[二] 於，原作『放』，據上文改。

再於此大別之中求其小别。細溯支流，明察派裔，庶無大誤矣。較之周濟之揭橥〔二〕四家，以領袖趙宋一代者，卓越多矣。周之所舉，分析似校縝密，而實多不安之處。任二北《詞學研究法》謂其：『立周、辛、王、吳四家爲中心，領袖一代，以其餘各若干家爲附庸，另有機軸，非尋常之言源流者可比。然其出主入奴之處，牽强附會者多，確切投合者少。蓋指出領袖數家，其法甚巧，若設立門户標榜旗號，將其餘者强爲系屬，一若確然無可通融者，則其事甚拙也。』此論甚是。文章流派，當是天然形成。尋流派者按其天然跡象以流派之，如後起者對其前輩確有師承，或繼承風派，有實際情形明白可按者，不妨竟其原委，鑑别其流派之利病，以加深對該詞派之體認，斯可矣。若其牽强附會，每一詞人，必勉强歸之入流，繫之以派，非愚則誣矣。所謂辭别流派者，嫡派則詳之，其他者流而已矣。古人於此，多有病焉。當慎重爲之，不可仍循前轍，多滋無謂之紛紜也。

五　詩詞代興

詩弊詞與文變體，詩人閒氣入詞中。李唐尚有遺音在，小令猶存絶句風。

詩至中晚唐而體弊。非詩之體弊也，蓋至中晚唐而詩之發展達於頂點，無路可再走，不得不另闢蹊徑。詞體乃代之而興，詩人或發其閒氣於詞中。作爲小令，風格與詩無異。如張志和、王建、韋應物、戴叔倫、劉長卿諸人之作，樸拙高曠，其意味一如絶句。雖溫庭筠、韋莊之艷麗，而亦疑如絶句。入宋以後，風流遂絶。欲求有絶句遺風既重而拙之小令，不可見矣。此固由於慢曲既興，文體

〔二〕揭橥，原作『揭豬』。

演變，詞人筆調，漸與詩遠。抑亦文學降升，與時代俱下，而後不如前歟。鄭文焯評《花間集》曰：『唐人以餘力爲詞，而骨氣清高，文藻溫麗，有宋一代學人，專志於此[一]駸駸入古，畢竟不能脫唐五代之窠臼，其道亦難矣。』王國維《人間詞話》曰：『詩至唐中葉以後，殆爲羔雁之具矣。故五代、北宋之詩，佳者絶少，而詞則爲其極盛時代。即詩詞兼擅如永叔、少游者，詞勝於詩遠甚。以其寫於詩者，不若[二]寫於詞者眞也。至南宋以後，詞亦爲羔雁之具，而詞亦替矣。此亦文學升降之一關鍵也。』又曰：『陸放翁〈跋花間集〉謂：「唐宋五代，詩愈卑而倚聲則簡古可愛。能此不能彼，未可以理喻也。」《提要》駁之謂：「猶能舉七十斤者，舉百斤則蹶，舉五十斤則運掉自如。」其言甚辯，若謂詞必易於詩，余不敢信。善乎陳臥子之言曰：「宋人不知詩而强作詩，故終宋之世無詩。然其歡愉愁苦之致動於中而不能抑者，類發於詩餘。故其所造獨工。」五代之詞，所以獨勝，亦以此也。』又曰：『四言弊而有楚辭，楚辭弊而有五言，五言弊而有七言，古詩弊而有絶律，絶律弊而有詞。蓋文體通行既久，染指遂多，自成習套，豪傑之士亦難於其中自出新意，故遁而作他體以自解脫。一切文學，所以始盛終衰者皆由於此。故謂文學後不如前，余未敢信。但就一體論，則此説固無以易也。』按陳臥子於詩主王、李，故謂宋無詩，本是偏見。然謂宋人之情發於詞，則是也。王靜安詞宗北宋，故服膺臥子之言，而更發揮其説。靜安之言，則較臥子爲精而當矣。尤以論文體變化之原因，所謂通行既久，染指遂多，自成習套。豪傑之士，遁作他體，以自解脱。斯則千古不易之通

[一] 專志於此，原作『傳志於此』，據《花間集評注》卷一改。
[二] 寫於詩者不若，原作『寫於詩不若者』，據《人間詞話》删稿改。

例矣。

六　詞家宗祖

詞家宗祖説《花間》，艷語驚人學步難。勾引東風何限恨，斷腸聲裏粉痕班。

趙崇祚《花間集》，爲詞集之最古者。學者探本尋源，必讀《花間》。集中所載，多西蜀諸人之詞。泰半皆愁花怨草、分紅剪翠之作。然而文藻溫麗，情詞側艷，體態輕盈，自成高格。劉熙載容齋《藝概》評溫飛卿詞曰：『精艷絶人，然類不出乎綺怨。』可爲《花間集》之總評。雖其中亦有一二特出如毛文錫之〔甘州遍〕之『秋風緊，平磧雁行低。陣雲齊。蕭蕭颯颯，邊聲四起，愁聞戍角與征鼙。』孫光憲[一]〔酒泉子〕之『香貂舊製戎衣窄。胡霜千里白。』鹿虔扆〔臨江仙〕之『藕花相向野塘中。暗傷亡國，清露泣香紅』等句之悲涼慷慨者，如鳳毛麟角，不可多見。蓋當時中原離亂，而西蜀僻在邊陲，不及於禍，數十年間，號爲承平，君臣晏安逸樂，習於淫冶。風氣所趨，故其詞如此。後來學者，奉爲正宗。以爲詞體如是，過此則失其本色，爲當行所賤。明陳臥子之徒，倡復古之説，專宗《花間》。影響及於有清三百年間，皆以《花間》爲主。於是《花間》一集，乃永爲詞壇之宗祖矣。

遵義《鐘聲月刊》一九四七年八月一〇日第一一期

[一] 孫光憲，原作『孔光憲』。

七　飛卿精妙

精艷飛卿造語工，《花間》冠冕品玲瓏。最愛秋詞〔更漏子〕，空階夜雨滴梧桐。

黄昇《唐宋諸賢絶妙詞選》曰：『飛卿詞極流麗，宜爲《花間》之冠。』胡仔元任[一]《苕溪漁隱叢話》曰：『庭筠工於造語，極爲奇麗[二]。』劉熙載融齋《藝概》曰：『飛卿詞精艷絶人，然類不出乎綺怨。』王國維靜安《人間詞話》曰：『飛卿之詞，句秀也。』按飛卿之詞，哀感頑艷，精警動人，其造語達化工，〔更漏子〕一詞，膾炙人口。『梧桐樹。三更雨。不道離情更苦。一葉葉，一聲聲。空階滴到明。』情景眞摯，雖不讀書人，亦知其爲絶妙好詞。謝章鋌《賭棋山莊詞話》曰：『溫尉詞，當看其清眞，不當看其繁縟。苕溪謂庭筠工於造語，極爲奇麗，然如〔更漏子〕云梧桐樹云云，語彌淡，情彌苦，非奇麗爲佳矣。』此言是也。〔更漏子〕一詞，爲飛卿詞中淡語之絶佳者，聶勝瓊〔鷓鴣天〕之『枕前淚共階前雨，隔箇窗兒滴到明』，全從此脱化，然聶則尖輕。飛卿渾厚。差堪與李後主〔長相思〕之『秋風多。雨如和。簾外芭蕉三兩窠。夜長人奈何』相毗美。不過後主之詞，尤爲質重耳。周濟《介存齋論詞雜著》曰：『詞有高下之分，有輕重之别。飛卿下語鎮紙，端己揭響入雲，可謂極兩者之能事。張皋文言飛卿之詞深美閎約，信然。』又云：『飛卿醖釀最深，故其言不怒不懾，備剛柔之氣。』又云：『鍼縷之密，南宋人始露痕迹。《花間》極有渾厚氣象。』

〔一〕元任，原作『任』，據《苕溪漁隱叢話》改。

〔二〕極爲奇麗，原作『教極爲奇麗』，據《苕溪漁隱叢話》後集卷一七删。

如飛卿則神理超越，不復可以迹象求矣。然細繹之，正字字有脈絡。』此正宗派之言，未免過譽。然精美處，後人實難乎其繼也。王國維《人間詞話》曰：『張皋文謂飛卿之詞深美閎約，余謂此四字惟馮正中足以當之。劉容齋謂飛卿之詞精妙〔一〕絶人，差近之耳。』此論最爲平允。

八　淡粧與妖冶

淡粧妖冶裊娉婷，麗語如同絃上鶯。溫韋齊名方伯仲，《金荃》穠艷《浣花》清。

韋莊端己與溫庭筠飛卿齊名，同爲《花間》領袖。而其詞則清艷秀麗。與飛卿相較，濃淡自有不同，周濟《介存齋論詞雜著》曰：『端己詞清艷絶倫。初日芙蓉春日柳，使人想見風度。』又曰：『毛嬙、西施，天下美婦人也，嚴妝佳，淡妝亦佳，粗服亂頭，不掩國色。飛卿，嚴妝也；端己，淡妝也。後主則粗服亂頭矣。』況周頤夔笙《蕙風詞話》〔二〕續編未刊本曰：『韋文靖詞與溫方城齊名，蕙香掬艷，眩目醉心，尤能運密入疏，寓濃於淡，《花間》羣賢，殆尠其匹。』劉熙載《藝概》〔三〕曰：『韋端己、馮正中諸家詞，流連風景，惆悵自憐，蓋亦易漂搖於風雨者。若第論其吐屬之美，又何加焉。』王國維《人間詞話》曰：『畫屏金鷓鴣，飛卿語也，其詞品似之。弦上黃鶯語，端己語

〔一〕精妙，原作『精艷』，據《人間詞話》改。

〔二〕夔笙蕙風詞話，原作『夔蕙笙風詞話』。

〔三〕藝概，原作『願爲明鏡室詞話』，據《藝概》改。按，江順詒有《願爲明鏡室詞》，江《詞學集成》卷五引録有本條，或因此而致誤。

也，其詞品亦似之。」又曰：「飛卿之詞，句秀也；端己之詞，骨秀也。」諸家之論是也。「春水碧於天。畫船聽雨眠。」秀麗青葱[一]，至於斯極。

飛卿詞絶無此風格。「雨後卻斜陽。杏花零落香。」飛卿詞中之淡語也，然以較「春水」二句，猶爲濃矣。端己尤善作樸質言情之語。如〔思帝鄉〕一闋是也。賀裳《皺水軒詞筌》[二]云：「小詞以含蓄爲佳，亦有作決絶語而妙者。如韋莊「誰家年少足風流。妾擬將身嫁與、一生休。縱被無情棄，不能羞」之類是也。牛嶠「須作一生拚[三]，盡君今日歡」，抑亦其次。」蓋此種着色彩不藉景物，赤身裸體，質樸言情之語，最難工妙，古今來幾無人有此妙筆。有之其惟顧敻[四]之「換我心。爲你心。始知相憶深」，與此數語而已。況周頤《蕙風詞話》[五]曰：「顧敻艷詞多質樸語，妙在分際恰合。」又云：「顧太尉五代艷詞，上駟也。工緻麗密，時復清疏，以艷之神與骨[六]爲清，其艷乃益入神入骨。其體如宋院畫工筆折枝小幀，非元人設色所及。」此論甚允。可知淡語、樸語，較濃麗者尤難也。

〔一〕青葱，原作「青怱」。
〔二〕皺水軒詞筌，原作「皺皺軒詞筌」。
〔三〕一生拚，原作「一拚生」，據《皺水軒詞筌》乙。
〔四〕顧敻，原作「顧瓊」。下一「顧敻」同。
〔五〕蕙風詞話，原作「蕙風詞語」。
〔六〕神與骨，原作「與神骨」，據《歷代詞人考畧》卷五乙。

九　骨氣悽清

骨氣悽清皇甫子，不同溫韋共風標。梅熟江南吟好句，夜船吹笛雨瀟瀟。

皇甫松字子奇，湜之子，自稱檀欒子[一]，《花間集》例之[二]溫庭筠之下，韋莊之上，而稱其爲先輩。其詞含思哀惋，凄清入骨。視韋溫作風，故自不同。以〔天仙子〕詞著名，而其〔夢江南〕詞「閒夢江南梅熟日，夜船吹笛雨瀟瀟。人語驛邊橋」數語，尤爲佳妙。其此[三]如「桃花柳絮滿江城，雙髻坐吹笙」，〔浪淘沙〕之「宿露眠鷗飛舊浦，去年沙嘴是江心」，「浪起鵁鶄眠不得，寒沙細細入江流」等句，均凄清可誦，獨具風標，誠《花間》之逸品也。

一〇　艷詞極則

艷詞極則說歐陽，語則精微字亦香。千古誰人能學步，空教慚愧小山郎。

歐陽炯〔浣溪沙〕詞云：「相見休言有淚珠。酒闌重得叙歡娛。鳳屏鴛枕宿重鋪[四]。　蘭麝細香聞喘息，綺羅纖縷見肌膚。此時還恨薄情無。」香艷細膩，達於極點。况周頤《蕙風詞話》

[一] 檀欒子，原作「檀子」，據《全唐五代詞》補。

[二] 例之，疑當作「列之」。

[三] 其此，疑當作「其次」或「其他」。

[四] 重鋪，《全唐五代詞》作「金鋪」。

曰：『自有艷詞以來，殆莫艷於此矣。半唐僧鷟曰，奚翅艷而已，直是大且重，苟無《花間》詞筆，孰敢[一]爲斯語者。』按《宋史》稱炯性坦率，無檢操，《蓉城集》謂其曾爲趙崇祚叙《花間集》，每言愁苦之音易好，懽愉之詞難工。其詞大抵婉約輕和，不欲强作愁思者也。今其艷詞，乃至於如此，覺王摩詰之『戲罷曾無理曲時，粧成只是薰香坐』，矜貴有餘，艷猶不足也。

入宋以後，晏幾道小山，善時艷語，然其最著稱之『舞低楊柳樓心月，歌罷桃花扇底風』，以較歐陽之動作，實不能無慚色焉。蘭麝數語，淫冶之至，而人不以淫詞目之者，以其情眞語切，而有含蓄，耐人尋味也。如古詩『首爲倡家女，今爲蕩子婦。蕩子行不歸，空妝難獨守』，何嘗不是淫詞，而讀之者，但覺親』，雖亦眞切，而語淺筆輕，情止意盡，讀之一過，意味索然，較之歐詞，未可望其項背。至於其他俳體之作，更無論矣。

一一　風範不同

詩人癖好怨東風，滿紙春愁血染紅。終古詞場誰獨步，惜花妙句讓司空。

傷春惜花之作，幾於無人不有，抑亦詩人之癖好歟。名篇鉅製，層見疊出。司空圖（酒泉子）：『買得杏花，十載歸來方始坼。假山西畔藥欄東。滿枝紅。旋開旋落旋成空。白髮多情[二]人更惜，黄昏把酒祝東風。且從容。』婉轉深厚，怨而不怒，哀而不傷，得風人之旨，堪稱詞場獨

[一] 孰敢，原作『熟敢』。

[二] 多情，原作『情』，據《全唐五代詞》改。

步。後來作者，皆襲取其意，舊曲翻新，意既不能出其範圍，詞亦可比其渾厚，大都句巧而氣弱，態雅而體輕，驟睹之似若奇妙，然若與司空之詞兩相較量，則覺其語不鎮紙，風骨輕脆若主婦之與妾媵，其風範固有自不同也。

遵義《鐘聲月刊》一九四七年九月一〇日第一二期

無庵説詞

祝南

《無庵説詞》七八則，跋一則，載廣州國立中山大學文學院《文學》一九四七年七月一五日第一期，署『祝南』。今據此迻録。原無序號、小標題，今酌加。

無庵説詞目録

無庵説詞

一　令詞最重情意

令詞最重情意。情深意厚，即平淡語，亦能沉至動人。否則鏤金錯采，無當也。

二　令詞不可立意取巧

寫令詞不可立意取巧。一經取巧，即陷尖纖，必無深長之情味。尤西堂、李笠翁輩即犯取巧之病，驟看煞有意致，按之情味索然。好逞小慧，終身無悟入處也。

三　令詞不可立意鋪叙

令詞非鋪叙之具。寫令詞不可立意鋪叙，須立意精鍊；精鍊而覺晦昧時，則當力求其自然。精鍊而能出之以自然，則進乎技矣。古來令詞之精鍊無過飛卿者，試讀飛卿詞，有不自然之句不。温詞最麗密，人驚其麗密，遂目爲晦昧，失之遠矣。

四　寫景言情

寫景言情，分之爲二，合之則一。善言情者，但寫景而情在其中；善寫景者亦然，景中無情，感人必淺，其能摇盪心魂者，即景亦情也。溫飛卿之『江上柳如煙。雁飛殘月天』，孫孟文之『片帆天際閃孤光』，馮正中之『細雨濕流光』，何嘗不是景語，而情味濃至，使人低徊不盡。作令詞固當會此，讀令詞亦當會此。唐五代人小詞之不可及多在此等處，不獨寫情之拙重而已。

五　重拙大

以重、拙、大言，南唐二主及馮正中詞實過《花間》。常州詞人主重、拙、大而高抬飛卿，殆不可解。飛卿詞措語下筆，重則有之，大猶可强爲傅合，將安得拙耶。而此三義中似尤以拙爲首着，蓋惟拙爲能得重且大。能重且大者未必能拙。

六　輕清微妙境界

重、拙、大爲作詞三要，固也；然輕清微妙之境界亦不易到，因此等境界，不容不用意，又不容大着力也。馮正中『風乍起』詞，深得此中三昧。宋詞家惟韓子耕、范石湖時有此境；淮海〔浣溪沙〕『漠漠輕寒』一首，亦能寫此境界，然頗着奇語，便覺矜持。

七　學《花間集》

讀《花間集》，學飛卿或失之難；學端己或失之易；惟學孫孟文可無所失。

八　巧妙之意境

如有巧妙之意境，則貴出之以拙、重之筆，庶不陷於尖纖。巧妙而不尖纖，爲孟文所特擅，但或出之以奇橫，不盡拙、重耳。

九　奇橫非險巧

奇橫非險巧之謂也，令詞最忌纖巧而不妨奇橫，如張子野之『昨日亂山昏。來時衣上雲』，奇橫極矣，然是何等氣象，其得謂之險巧耶。

一〇　孫孟文是一大家

《花間》詞派，孫孟文是一大家，與溫韋可鼎足而立，《花間集》錄孫作特多，不爲無故。宋人張子野、賀方回均由孫出，張得其意，賀得其筆，故賀猶遜張一籌。

一一　後主直抒心靈

周止庵以李後主詞爲『亂頭粗服』，以比飛卿之『嚴妝』與端己之『淡妝』，論奇而確。飛卿多比興，端己間用賦體，至後主則直抒心靈，不暇外假矣。

一二　後主氣象雄偉

南唐後主與馮正中詞亦自有別；正中雖不乏寄意深遠之作，選聲設色，猶不盡脱《花間》習氣，如後主之氣象雄偉、力大聲宏者，殆不可得。此則性情襟抱[一]遠不相及，非關學養也。

一三　李馮之高下

正中詞可學，故爲宋初諸家所祖。若後主之『林花謝了春紅。太匆匆。無奈朝來寒雨晚來風。胭脂淚。相留醉。幾時重。自是人生長恨、水長東』，哀艷而復雄奇，悲憤而復仁愛，曲折深至而復痛快淋漓，兼包羅長，無美不備，直是天地間第一等文字，詎可學而能耶。即此可判李、馮之高下。

一四　亂頭粗服

以『亂頭粗服』比後主詞，周止庵可謂善於取譬。余謂惟『亂頭粗服亦不失其爲國色』者，乃係天下之至美。若溫之『嚴妝』，韋之『淡妝』，終輸一着，以其猶有『妝』在也。周氏特尊飛卿，竟不悟此。

[一]　襟抱，原作『襟袍』。

一五　范希文詞

范希文詞，雖所傳不多，殆足以壓倒一世。論氣象，論情境，幾可踵美南唐；所不及者，着意奇創，不免矜持耳。

一六　歐晏並稱

歐晏並稱，歐詞清深，晏詞和美。小晏運以巧思，尤多麗句，故較易學。

一七　子野能斂能横

張子野詞，能斂能横，善挑善刷，有含藴深厚者，亦有力破餘地者，創意甚多，讀之可增詞識。

一八　多情

『人生無物比多情，江水不深山不重』，子野〔木蘭花〕句子，覺古今形容多情之句，無出其右者，人徒賞其『三影』及『桃杏嫁東風』等句，可謂『貌相』。

一九　耆卿寓曲折於平直

柳耆卿詞，寓曲折於平直，氣機最爲流暢，可藥破碎，可救艱澀。

二〇　耆卿與美成

耆卿叙句樸拙處，爲美成所祖。特耆卿轉筆輕圓，美成則多澀轉；耆卿意脈拈連，美成則多起落；耆卿一瀉無餘，美成如往而復；輕重厚薄，固自有不同耳。

二一　耆卿最長鋪敘

耆卿詞最長鋪敘，隨意抒寫，無微不至，以其精樂律，善創調，一無拘束，得以舒卷自如也。然而取材不精，故時不免俗濫。

二二　東山古艷絶倫

賀東山詞，古艷絶倫，而筆力精健，氣韻亦高，讀之久久，可以滌除俗穢，引動雄懷。王觀堂《人間詞話》謂：『北宋名家，以方回爲最次。』未爲公論。

二三　東山〔天香〕爲壓卷

東山〔天香〕詞，騰空寶氣，凌厲無前，刷羽彩鸞，有時自賞，當爲壓卷之作。

二四　東山幽咽俊快

幽咽俊快，兼有二長，東山合作，直如參軍樂府，讀之神王。

二五　東坡詞境最高

東坡樂府，氣體高妙，前無古，後無今，於詞境爲最高，最不易學。蓋既不雕鐫句調，又不用拙重之筆，天趣流行，大氣包舉。學之者不失之庸，即失之肆。恰如分際，恰到好處，正不易言也。

二六　坡詞北行

坡詞北行，金源作手蔡伯堅、吳彦高、元裕之等均多摹擬之作，足爲坡公羽翼。求之於宋，反不可得。

二七　詞至東坡

詞至東坡，境界最大，取材最廣，可以發抒懷抱，可以議論古今，其作用不亞於詩文，蓋至是而詞體乃尊矣。

二八　無心而成定律

東坡〔水調歌頭〕上闋『我欲乘風歸去。又恐瓊樓玉宇。高處不勝寒』，『去』『宇』協韻，下闋『人有悲歡離合。月有陰晴圓缺。此事古難全』，『合』、『缺』協韻，似係偶合，非有意爲此；集中他作，亦無於此處用韻者。顧坡派詞家，每依此首用韻，如蔡伯堅《明秀集》中，〔水調歌頭〕八首無一例外，顯係有意仿此。作始者無心，而步趨者固執，積之已久，遂成定律，天下事類此者衆，此特其一端耳。

二九 學坡詞者

宋以後，學坡詞者大率走稼軒一路，稼軒固不能與東坡例視也。武進張皋文不以學蘇自命，所作〔水調歌頭〕乃真神似東坡，用[一]知此事自有解悟，非可點滴以求也。

三〇 東坡胸襟學養

東坡天人姿，胸襟、學養，種種均非凡夫所能學步。但亦不能因噎廢食。讀東坡詞多，不惟可以擴胸襟，開眼界，於慢詞驅遣馳驟之法，亦大有裨益。

三一 淮海詞

淮海詞，不懾不怒，不茹不吐，其音和，其氣静，其神穆，而深入淺出，情味濃至，讀之令人低徊不盡。周止庵謂其遜清真之辣；又病其少用重筆，殆非真知淮海。不辣不重，正其所以爲淮海也。

三二 淮海純用白描

淮海〔滿園花〕、〔品令〕諸作，純用白描，間入方言，多不可解。此係有意存真，故爲塵下、戲

[一] 用，疑當作『因』。

謔之作，並時多有，不足爲大雅之累。與耆卿之不免俗濫有關風格者，正自有別。

三三　偏才

讀淮海詞多，覺他人所作，多是偏才，浪費氣力。

三四　少游特擅

鬆而能厚，平而能深，是少游特擅。

三五　晁无咎詞

晁无咎詞，超妙遜東坡，厚重遜少游，而有清剛之氣，深沉之思。高視闊步，不肯作猶人語，自是一大家數。

三六　山谷專重意趣

山谷詞，專重意趣，不避險怪，雖有佳作，究非當行，轉不如濟北詞人之猶可學步。

三七　褻諢之作

褻諢之作，山谷、耆卿均喜爲之。惟耆卿體貼入微處，用常語便得；山谷則非運用俗語方音不成，此固可見山谷之好奇，要之，對此等事之描繪，山谷究非耆卿敵手。

三八　清真神完法密

清真詞，神完法密，思沈力健。周止庵謂『讀得清真詞多，覺他人所作，都不十分經意』，信然。

三九　清真善於融化詩句

張玉田謂清真『善於融化詩句』，實則清真以前，若耆卿，若東坡，若山谷，均喜以詩句入詞；並時賀方回，運用詩句亦不減清真。耆卿〔醉蓬萊〕之『漸亭皋木下，隴首雲飛』，〔傾杯〕之『梨花一枝春帶雨』，山谷〔鷓鴣天〕之『且看欲盡花經眼』，〔南鄉子〕之『莫待無花空折枝』，方回〔第一花〕之『飛入尋常百姓家』，〔忍淚吟〕之『十年一覺揚州夢』（亦見山谷〔鷓鴣天〕），其明徵也。至若東坡〔定風波〕之括杜牧之詩，〔水調歌頭〕之括韓退之詩，方回〔晚雲高〕之演杜牧之詩（此例起自顧敻，用韻微不同耳），通篇均剪裁詩句爲之，不惟摘句而已。

四〇　滕宗諒以詩句入詞

滕宗諒〔臨江仙〕，前結『氣蒸雲夢澤，波撼岳陽城』，用孟浩然詩句；後結『曲終人不見，江上數峰青』，用錢起詩句，是又在坡、谷之先矣。因知以詩句入詞，非詞家所忌，特不能專以此見長耳。融化沿用，原出一轍，清真所長，固別有在。若以此論，則衆人之所同能，非爲清真所獨擅矣。

四一　富艷精工中見沈頓

於富艷精工中見沈頓，詞家所難，美成能之，以工力言，不能不推聖手。然終覺用心太細，氣格不高，殆猶詩中義山，不足以當工部也。

四二　婉約宗主

漁洋服膺易安，至推爲婉約宗主，然則將置少游於何地。平心而論，易安於此道致力甚深，其自命亦殊不凡，觀其論北宋諸公詞可見。以詞心言，真可不愧少游；特矜氣太重，時欲出奇制勝，畢竟女流，襟抱尚覺褊隘。

四三　易安工於言情

易安工於言情，其〔聲聲慢〕、〔鳳凰臺上憶吹簫〕、〔一翦梅〕、〔武陵春〕諸闋，均纏綿悱惻，足以盪氣迴腸。〔醉花陰〕之『簾捲西風，人比黃花瘦』，雖傳誦一時，通首不稱，惟以句勝耳。

四四　女兒情態

『蹴罷秋千，起來慵整纖纖手。露濃花瘦。薄汗輕衣透。見有人來，襪刬金釵溜。和羞走。倚門回首。卻把青梅嗅。』女兒情態，曲曲繪出，非易安不能爲此。求之宋人，未見其匹。耆卿、美成，尚隔一塵。

四五 陳簡齋骨氣奇高

陳簡齋不以詞名，而《無住詞》中〔臨江仙〕、〔虞美人〕諸闋，骨氣奇高，直可破坡仙之壘。惜所作不多，不能自成家數。

四六 稼軒籠蓋一切

辛稼軒詞，思力沈透，筆勢縱横，氣魄雄偉，境界恢闊，每一下筆，即有籠蓋一切之概。此由其書卷多，襟抱廣，經驗豐得來，絶非粗莽淺率者所得藉口。

四七 東坡與稼軒

坡詞由南而北，稼軒由北而南，雖作風不同，而辛受蘇影響之迹象，卻按索。

四八 稼軒最沈著處

稼軒詞最沈著處，每以最渾脱之筆出之，此層最須體會。有似脱口而出，實乃幾經錘鍊，沈痛至極者，尤不可草草看過。

四九 取氣植骨

稼軒詞至難學，然不可不讀。盤薄之氣，堅蒼之骨，得於此植其基也。周止庵標稼軒爲一宗，而其詞於稼軒實無所得。近賢如文芸閣、王半塘、沈子培、朱古微等，乃真知取氣植骨於稼軒者。

五〇　稼軒詞真力彌滿

稼軒詞真力彌滿，不易以貌襲也。徒襲其貌，必平淺；患平淺也，而益之以風趣，則學稼軒乃轉入竹山一路矣，烏睹所謂稼軒者。蔣心餘、鄭板橋輩均如此。

五一　滿心而發

稼軒詞以力量勝、性情勝，所謂『滿心而發，肆口而成』也。惟其如此，故爲令詞，時不免失之直率。直率不爲稼軒病，學稼軒而專師其直率，乃真大病矣。

五二　白石兼衆長

劉融齋謂白石詞『擬諸形容，在樂則琴，在花則梅』，以格韻言也；張玉田謂白石詞『如野雲孤飛，去留無迹』，以意境言也。余謂白石實兼衆長，集中有絶類稼軒者，如〔翠樓吟〕、〔永遇樂〕諸闋是；有絶類美成者，如〔玲瓏四犯〕、〔霓裳中序第一〕、〔秋宵吟〕、〔月下笛〕諸闋是；至若〔惜紅衣〕、〔念奴嬌〕、〔揚州慢〕、〔琵琶仙〕、〔長亭怨慢〕以及〔暗香〕、〔疏影〕等作，於清虚騷雅中自饒激楚之音，凄婉之味，則前無古人，自開氣派。玉田以下，歷數百年，宗風不墜，胥於此中求之也。常州詞人尊稼軒、美成而力詆白石，門户之見甚深，然於白石亦何有毫髮損哉。

五三　遠韻與情味

令詞非白石所長，然如〔點絳唇〕、〔隔溪梅令〕等，亦非凡手可及。王觀堂只賞其『淮南皓月冷千山，冥冥歸去無人管』，殆取其有遠韻耶。以此兩語，較之『今何許。憑闌懷古。殘柳參差舞』，與『謾向孤山山下覓盈盈。翠禽啼一春』，情味孰爲濃至，必有能辨[一]之者。

五四　石湖詞專主清潤

石湖小詞有絶佳者，如〔眼兒媚〕之『春慵恰似春塘水，一片縠紋愁。溶溶曳曳，東風無力，欲避還休』，香軟溫馨，中人欲醉，使淮海爲之，恐不外是。惜石湖詞如其詩，專主清潤，類此者不多耳。夢弢和作，幸不及此，否則，將不知要費許多氣力也。

五五　梅溪〔雙雙燕〕體物之工

梅溪〔雙雙燕〕，體物之工，古今第一。東坡〔水龍吟〕〈咏楊花〉如不遺貌取神者，恐亦不能出其右也。

〔一〕辨，原作『辦』。

五六　梅溪盡態極妍

梅溪詞盡態極妍，思精筆靈，可療粗率，可藥腐俗。

五七　梅溪清麗圓美

梅溪詞用心過細，時病巧琢；然清麗圓美，自是出色當行之作。其佳者便可比肩美成，筆力差弱耳。或以儕之白石，非知言也。白石工力未必勝梅溪，白石格韻，斷非梅溪可到。

五八　朱希真清超拔俗

朱希真詞，清超拔俗，合處極似東坡，而少奇逸之趣。襟抱亦自灑落，聰明才學不及東坡也。用韻特寬，白話方言亦時見，希真於此等處自有分曉。

五九　夢窗鍊字鍊句

夢窗詞鍊字鍊句，迴不猶人，足救滑易之病。

六〇　夢窗意味自厚

夢窗詞以麗密勝，然意味自厚，人驚其麗密而忘其意味耳。其源出自飛卿。

六一　夢窗有氣勢有頓宕

夢窗詞亦有氣勢，有頓宕，特不肯作一平易語，遂不免陷於晦澀。讀者須於此處求真際，不應專講情韻，獵采藻也。

六二　夢窗用意曲折

夢窗詞用意過事曲折，故有『不成片段』之譏。然能細加按索，自有脈絡可見，非湊雜成章也。惟不可穿鑿求之耳。况蕙風謂『非絶頂聰明，勿學夢窻』，恐以湊雜爲夢窻也。

六三　碧山醇雅

王碧山詞，品高味厚，托意深遠，而句調安雅，不雕不率，於兩宋諸家中最爲純正。陳亦峰至欲尊之爲古今第一人，雖屬私嗜，然以醇雅言，雖少游亦當卻步也。《花外集》中，無游戲之作，無粗率之筆，求之兩宋詞集中，未見其比。

六四　碧山事迹

碧山事迹，最難考察，因有疑其曾入翰苑者（朱彝尊跋《樂府補題》及劉毓盤《詞史》）；又《碧山詞》或作二卷（黄虞稷《千頃堂書目》，朱彝尊《詞綜》發凡引目，《歷代詩餘》等），或不分卷（名《花外集》者均不分卷，錢大昕《元史》〈藝文志〉作《碧山樂府》一卷，《花外集》二卷，似誤。以余所考，《碧山詞》原名《花外集》，不分卷，後易名《碧山樂府》，始有二卷之分），因有疑其已佚一卷者。蓋無實據，均不可信。以草窗〈題辭〉推之，碧山或非布衣，然不能謂其入翰苑也；以陸輔之《詞旨》考之，《碧山詞》必有遺佚，然不能謂其脱去一卷也。

六五　碧山情味殊厚

《碧山詞》多託物寓意，故情味殊厚。然即以詠物詞觀，亦曲折深透。以其不用險仄之筆，故高於夢窗。

六六　玉田感慨特深

張玉田以故國王孫，遭覆亡之痛，故其詞感慨特深。惟其過事句調之流轉與騰躍，故時時陷於空滑。

六七　玉田與白石

玉田警句最多，善用翻仄之筆；亦不少廻複盪漾之境，然非白石之儔匹也。白石超逸排盪處，句調乃極精潔；玉田稍一用力，便覺浮粗矣。白石層折多而鋪排少，故有開闔，有頓宕；玉田以鋪排爲層折，故貌似開闔，實乃平平，甚至有筆無意。

六八　玉田非真白石

玉田專學白石『高柳垂陰，老魚吹浪』一類句調耳，非真白石也。二白並稱，不免冤煞堯章。

六九　研習令詞

研習令詞，須先細事分析，然後求其脈絡；研習長調，須先看其脈絡，然後細事分析。

七〇　令詞易纖慢詞易滯

令詞易纖，慢詞易滯，故讀令詞須留意其凝重處，讀慢詞須留意其曲折處。

七一　凝重與頓宕

令詞不難於濃艷而難於凝重，慢詞不難於鋪排而難於頓宕。能凝重則意味深厚，能頓宕則局寬筆靈。

七二　讀名家詞

讀名家令詞，於看似平易者最須切實體會；讀名家慢詞，於看似瑣屑者最須加意玩索。平易，每多本色語，必其意味甚深厚也，不則淺率矣；瑣屑，每多渲襯語，必於前後情意有關也，不則冗濫矣。

七三　生香出色

詞家生香出色，每於渲染處見之。有全篇不多着主語而渲染得淋漓盡致者，不得以其喧賓奪主而目爲浮濫之辭。

七四　詞法

詞法雖多端，然亦不外順逆、承轉、正反、主賓之類，能加按索，必無不可通者。如不可通，非雜湊即晦昧。雜湊與晦昧，均非佳詞，不讀可也。

七五　寫景插入情語

古詞有於描寫景物中間忽插入情語者，此正是穿插變化處，不可認爲破碎，須細尋其關係。

七六　詞中甚高境界

突如其來，戛然而止，不粘不脱，若即若離，此詞中甚高境界，應於氣格神味中求之。

七七　今昔之感

詞人今昔之感最深，故一觸景物即追懷往昔，追懷往昔即感慨係之。作長調，如苦不能下筆時，即依次抒寫，亦可終篇。但老於此道者，每喜錯綜運用。

七八　留字訣

詞家有所謂『留』字訣者，亦非奇創。蓋猶歐公所謂『擬歌先斂，欲笑還顰』耳。爲欲『最斷人腸』，故『先斂』，故『還顰』，不則儘可筆直寫下，誰爲拘管者。又安所用其『留』耶。『留』與『頓』有別，或以『留』爲留下遥頂者，非是。

右居澄江時爲同學講授詩詞，談鋒偶及，隨筆扎出者，故意甚淺近，辭不加點。以其尚非抄襲，或於初學有裨，爰爲過錄於此。語止於詞，其談詩部分，容後再錄。

三十六年四月廿四日祝南附識於石牌

廣州《文學》一九四七年七月一五日第一期

讀詞雜記

王仲聞

《讀詞雜記》五則，載南京《現代郵政》一九四七年一一月一日第一卷第三期，署『王仲聞』。今據此迻錄。原有小標題，今仍之；無序號，今酌加。

讀詞雜記目錄

讀詞雜記

一　李後主〔擣練子〕

世傳李後主〔擣練子〕詞二首，其一云：『深院靜，小庭空。斷續寒砧斷續風。無奈夜長人不寐，數聲和月到簾櫳。』此首見《南詞》本、吕遠本、錫山侯氏本《南唐二主詞》，其爲後主詞，世無疑問矣。另一首云：『雲鬢亂，晚妝殘。帶恨眉兒遠岫攢。斜托香腮春筍嫩，爲誰和淚倚闌干。』此詞《南詞》本《南唐二主詞》未載，升庵《詞林萬選》始以爲後主，其後各本從之。案石孝友《金谷遺音》（汲古閣本及武進陶氏影印汲古未刊詞）集句〔浣溪沙〕，引『爲誰和淚倚闌干』一句，不作後主而作[一]中行（殆即田中行，見王灼《碧雞漫志》），疑非後主詞也。余友唐圭璋采余說入《夢桐軒詞話》。

又升庵《詞品》[二]（卷一）云：『李後主〔擣練子〕云：「深院靜，小庭空。斷續寒砧斷續

[一] 作，原脱。

[二] 詞品，『品』字原脱，據《詞品》、下文補。

風。無奈夜長人不寐，數聲和月到簾櫳。」調名〔擣練子〕，即詠擣練，乃唐詞本體也。』賀黃公《皺水軒詞筌》云：『李重光「深院靜」小令，升庵曰，詞名〔擣練子〕，即詠擣練也。復有「雲鬟亂」篇，其詞亦同，衆刻無異。嘗見一舊本，則俱係〔鷓鴣天〕，二詞之前，各有半闋：「節候雖佳景漸闌。吳綾已暖越羅寒。朱扉日暮隨風掩，一樹藤花獨自看。　雲鬟亂，晚妝殘。帶恨眉兒遠岫攢。斜托香腮春筍嫩，爲誰和淚倚闌干。」「塘水初澄似玉容。所思還在別離中。誰知九月初三夜，露似珍珠月似弓。　深院靜，小庭空。斷續寒砧斷續風。無奈夜長人不寐，數聲和月到簾櫳。」增前四語，覺神彩加倍。』世據黃公之説，而不檢升庵《詞品》，以爲升庵作僞，不免厚誣升庵矣。『露似珍珠月似弓』二句，出[一]白樂天〈暮江吟〉，〔擣練子〕與〔鷓鴣天〕下半首平仄不協，自非後主之作。世有定評，不再述焉。

二　尹師魯〔水調歌頭〕

龔鼎臣《東原錄》云：『劉仲方上曹瑋〔水調歌頭〕第三句云「六郡酒泉」，蘇子美亦有此曲，則云「魚龍隱處」，尹師魯和之，亦云「吳王去後」，其平仄與蘇同，而音與劉異。』（下略）師魯詞全首，見雙照樓影印宋本《歐陽文忠公近體樂府》卷三續添，題作〈和蘇子美滄浪亭詞〉，與《東原錄》合。詞云：『萬頃太湖上，朝暮浸寒光。吳王去後，臺榭千古鎖悲涼。誰信蓬山仙子，天與經綸才器，等閒厭名韁。斂翼下霄漢，雅意在滄浪。　晚秋裏，煙寂靜，雨微涼。危亭好景，佳

[一] 出，原無，據文意補。

樹修竹繞回塘。不用移舟酹酒，自有青山綠水，掩映似瀟湘。莫問平生意，別有好思量。』大理周詠先氏輯《蘭畹集》，以爲歐公詞，唐圭璋氏輯《全宋詞》，亦以爲歐公，而另據《東原錄》引師魯『吳王臺榭』斷句，均失考。

三　劉仲方〈六州歌頭〉

劉仲方〈六州歌頭〉，〈咏項羽廟〉『秦亡草昧』一首，載《唐宋諸賢絶妙詞選》卷五，案明抄《説郛》本《朝野雜記》云：『〈六州歌頭〉，在國初時，京東張、李二生能之，凡作四闋，今世傳「秦亡草昧，劉項起吞併」云云，此追傷項籍者也。其一號玉清昭應宫者，則追詠眞廟者，故慈聖光獻每聞必泣下。仁宗時尚幼，嘗問左右，是誰激惱大娘娘，左右具言之，遂編置二生以譏瀆宗廟之罪。自後少有繼之者。然聲調雄遠，於長短句中，殊雅麗。』不云劉作，未知孰是。《花庵詞選》卷六，另有李冠一首〈詠驪山〉，與《朝野遺記》所云張、李二生相合。《花庵選詞》頗慎，當有所本也。

四　蔣興祖女〈減字木蘭花〉

《梅磵詩話》云：『靖康間，金人犯闕，陽武蔣令興祖死之，其女爲賊擄去，題字於雄州驛中，敘其本末，仍作〈減字木蘭花〉詞云：「朝雲横度。轆轆車聲如水去。白草黄沙。月照孤村三兩家。天天去也。萬結愁腸無晝夜。漸近燕山。回首鄉關歸路難。」蔣令，浙西人，其女方笄，美顔色，能詩詞，鄉人皆能道之。此湯巖起詩《滄海遺珠》所載。』《詞苑叢談》卷七引《梅磵詩話》，誤以其女爲其父，臨桂况夔笙《蕙風詞話》，遂以爲老翁之作。老人豈有『年方笄美顔色』之理，弗思甚矣。殆未檢《梅磵詩話》原書之故。

五　李後主佚詞

《能改齋漫録》卷十六云：『《顔氏家訓》：「别易會難，古人所重。江南餞送，下泣言離。……北間風俗，不屑此。歧路言離，歡笑分首。」李後主長短句，蓋用此也。故云「别時容易見時難」，又云「别易會難無可奈」，然顔説又本《文選》陸士衡〈答賈謐〉詩云，「分索則易，攜手實難」。』案後主『别時容易見時難』，即〔浪淘沙〕『流水落花春去也，天上人間』一首，久已膾炙人口矣。其『别易會難無可奈』一句，《南唐二主詞》及各家所輯後主佚詞均未收。《樂府雅詞》拾遺下載無名〔楊柳枝〕云：『簌簌花飛一雨殘。乍衣單。屏風數幅畫江山。水雲間。别易會難無計那，淚潸潸。夕陽樓上憑闌干。望長安。』第五句『别易會難無計那』，與『别易會難無可奈』相似，或即無名氏詞，而吴虎臣誤引也。

周煇《清波雜志》卷五云：小詞『夕陽樓上望長安。憑欄干』，或改爲『憑闌干。望長安』，《樂府雅詞》已作『憑欄干。望長安』矣。附識於此。

南京《現代郵政》一九四七年一一月一日第一卷第三期

無所任庵詞話

竹庵

《無所任庵詞話》六則，載南京《大地週報》一九四七年一二月二八日第九〇期、一九四八年一月四日第九一期。署『竹庵』。今據此迻錄。原無序號、小標題，今酌加。

無所任庵詞話目錄

無所任庵詞話

一　徐君寶妻

我國古代，頗多才女，如李清照、朱淑貞等，固甚知名，其他湮没無聞者，猶甚多也。宋末金兵南下，岳州人徐君寶妻某氏，被掠至杭，其主者數欲犯之，輒以計脱。主者强焉。告曰：『俟祭先夫，然後爲君婦。』主者許諾。乃焚香再拜，題詞壁上，投池中死。調爲〔滿庭芳〕，詞云：『漢上繁華，江南人物，尚遺宣政風流。緑窗朱户，十里爛銀鉤。一旦刀兵齊舉，旌旗擁、百萬貔貅。長驅入，歌樓舞榭，風捲落花愁。　清平三百載，典章文物，掃地都休。念此身未北，猶客南州。破鏡徐郎何在，空惆悵、相見無由。從今後，斷魂千里，夜夜岳陽樓。』其人其事其詞，均壯烈可傳可誦。

二　李易安持論極苛

李易安清照，爲一代名詞家，然其持論極苛。如云：『……雖時時有妙語，而破碎何足名家。至晏丞相、歐陽永叔、蘇子瞻，學際天人，作爲小歌詞，直如酌蠡水於大海，然皆句讀不葺之詩耳，又往往不協音律。……王介甫、曾子固，文章似西漢，若作小歌詞，則人必絶倒，不可讀也。乃知詞别是一家，知之者少。後晏叔原、賀方回、秦少游、黄魯直出，始能知之。而晏苦無舖叙，賀苦少典重，李易安莫屬了。如良玉有瑕，價自減半矣。』照她說來，宋代就沒有一個合乎標準的大詞家。大概意思之間，非她李易安莫屬了。

秦少游專主情致而少故實，譬如貧家美女，雖極妍麗丰逸，而終乏富貴態。黄即尚故實而多疵病，譬

三　李易安詞

李易安的詞也的確好，她重九作〔醉花陰〕詞云：『薄霧濃雲傷永晝。瑞腦消金獸。佳節又重陽，玉枕紗厨，半夜涼初透。　東籬把酒黄昏後。有暗香盈袖。莫道不銷魂，簾卷西風，人似黄花瘦。』《苕溪漁隱叢話》云：易安嘗以重陽〔醉花陰〕詞函致其夫趙明誠，明誠思勝之，一切謝客，廢寢忘食者三日夜，得五十餘首，雜易安作，以示友人陸德夫。德夫玩誦再三，曰：『有三句乃絶佳。』明誠詰之，曰：『莫道不銷魂，簾卷西風，人似黄花瘦。』趙明誠想與妻子競爭，在當時便輸了。至於後代，則恕我説句老實話，如果趙明誠不是李清照的丈夫，我想連他的姓名也許還不知道呢。

南京《大地週報》一九四七年一二月二八日第九〇期

四　解放詞

況蘷笙《玉梅詞話》云：『學填詞，先學讀詞。抑揚頓挫，心領神會，日久胸次鬱勃，信手拈來，自然丰神諧鬯矣。』詞曰『填』，故格律甚嚴，殊失宋代『詩解放』之本意。近人曾今可有解放詞，半新不舊，無大成就。

五　李後主非帝王之器

南唐李後主煜，爲一優秀詞人，而非帝王之器。《雪舟脞語》云：後主在圍城中作長短句，未就而城破。又據《墨莊漫錄》云：後主在圍城中作長短句〔臨江仙〕，手自寫之，字畫潦草，闕末二句，蓋未成之作也。劉延仲爲之補云：『何時重聽玉驄嘶。撲簾飛絮，依約夢回時。』

六　以生命殉詞

《耆舊續聞》云：予家藏李後主《七佛戒經》又《雜書》二本，皆作梵葉，中有〔臨江仙〕，塗註數字，未嘗不全。後有蘇子由題云：『淒涼怨慕，真亡國之音也。』現所傳者，即據《耆舊續聞》本，殆被虜後所續成者。其詞云：『櫻桃落盡春歸去，蝶翻輕粉雙飛。子規啼月小樓西。玉鉤羅幕，惆悵暮烟垂。　別巷寂寥人散後，望殘煙草低迷。爐香閑嫋鳳皇兒。空持羅帶，回首恨依依。』後主既爲詞人，遂富感情而少修養（其修養遠不及其亡國前輩劉阿斗），其〔虞美人〕詞云：『春花秋月何時了。往事知多少。小樓昨夜又東風。故國不堪回首月明中。　雕闌玉砌應猶在。只是朱顔改。問君能有幾多愁。恰似一流春水向東流。』《默記》云：宋太宗見此詞，遂賜後主牽機藥以死。詞人以生命殉詞，恐以李煜爲第一人。

南京《大地週報》一九四八年一月四日第九一期

詞林語絲

紅豆軒主人

《詞林語絲》一六則，載《上海洪聲月刊》一九四八年五月一日第二卷第五期、六月一日第二卷第六期、八月一日第二卷第八期。署『紅豆軒主人』。今據此迻錄。原無序號、小標題，今酌加。

詞林語絲目錄

詞林語絲

一　詞調各有擅長

詞調多五千餘體，雖字句長短不一，均各有擅長。蓋〔醜奴兒〕、〔一剪梅〕之疊句，弄姿無阻，寫景寫情，皆有低徊之致；〔浣溪沙〕、〔蝶戀花〕，音節諧婉，亦宜情景；〔臨江仙〕、〔小重山〕則宜寫情；〔高陽台〕詞意纏綿，誠寫情佳詞。〔祝英台近〕妙在頓挫，有用以紀事。〔金縷曲〕宜寫鬱抑之情，其別名爲〔賀新郎〕，可賦本意，賀人婚娶。〔沁園春〕多四字對句，故覺板滯，可用詠物，因別名〔壽明星〕，可詠本意，以祝壽誕。至〔滿江紅〕、〔念奴嬌〕、〔水調歌頭〕，音節高亢，宜賦激昂慷慨之詞。小令，〔浪淘沙〕尤爲激宕，登山臨水，懷古弔今，用之最宜。〔虞美人〕、〔相見歡〕，前後兩結均爲九字句，氣弱者多不易佳。

二　神味

『別母情懷，隨郎滋味，桃葉渡江時』，白石〔少年遊〕詞也。『隨郎滋味』四字，似不經心，而別有姿態。蓋全以神味勝，不在字句附著痕迹也。

三　深厚與淺顯

納蘭性德《飲水詞》，譽者謂，北宋以來僅一人。或謂其詞酷似後主，皆溢美之詞，殊屬不然。蓋因意境不深厚，措詞亦淺顯，幾無一首可卒讀。惟詞句顯淺，初學讀之，似亦適宜。

《上海洪聲月刊》一九四八年五月一日第二卷第五期

四　白石小令

白石長調著稱南宋，其小令亦有勝人者。〔點絳脣〕詞云：『雁燕無心，太湖西畔隨雲去。數峯清苦。商略黃昏語。　第四橋邊，擬共天隨住。今何許。憑闌懷古。殘柳參差舞。』通首祇寫眼前景物，惟感時傷事，在末結句，祇用『今何許』三字提倡，再『憑闌懷古』下，僅以『殘柳』五字，詠嘆了之，全在虛處，寓無窮哀感。

五　小令末句

小令易學而難精，長詞難學而易精，如詩之難於五言絕句。蓋一句一字閒不得。末句最當留意。有有餘不盡之意，方耐人尋思，百讀而不厭也。

六　悲鬱與悲怒

詞貴於悲鬱中見忠厚，悲怒中而見激烈。

七　質實與清空

詞忌質實，蓋質實則靈感盡失，但過於清空，則流於滑，填詞誠非易事也。

八　融會詠事之旨

『算誰在，迴廊影下。願天上人間，占得歡娛，年年今夜』，美成〔二郎神〕〈七夕〉詞也。能融會詠事之旨，而不著痕跡，非詞家能手，豈易爲哉。

《上海洪聲月刊》一九四八年六月一日第二卷第六期

九　詩詞忌言理

詩忌言理，詞尤忌。

一〇　興致所至

填詞切忌强求，任興致所至，靈感始油然而生，下筆如有神。

一一　長詞難學

前輩嘗謂：『長詞難學而易工，小詞易學而難工。』惟初學工夫未臻，而遽填長詞，易傷其氣，非有才雄力厚者，豈易爲力哉。

一二　閒雅婉麗

『彩袖殷勤捧玉鍾。當筵拚却醉顔紅。舞低楊柳樓心月，歌盡桃花扇底風。　從別後，憶相逢。幾回魂夢與君同。今宵賸把銀缸照，猶恐相逢是夢中。』叔原〔鷓鴣天〕詞，風度閒雅，詞情婉麗，猶以兩結，洵百讀而不厭。

一三　清詞能淺出而不能深入

詞貴蘊藉。清詞獨缺蘊藉，各家皆然。初學者宜多讀宋詞，尤以清照詞，字句雖顯淺，而含情無限。蓋因清詞能淺出而不能深入，宋詞能深入而淺出。今人多讀清詞，故佳作甚尠。

一四　情境迫真

『侍女動妝奩，故故驚人睡。那知本未眠，背面偷垂淚。　嬾卸鳳凰釵，羞入鴛鴦被。時復見殘燈，和煙墜金穗。』致堯〔生查子〕詞，含情[一]無限，讀之情境迫真，便是好詞。

[一] 含情，原作『合情』，據文意改。

一五　詩詞文

少游新詩似詞〔二〕，東坡小詞似詩，韓文公詩則似文。

一六　詞曲之分

詞與曲之區分，於雅俗二字得之。

《上海洪聲月刊》一九四八年八月一日第二卷第八期

〔二〕　新詩似詞，疑當作『小詩似詞』。

危樓詞話

目寒

《危樓詞話》四則，載上海《和平日报》一九四八年八月二八日，署『目寒』。今據此逐錄。原無序號、小標題，今酌加。

危樓詞話目錄

危樓詞話

一　柳耆卿詞

柳耆卿詞，大率前編鋪敍景物，或寫羈旅行役，後編則追憶舊歡，傷離惜别，幾千篇一律，絶少變換，不能自脱窠臼，詞格之卑正，不徒雜以鄙俚已也。

二　杜文瀾《采香詞》

昔譚復堂謂蔣鹿潭云：『咸豐兵事，天挺此才，爲倚聲家老杜』，斯言當矣。與蔣同時唱和，而工力悉敵者，有秀水杜小舫文瀾。其《采香詞》二卷八十二首，幾於首首可傳，不能選録。但録其與蔣贈答者二闋。〔憶舊遊〕〈與蔣鹿潭話黄鶴樓舊遊〉云：『記波涵紫堞，霧幂丹梯，頌展吟眸。念爾南冠久，問江城工笛，曾聽吹否。去塵頓如黄鶴，萍跡話浮鷗。自戰鼓西來，楚歌不競，望斷空樓。前遊。漫回首，便十里春風，何處揚州。燐火迷[一]荒岸，任雕鎪[二]金粉，都付滄流。素絲暗尋霜色，詞客病工愁。怕賦冷晴川，萋萋草碧鸚鵡洲[三]。』〔三姝媚〕〈贈蔣鹿潭〉云：『空憐歸去好。聽千山啼鵑，淚痕多少。沽酒瓶空，算袖中還賸，散花舊稿。逝水年華，判斷送、斜陽芳草。憔悴誰知，紅豆愁拋，玉龍悲嘯。　誰勸春明頻到。更氣壓雲虹，意輕風鳥。典卻貂裘，墮蒼茫壓海，芰衣秋老。愛作詞人，待[四]繡出、餐霞幽抱。還怕黄粱邀夢，炊香未了。』讀蔣、杜二公之詞，覺白石、梅溪，去今未遠。天挺二老於咸、同之際，亦詞界之中興也。

三　夢窗一病

玉田於夢窗頗致不滿，不但『七寶樓台』之喻而已，夢窗『何處合成愁』一闋，在夢窗爲别調，而玉田亟稱之，他詞不如是也，以此取夢窗，則其所不取者可知矣。《白石道人詩説》有云『雕琢傷氣』，余謂非第説詩而已，惟詞亦然。詩中有眞摯一境，填詞何嘗無之。平心而論，夢窗雕琢太過，致多晦澀，實是一病，固不必曲爲之説也。

〔一〕迷，原作『迷』，據《采香詞》改。
〔二〕鎪，原作『搜』，據《采香詞》改。
〔三〕洲，原作『州』，據《采香詞》改。
〔四〕待，原作『詩』，據《采香詞》改。

四　陳散木《含影詞》

南通詞人陳散木世祥，清初人，性狷介，不爲世容。有捷才，讀書數行下，下筆數千言不竭。明末舉於鄉，宰新安，不屑折腰權貴，投劾歸。徜徉山水，與王西樵、阮亭、杜茶邨、冒巢民善，詩歌千里郵寄無虚日。所在淹留，幾忘歲月，不問家人生产。有《楚雲章句》、《半豹吟》、《敝帚》、《虫餘》、《瑶草》諸集行世。工倚聲，與迦陵檢討有『江左二陳』之目。其《含影詞》二卷，刻入《十六家詞集》中。全稿未見，今從《五山耆舊集》摘録數闋，以見一斑。〔浣溪紗〕〈午泛歸西園〉云：『蝶子□花日日忙。一溪春水膩歸航。杳烟深處讀書莊。　纖柳欲成鶯襯貼，壘巢未就燕商量。迎人小犬出東牆〔一〕。』〔蝶戀花〕〈詠愁〉云：『潦倒十年愁窟裡。病酒逋詩，意興都無幾。愁緒世間無物此。青衫濕似邗江水。　著地尋來無計避。好月名花，總是相思淚。笑煞天公無意味。生生風雨將春廢。』〔菩薩鬘〕〈客夜〉云：『冷風索索尋窗紙。那堪人是廉纖雨。半睡過黄昏。殘燒偏着人。　閒愁無可破。夢裡成眞箇。醒睡總來難。雙眸枕上乾。』

上海《和平日报》一九四八年八月二八日

〔一〕牆，底本下衍一『前』字，據文意删。

風樓詞話

一風

《風樓詞話》三六則，載上海《中華時報》一九四九年二月二六日起，迄四月二二日，署『一風』。今據此迻錄。原無序號、小標題，今酌加。

風樓詞話目錄

風樓詞話

一 蘇軾〔賀新郎〕

蘇軾之〔賀新郎〕曰：『乳燕飛華屋。悄無人、桐陰轉午，晚涼新浴。手弄生綃白團扇，扇手一時似玉。漸困倚、孤眠清熟。簾外誰來推繡戶，枉教人、夢斷瑤台曲。又卻是，風敲竹。石榴半吐紅巾蹙。待浮花、浪蕊都盡，伴君幽獨。穠豔一枝細看取，芳心千重似束。又恐被、西風驚綠。若待得君來向此，花前對酒不忍觸。共粉淚，兩簌簌。』

此詞濃豔而生動，極似現代之速記體的散文，寥寥百餘字，實寫盡美女子的情態矣。且寓意高遠，甯爲一妓女而發耶。《苕溪漁隱叢話》中有關於此詞之紀事如下：『《古今詞話》：蘇子瞻守錢塘，有官妓秀蘭，天性黠慧，善於應對。一日，湖中有宴會，羣妓畢集，惟秀蘭不至〔一〕，督之良久方來。問其故，對以沐浴倦睡，忽聞叩戶甚急，起而問之，乃樂營將催督也。子瞻已恕之。坐中一倅怒其晚至，詰之不已。時榴花盛開，秀蘭折一枝藉手告倅，倅愈怒。子瞻因作〔賀新郎〕，令歌以送酒，倅

〔一〕惟秀蘭不至，原作『張秀蘭不至』，據《苕溪漁隱叢話》後集卷三九改。

怒頓止。』

上海《中華時報》一九四九年二月二六日

二　蘇軾〔卜算子〕

蘇軾之〔卜算子〕〈黄州定慧院寓居作〉曰：『缺月掛疏桐，漏斷人初靜。誰見幽人獨往來，縹渺孤鴻影。　驚起却回頭，有恨無人省。揀盡寒枝不肯棲，寂寞沙洲冷。』

黄庭堅（山谷）評曰：『語意高妙，似非吃煙火食人語，非胸中有數萬卷書，筆下無點塵俗氣，孰能至此。』

鄭文焯在手批《東坡樂府》中，有對於此詞之評語，曰：『此亦有所感觸。不必附合溫都監女故事，自成飄逸。』

此詞飄逸且情重，實如見東坡其人。

上海《中華時報》一九四九年二月二七日

三　幾道〔阮郎歸〕

幾道之〔阮郎歸〕曰：『天邊金掌露成霜。雲隨雁字長。綠杯紅袖趁重陽。人情似故鄉。　蘭佩紫，菊簪黄。殷勤理舊狂。欲將沉醉换悲涼。清歌莫斷腸。』周頤評曰：『「綠杯」二句，意已厚矣。「殷勤理舊狂」五字，有三層意。狂者，一肚皮不合時宜，發見於外者也；狂已舊矣，而理之；而殷勤理之，其狂若有甚不得已者。「欲將沉醉换悲涼」，是上句注脚；「清歌莫斷腸」，仍含不

盡之意。此詞沉著厚重，得此結句，便覺竟體空靈。』（見《蕙風詞話》）

此詞清麗淡泊，但感情卻極深厚，洵爲小山作品中之格調最高者。

四　晏幾道〔臨江仙〕

又，晏之〔臨江仙〕曰：『夢後樓台高鎖，酒醒簾幕低垂。去年春恨卻來時。落花人獨立，微雨燕雙飛。　記得小蘋初見，兩重心字羅衣。琵琶絃上説相思。當時明月在，曾照彩雲歸。』譚獻評曰：『「落花」二句，爲千古未有之名句，末二句正以見其柔厚。』（見譚評《詞辨》）

小山之寫情寫景，讚之爲細膩熨貼，並不爲過。一種舊時代知識分子傷時懷舊的情緻，尤躍然紙上也。

上海《中華時報》一九四九年三月一日

五　柳永〔雨霖鈴〕

柳永〔雨霖鈴〕曰：『寒蟬凄切。對長亭晚，驟雨初歇。都門帳飲無緒，方留戀處，蘭舟催發。執手相看淚眼，竟無語凝咽。念去去、千里烟波，暮靄沉沉楚天闊。　多情自古傷離別。更那堪、冷落清秋節。今宵酒醒何處，楊柳岸、曉風殘月。此去經年，應是良辰好景虚設。便縱有，千種風情，更與何人説。』

周濟評曰：『清眞詞多從耆卿奪胎，思力沈摯處，往往出藍，然耆卿秀淡幽豔，實不可及。後人摭其樂章，訾爲俗筆，眞瞽説也。』（見《宋四家詞選》）

劉熙載評曰：『詞有點染。「念去去」三句，點出離别冷落；「今宵」二句，乃就上三句染之。點染之間，不得有他語相隔，否則警句亦有死灰。』（見《藝概》）

柳永作品爲有宋一代相當傑出者，葉夢得在《避暑録話》中記稱：『余仕丹徒，嘗見一西夏歸朝官云，凡有井水飲處，即能歌柳詞。』蓋即言其流傳之廣也。

上海《中華時報》一九四九年三月三日

六　歐陽修〔蝶戀花〕

歐陽修（永叔）〔蝶戀花〕曰：『庭院深深深幾許。柳柳堆煙，簾幕無重數。玉勒雕鞍遊治處。樓高不見章台路。　雨横風暴三月暮。門掩黄昏，無計留春住。淚眼問花花不語。亂紅飛過秋千去。』

羅大經評曰：『歐陽雖游戲作小詞，亦無媿唐人《花間集》。』（見《鶴林玉露》）

尤侗又曰：『六一婉麗，實妙於蘇。』

其實，永叔詞作何嘗僅清新婉麗而已，『淚眼問花花不語』一句，更可見其癡情而執着之一斑矣。

上海《中華時報》一九四九年三月四日

七　韋莊〔荷葉杯〕

韋莊（端己）〔荷葉杯〕云：『記得那年花下。深夜。初識識娘時。水堂西面畫簾垂。攜手暗相期。惆悵曉鶯殘月。相別。從此隔音塵。如今俱是異鄉人。相見更無因。』

湯顯祖評曰：『情景逼真，自與尋常豔語不同。』（湯評《花間集》）

鄭文焯評曰：『鍾仲偉[一]云：「觀古今勝語，多非補假，皆由直尋。」於韋詞益信其言。』（見鄭評《花間集》）

端己生於離亂之世，寥寥數十字中，已寫盡一代文人之細膩感情矣，豈僅客觀描寫上之『情景逼真』而已。

上海《中華時報》一九四九年三月六日

八　端己〔思帝鄉〕

端己〔思帝鄉〕云：『春日遊。杏花吹滿頭。陌上誰家年少，足風流。妾擬將身嫁與，一生休。縱被無情棄，不能休[二]。』

賀裳評曰：小詞含蓄爲佳，亦有以作決絕語而妙者，如韋莊『誰家年少，足風流。妾擬將身嫁與，一生休。縱被無情棄，不能休[三]』是也。（見《皺水軒詞筌》）

此詞命意遣句，以大胆率直見稱。端己〔荷葉杯〕固以婉約細膩勝，而〔思帝鄉〕一闋，則盡

[一] 鍾仲偉，原作『鍾中偉』。

[二] 不能休，《全唐五代詞》作『不能羞』。

[三] 不能休，《皺水軒詞筌》作『不能羞』。

上海《中華時報》一九四九年三月八日

得風流矣。

九　後主當行本色

李後主〔浪淘沙〕云：『簾外雨潺潺。春意闌珊。羅衾不耐五更寒。夢裏不知身是客，一晌貪歡。獨自莫憑闌。無限江山。別時容易見時難。流水落花春去也，天上人間。』『往事只堪哀。對景難排。秋風庭院蘚侵階。一桁珠簾閑不卷，終日誰來。　金劍已沈埋。壯氣蒿萊。晚涼天淨月華開[一]。想得玉樓瑤殿影，空照秦淮。』

沈謙曰：『男中李後主，女中李易安，極是當行本色。』（見徐釚《詞苑叢談》引）又曰：『後主疎於治國，在詞中猶不失爲南面王。覺張郎中、宋尚書直衙官耳。』（見沈雄《古今詞話》引）

後主以一代風流才子，誤作人主，致有極爲淒慘之下場，在政治上其爲一失敗者，但在我國文學史，後主之地位，却萬古常新者也。

執筆至此，諦聽窗外綿綿春雨，天涯海角，茫茫人影，豈僅爲古人興嘆乎。

上海《中華時報》一九四九年三月一一日

[一] 天淨月華開，原作『淨月華開』，據《全唐五代詞》補。

一〇　馮延巳詞

馮延巳〔長命女〕云：『春日宴。綠酒一杯歌一遍。再拜陳三願。一願郎君千歲，二願妾身長健。三願如同梁上燕。歲歲長相見。』此詞以一婦人爲第一人稱抒寫，堪稱別創一格，而摹其天眞嬌憨之情態，尤其餘事耳。

又其〔謁金門〕云：『楊柳陌。寶馬嘶空無跡。新著荷衣人未識。年年江海客。　夢覺巫山春色。醉眼花飛狼藉。起舞不辭無氣力。愛君吹玉笛。』『風乍起。吹皺一池春水。閒引鴛鴦香徑裏。手挼紅杏蕊。　鬥鴨闌干獨倚。碧玉搔頭斜墜。終日望君君不至。舉頭聞鵲喜。』

金陵盛時，內外無事，朋僚親舊，或當燕集，多運藻思爲樂府新詞，俾歌者倚絲竹而歌之。元宗嘗因曲宴內殿，從容謂曰：『吹皺一池春水，何干卿事。』延巳對曰：『安得如陛下「小樓吹徹玉笙寒」之句。』其君臣相謔乃如此，眞可謂太平盛世帝王家之風光矣。

上海《中華時報》一九四九年三月一二日

一一　秦觀〔踏莎行〕

秦觀（少游）〔踏莎行〕云：『霧失樓台，月迷津渡。桃源望斷無尋處。可堪孤館閉春寒，杜鵑聲裏斜陽暮。　驛寄梅花，魚傳尺素。砌成此恨無重數。彬江幸自繞春山，爲誰流下瀟湘去。』

黄山谷曰：『此詞高絕，但「斜陽暮」爲重出，欲改「斜陽」爲「簾櫳」。』范元實曰：『只看

「孤館閉春寒」，似無「簾櫳」。』山谷曰：『亭傳雖無簾櫳，有亦無礙。』范曰：『詞本摹寫牢落之狀，若曰「簾櫳」，恐損初意。』今《彬州志》竟改作『斜陽度』。余謂斜陽屬日，暮屬時，不爲累，何必改也。東坡『回首斜陽暮』，美成『雁背斜陽紅欲暮』，可法也。（見《苕溪漁隱叢話》）

上海《中華時報》一九四九年三月一三日

一二　少游〔好事近〕

少游〔好事近〕〈夢中作〉云：『春路雨添花，花動一山春色。行到小溪深處，有黄鸝千百。飛雲當面化龍蛇，夭嬌轉空碧。醉臥古藤陰下，了不知南北。』周濟評曰：『隱括一生，結語遂作藤州之讖。造語奇警，不似少游尋常手筆。』（見《宋四家詞選》）

少游作品以婉約淡雅見稱於世，〔好事近〕蓋爲代表作也。

上海《中華時報》一九四九年三月一五日

一三　晁補之〔迷神引〕

晁補之〔迷神引〕〈貶玉溪對江山作〉云：『黯黯青山紅日暮。浩浩大江東注。餘霞散綺，向煙波路。使人愁，長安遠，在何處。幾點漁燈小，迷近塢。一片客帆低，傍前浦。暗想平生，自悔儒冠誤。覺阮途窮，歸心阻。斷魂素月，一千里、傷平楚。怪〔竹枝〕歌，聲聲怨，爲誰苦。猿鳥一時啼，驚島嶼。燭暗不成眠，聽津鼓。』

劉熙載曰：『東坡詞在當時鮮與同調，不獨秦七、黃九，別成兩派也。晁无咎坦易之懷、磊落之氣，差堪驂靳。然懸崖撒手處，无咎莫能追躡[一]矣。』（見《藝概》）

馮煦曰：『无咎爲蘇門四士之一，所爲詩餘，無子瞻之高華，而沈咽則過之。』（見《宋六十一家詞選例言》）

无咎『自悔儒冠誤』一句，實爲古往今來文人之悲苦矣，眞切之至，沈咽之至。

上海《中華時報》一九四九年三月一六日

一四　賀鑄〔青玉案〕

賀鑄（方回）〔横塘路〕（〔青玉案〕）云：『凌波不過横塘路。但目送、芳塵去。錦瑟華年誰與度。月橋花院，瑣窗朱戶。惟有春知處。　飛雲冉冉蘅皋暮。彩筆新題斷腸句。若問閑情都幾許。一川烟草，滿城飛絮。梅子黃時雨。』

《中吳紀聞》內有附錄：『鑄有小築，在姑蘇盤門之內[二]十餘里，地名横塘，方回來往其間，作此詞。後山谷有詩云：「解道江南斷腸句，只今惟有賀方回。」其爲前輩推重如此。』

又潘子眞曰：『寇萊公詩：「杜鵑啼處血成花，梅子黃時雨如霧」，世推方回所作「梅子黃時雨」爲絕唱，蓋用萊公語也。』

[一] 莫能追躡，原作『莫追躡』，據《藝概》補。

[二] 盤門之內，《中吳紀聞》作『盤門之南』。

方回寫情叙情兩擅，而豔麗適度，洵爲難得。

上海《中華時報》一九四九年三月一七日

一五　不工而自工

賀方回〔西江月〕云：『攜手看花深徑，扶肩待月斜廊。臨分少佇已悵悵。此段不堪回想。欲寄書如天遠，難銷夜似年長。小窗風雨碎人腸。更在孤舟枕上。』又其〔減字浣溪沙〕云：『鼓動城頭啼暮鴉[一]。過雲時送雨些些。嫩涼如水透窗紗[二]。弄影西廂侵戶月，分香東畔拂墻花。此時相望抵天涯。』觀乎上舉兩闋，當又可見其寫景叙情之得體，所謂『不工而自工』是也。

上海《中華時報》一九四九年三月一八日

一六　方回〔水調歌頭〕

賀方回〔台城遊〕（〔水調歌頭〕）云：『南國本瀟灑。六代浸豪奢。台城游冶。襞箋能賦屬宮娃。雲觀登臨清夏。璧月留連長夜。吟醉送年華。回首飛鴛瓦。却羨井中蛙。訪烏衣，成白社。不容車。舊時王謝。堂前雙燕過誰家。樓外河橫斗掛。淮上潮平霜下。檣影落寒沙。商

[一] 鼓動城頭啼暮鴉，原作『鼓動城啼暮鴉』，據《全宋詞》補。
[二] 嫩涼如水透窗紗，原作『涼如水透窗紗』，據《全宋詞》補。

女篷窗罅。猶唱〔後庭花〕。』

綜方回一生，仕途坎坷，頗呈悒悒，字裏行間，不無傷感氣息，蓋亦爲古代士大夫之常情耳，薄命者何僅方回一人。

上海《中華時報》一九四九年三月一九日

一七 周邦彦〔少年游〕

周邦彦（美成）〔少年游〕云：『并刀如水，吳鹽勝雪，纖手破新橙。錦幄初温，獸香不斷，相對坐調笙。 低聲問向誰行宿，城上已三更。馬滑霜濃，不如休去，直是少人行[一]。』

周濟評曰：『此亦本色佳製也，本色至此便足，再過一分，便入山谷惡道矣。』（見《宋四家詞選》）

譚獻評曰：『麗極而清，清極而婉，然不可忽過「馬滑霜濃」四字。』（見譚評《詞辨》）

周詞以婉麗勝，後當細論。

上海《中華時報》一九四九年三月二〇日

〔一〕少人行，原作『少年行』，據《全宋詞》改。

一八　周美成〔意難忘〕

周美成〔意難忘〕〈美詠〉云：『衣染鶯黃。愛停歌駐拍，勸酒持觴。低鬟[一]蟬影動，私語口脂香。檐露滴，竹風涼。拚劇飲淋浪。夜漸深，籠燈就月，子細端相。知音見說無雙。解移宮換羽，未怕周郎。長顰知有恨，貪耍不成妝。些個事，惱人腸。試說與何妨。又恐伊、尋消問息，瘦減容光。』

王國維評曰：『美成深遠之致，不及歐、秦，惟言情體物，窮極工巧，故不失爲第一流之作者，但惟[二]創調之才多，創意之才少耳。』（見《人間詞話》）

美成『又恐伊、尋消問息，瘦減容光』一段，濃豔中不脫深情，動人幽思，洵爲佳品。

上海《中華時報》一九四九年三月二二日

一九　李清照〔鳳凰台上憶吹簫〕

李清照（易安）〔鳳凰台上憶吹簫〕云：『香冷金猊[三]，被翻紅浪，起來人未梳頭。任寶奩閑

[一] 低鬟，原作『低環』，據《全宋詞》改。
[二] 惟，《人間詞話》作『恨』。
[三] 金猊，原作『紅猊』，據《全宋詞》改。

掩，日上簾鈎。生怕[一]閑愁暗恨，多少事[二]、欲説還休。今年瘦，非干病酒，不是悲秋。　明朝，這回去也，千萬遍〔陽關〕，也即難留。念武陵春晚，雲鎖重樓。記取樓前綠水，應念我、終日凝眸。凝眸處，從今更數，幾段新愁。』

沈謙評曰：『男中李後主，女中李易安，極是當行本色。前此太白，故稱詞家之李。』（見《詞苑叢談》引）

李調元評曰：『易安在宋諸媛中，自卓然一家，不在秦七、黃九之下。詞無一首不工，其鍊處可奪夢窗之席，其麗處直參片玉之班，蓋不徒俯視巾幗，直欲壓倒鬚眉。』（見《雨村詞話》）

易安『應念我、終日凝眸』一句，最能描摹其摯情，女兒本色也。

上海《中華時報》一九四九年三月二四日

二〇　易安〔醉花陰〕

易安〔醉花陰〕云：『薄霧濃雲愁永晝。瑞腦消金獸。佳節又重陽，玉枕紗櫥，半夜涼初透。東籬把酒黃昏後。有暗香盈袖。莫道不消魂，簾捲西風，人比黃花瘦。』

試冥想一幅閨中人秋情秋景之畫面，情意逼真，另有一種淒豔徹骨之人生境界。〔醉花陰〕一闋，詞也，畫也。

〔一〕生怕，原作『生愁』，據《全宋詞》改。

〔二〕多少事，『多』字原竄入上一行，據《全宋詞》乙。

二一　易安〈聲聲慢〉

易安〈聲聲慢〉云：『尋尋覓覓。冷冷清清，悽悽慘慘戚戚。乍暖還寒時候，最難將息。三杯兩盞淡酒，怎敵他、晚來風急。雁過也，正傷心，却是舊時相識。　滿地黄花堆積。憔悴損，如今有誰堪摘。守着牕兒，獨自怎生得黑。梧桐更兼細雨，到黄昏、點點滴滴。這次第，怎一個、愁字了得。』

易安〈聲聲慢〉爲宋詞中雙聲疊韻之極品，讀者如覩其情景，而情緒之纏綿，尤令人低迴不已者也。

二二　易安〈一剪梅〉

易安〈一剪梅〉云：『紅藕香殘玉簟秋。輕解羅裳，獨上蘭舟。雲中誰寄錦書來，雁字回時，月滿西樓。　花自飄零水自流。一種相思，兩處閑愁。此情無計可消除，才上眉頭，却上心頭。』是詞『才上眉頭，却上心頭』一句，刻繪閨中女兒之工愁善感，允宜讚爲千古絶唱。

又其〈添字采桑子〉〈芭蕉〉云：『窗前種得芭蕉樹，陰滿中庭。陰滿中庭。葉葉心心。舒卷有餘情。　傷心枕上三更雨，點滴凄清。點滴凄清。愁損離人。不慣起來聽。』『不慣起來聽』一句，當可與『才上眉頭』後先媲美者也。

二三　易安〔蝶戀花〕

易安以一代才女，然其後期生活，却處於顛沛困頓之境遇中，蓋其中年喪其所天，故其作品幾盡爲流露摯情之感傷氣息。〔蝶戀花〕一闋當可作其最具體之寫照觀者：『永夜懨懨歡意少。空夢長安，認取長安道。爲報今年春色好。花光月影宜相照。　隨意杯盤雖草草。酒美梅酸，恰稱人懷抱。醉裏插花花莫笑。可憐春似人將老。』

上海《中華時報》一九四九年三月二五日，題『關於李清照』，分爲四個部分

二四　葉夢得〔虞美人〕

葉夢得〔虞美人〕〈雨後同幹譽、才卿置酒來禽花下作〉云：『落花已作風前舞。又送黄昏雨。曉來庭院半殘紅。惟有游絲千丈、嫋晴空[一]。　殷勤花下同攜手。更盡杯中酒。美人不用斂娥媚。我亦多情無奈、酒闌時。』

毛晉評曰：『《石林詞》一卷，與蘇、柳並傳，綽有林下風，不作柔語殢人，真詞家逸品也。』（見《石林詞跋》）

葉詞以婉麗適度著稱，而無過份豔膩之弊。其作品雖不多，但以〔虞美人〕例之，當亦可見一斑矣。

上海《中華時報》一九四九年三月二九日

[一] 嫋晴空，《全宋詞》作『罥晴空』。

二五　張孝祥〔西江月〕

張孝祥（安國）〔西江月〕云：『問訊湖邊春色，重來又是三年。東風吹我過湖船。楊柳絲絲拂面。世路如今已慣。此心到處悠然。寒光亭下水知天。飛起沙鷗一片。』（《絕妙好詞》題作〈丹陽湖〉）

此詞描摹心情勝於寫景，『世路如今已慣。此心到處悠然』一句，頗有所謂哀樂中年之情趣，而出世的味道甚濃。

我輩何不幸生爲今世之人，此心即雖以悠然也，家國多難，其奈何。

上海《中華時報》一九四九年三月三一日

二六　周濟論辛棄疾

周濟論辛棄疾（稼軒），頗有獨到之處：『稼軒不平之鳴，隨處輒發，有英雄語，無學問語，故往往鋒穎太露。然其才情富豔，思力果鋭，南北兩朝，實無其匹，無怪流傳之廣且久也。世以蘇辛並稱，蘇之自在處，辛偶能到之[一]，辛之當行處，蘇必不能到。二公之詞，不可同日語也。後人以粗豪學稼軒，非徒無其才，並無其情。稼軒固是才大，然情至處，後人萬不能及。』『北宋詞多就景敍情，故珠圓玉潤，四照玲瓏。至稼軒、白石，一變而爲即事敍景，使深者反淺，曲者反直。』『至蘇辛并

[一] 到之，《介存齋論詞雜著》作『到』。

稱，東坡天趣獨到處，殆成絕詣，而苦不經意，完璧甚少。稼軒則沉着痛快，有轍可循。南宋諸公，無不承其衣缽，固未可同年而語也。』（見《介存齋論詞雜著》及《宋四家詞選序論》）

二七　稼軒〔賀新郎〕

稼軒〔賀新郎〕〈別茂嘉十二弟〉云：『綠樹聽鵜鴂。更那堪、鷓鴣聲住，杜鵑聲切。啼到春歸無尋處，苦恨芳菲都歇。算未抵、人間離別。馬上琵琶關山黑。更長門、翠輦辭金闕。看燕燕，送歸妾。　將軍百戰聲名裂。向河梁、回頭萬里，故人長絕。易水蕭蕭西風冷，滿坐衣冠似雪。正壯士、悲歌未徹。啼鳥還知如許恨，料不啼、清淚長啼血。誰共我，醉明月。』

讀此詞，一種家愁國恨之情緒，油然溢於紙上也。

二八　稼軒〔念奴嬌〕

其〔念奴嬌〕〔書東流村壁〕云：『野塘花落〔一〕。又匆匆、過了清明時節。剗地東風欺客夢，一枕雲屏寒怯。曲岸持觴，垂楊繫馬，此地曾輕別。樓空人去，舊游飛燕能說。　聞道綺陌東頭，行人曾見，簾底纖纖月。舊恨春江流不盡，新恨雲山千疊。料得明朝，尊前重見，鏡裏花難折。也應驚問，近來多少華髮。』

今之人，讀此詞時，暮春時節，細雨綿綿，『又匆匆、過了清明時節』，時代如此，心境如此，其愁

〔一〕野塘花落，《全宋詞》作『野棠花落』。

緒蓋有較稼軒更難言者。

二九　稼軒〔水龍吟〕

其〔水龍吟〕〈登建康賞心亭〉云：『楚天千里清秋，水隨天去秋無際。遥岑遠目，獻愁供恨，玉簪螺髻。落日樓頭，斷鴻聲裏，江南游子。把吳鈎看了，欄干拍徧，無人會、登臨意。休説鱸魚堪膾。儘西風、季鷹歸未。求田問舍，怕應羞見，劉郎才氣。可惜流年，憂愁風雨，樹猶如此。倩何人、喚取紅巾翠袖，揾英雄淚。』

陳洵《海綃翁説詞》稿本中有曰：『稼縱横豪宕，而筆筆能留，字字有脈絡如此。』蓋此詞寫作技術及格調，均臻化境矣。

三〇　稼軒〔青玉案〕

又其〔青玉案〕〈元夕〉一闋，更有出神入化之緻：『東風夜放花千樹。更吹落、星如雨。寶馬雕車香滿路。鳳簫聲動，玉壺光轉，一夜魚龍舞。　蛾兒雪柳黄金縷。笑語盈盈暗香去。衆裏尋他千百度。驀然迴首，那人卻在，燈火闌珊處。』

梁啓超於《藝蘅館詞選》中有云：『自憐幽獨，傷心人別有懷抱。』洵爲一針見血，深得吾心之評語。

三一　稼軒〔菩薩蠻〕

其〔菩薩蠻〕〈書江西造口壁〉云：『鬱孤台下清江水。中間多少行人淚。西北望長安。可憐無數山。　青山遮不住。畢竟東流去。江晚正愁余。山深聞鷓鴣。』

稼軒之脱盡小兒女穠豔綺麗之技巧，有如是者。其感情之深厚，與夫心境之蒼涼，盡可想見矣。

三二　稼軒〔祝英台近〕

前所引皆以激揚奮厲爲尚者，然稼軒非不能作溫柔語者。此於其〔祝英台近〕〈晚春〉一闋中可以見之：『寶釵分，桃葉渡。烟柳暗南浦。怕上層樓，十日九風雨。斷腸片片飛紅，都無人管，更誰勸、啼鶯聲住。　鬢邊覰。應把花卜歸期，才簪又重數。羅帳燈昏，哽咽夢中語。是他春帶愁來，春歸何處。却不解、帶將愁去。』

沈謙曰：『「寶釵分」一曲，昵狎溫柔，魂消意盡，才人技倆，眞不可測。』（見《古今詞話》引）恰當之至。

上海《中華時報》一九四九年四月一九日，題『關於辛稼軒』

三三　黄季寬天目山詞

容縣黄季寬先生，非但爲一不同凡俗之軍政幹才，且其文采風流，允爲當代軍人中之極難得者。廿六年軍興，黄主浙政，廿九年春，黄出巡浙西游擊區，登天目山，極目悵望鐵蹄下之湖山烟雨，曾賦有〔滿江紅〕一闋，情文並茂，允爲佳作。惜該稿筆者手頭已無存，無法轉録，憾甚。

三四　輓賀培心

戰事結束後，黄即去浙政，息影滬上，時永新賀培心先生在京以急病歿，賀於戰時襄助主持浙西遊擊區之政務，實爲黄之左右手也。噩耗傳來，黄之哀慟可知。黄氏曾賦兩詞輓之，特轉録之。〔念奴嬌〕〈輓賀培心〉云：『噩傳星殞，正炎威肆虐，凛臨冰谷。客裏怕聞生死别。那更孤獨夜哭。奠罷椒漿，魂兮何處，淚落摇風燭。樓空人去，遺稿在手難讀。　曾記幕佐彰文，□□習武，八載極沉陸。舊事萬言書不盡，新鬼皈依天目。濤浪錢塘，五□嗚咽，拍岸聲仍續。曠觀海宇，亂雲眼底翻覆。』

又其〔滿江紅〕〈再輓賀培心〉云：『六月飛霜，瀟瀟雨、孤燈吹冷。遺弱小、一瞑不視，斯人斯病。入眼竟無長物在，舉頭短□徒餘淨。□淒涼、憑弔對遺容，呼難□。　生前譽，原泡影。蓋棺論，千秋定。引幾人興羡，幾人悲哽。功業永流西浙水，清名月照湖波静。祝從兹、張目兩天山，魂長醒。』

由此兩詞觀之，當可見黄與賀之深切情誼，而黄氏個人之悒鬱，亦躍然紙上。情文並茂，此之謂也。

三五　黄季寬〔好事近〕

最近和談聲中，李德鄰氏邀黄出任代表，黄氏遂有故都之行，本月廿日各報皆登載黄氏留平期間之近作〔好事近〕一闋云：『翹首睇長天，人定淡烟籠碧。待滿一弦新月，欲問幾時圓得。昨宵小睡夢江南，野火燒寒食。幸有一帆風送，報燕雲消息。』『北國正花開，已是江南花落。剩有墻邊紅杏，客里漫愁寂寞。此時爲着這冤家，誤了尋春約。但祝東君仔細，莫任多飄泊。』

筆者於研讀唐宋各家作品之餘，深夜誦讀黄氏近作，頗致感慨於黄之心情，何其與當年之後主、稼軒輩近似，此亦時代之悲哀乎。

上海《中華時報》一九四九年四月二一日，題『新聞人物黄季寬』

三六　陸游〔齊天樂〕

陸游（放翁）〔齊天樂〕〈左綿道中〉云：『角殘鐘晚關山路，行人乍依孤店。寒月征塵，鞭絲帽影，常把流年虚占。藏鴉柳暗。歎輕負鶯花，謾勞書劍。事往關情，悄然頻動北遊念。孤懷誰與强遣。市壚沽酒，酒薄怎當愁釅。倚瑟妍詞，詞鉛妙筆，那寫柔情芳豔。征道自厭。况烟斂蕪痕，雨稀萍點。最是眠時，枕寒門半掩。』

馮煦評曰：『劍南屏除纖豔，獨往獨來，其逋峭沈鬱之概，求之有宋諸家，無可方比。』（見《宋六十一家詞選例言》）劉克莊曰：『放翁、稼軒，一掃纖豔，不事斧鑿。』（見《後邨詩話》）皆爲得體之評語，當可與稼軒詞互相發明者也。

上海《中華時報》一九四九年四月二二日

紉芳簃説詞

陳蒙庵

《紉芳簃説詞》九則，小序一則，載上海《永安月刊》一九四九年三月一日第一一八期，署『陳蒙庵』。今據此迻錄。原無序號、小標題，今酌加。

紉芳簃説詞目録

紉芳簃説詞

十數年前，曾作《詞述》一卷，雜敍聲家雅故，詞籍源委，閒抒臆見，或事目論，隨筆抒寫，都無詮次。薦經亂離，續稿散失，亦既忘之矣。朋輩中偶存殘帙，用以相示。深悔少作，益增慚惶。顧有謂一得之愚，亦堪節取，十駕之至，要在蹞步，遂忘譾陋，賡爲札録。或訂舊製，别標新意。庶幾他日，更爲論定。三十八年一月十五日紉芳簃寫記。

一　《白香詞譜》實爲陋書

《復堂日記》云：『廉訪（按此指張蔭桓）亡友謝章庵，有《白香詞譜箋》稿本，網羅亦富，所託未尊，不能追厲箋《絶妙好詞》也。屬余校正付刻。』按此書今刻入《半菴叢書》中。《白香詞譜》，實爲陋書，謝箋亦無甚精要。復堂雅人，何取於此。觀日記『託體未尊』之語，弦外之音，蓋可知矣。

二　清代詞派

清代詞派，凡更數變。可就當時撰錄覘之，若王漁洋、鄒程邨之《倚聲集》，朱竹垞、王蘭泉之《詞綜》，皆屬別出手眼，能使古人就其模範。一時風氣，爲之丕變。張（惠言）、董（士錫）結集，切箴時弊，實奠常州詞派之始基；而周（濟）、潘（德輿）乃首爲發難，《詞辯》之選，即其幟志。介存自云『全稿厄於黄流』者，乃是飾辭。觀其擬目，則《正》、《變》兩卷，儼然與張、董爲敵國，其他瑣瑣，乃不足論矣。復堂於光緒初元，主持風雅，最爲老師。《篋中》之集，《詞辨》之評，亦此志也。然一派之盛衰，其是非利鈍，及行之久蹔，則時代爲之，有非大力者所能左右者矣。

三　半塘之指授

《彊邨詞》〈自記〉云：『予素不解倚聲，歲丙申，重至京師，半塘翁時舉詞社，强邀同作。翁喜獎借後進，於予則檢繩不少貸。微叩之，則曰：「君於兩宋涂徑，固未深涉，亦幸不睹明以後詞耳。」貽予《四印齋所刻詞》十許家，復約校夢窗四稿。時時語以源流正變之故，旁皇求索，爲之且三寒暑。則又曰：「可以視今人詞矣。」示以梁汾、珂雪、、樊榭、稚圭、憶雲、鹿潭諸作。』以上爲彊邨丈得於半塘之指授，其晚年手定清詞爲《詞莂》，以繼《宋詞三百首》，仍本此旨。

四　《詞莂》所選

《詞莂》所選十四家，爲毛西河、陳其年、朱竹垞、顧梁汾、曹珂雪、成容若、厲樊榭、張皋文、周稚圭、蔣鹿潭[一]、王半塘、鄭叔問、朱彊邨、況夔笙。此選與張遯堪同訂。以己作入選，遂逕題張氏名。民十五，彊邨丈作〔望江南〕〈雜題我朝諸名家詞集後〉二十六首，凡三十三人。上列十三家外，益以屈翁山、王船山、王貽上、李武曾、李分虎、周保緒、項蓮生、嚴九能、王壬秋、陳伯弢、陳蘭甫、莊中白、譚復堂、文道希、徐湘蘋、萬紅友、戈順卿、陳述叔。萬、戈二氏，一以《律》，一以《韻》。徐湘蘋則閨秀之領袖也。以詞論，實三十人。武曾、分虎，以兄弟並稱；壬秋、伯弢，以湘詠自標；中白、復堂，則常州別子也。別裁僞體，截斷眾流，三百年鉅製，差備於是。唯翁山、船山二家，以明代遺民，列之新朝之首，竊恐於義未安耳。

五　身世之感

彊邨〔望江南〕以屈、王二家冠首，題屈集云：『湘真老，斷代殿朱明。不信明珠生海嶠，江南哀怨總難平。愁絕庾蘭成。』王集云：『蒼梧恨，竹淚已平沈。萬古湘靈聞樂地，雲山韶濩入悽音。字字楚騷心。』此則身世之感，後先同揆，故知有所託而言者。

六　清初詞派

潘梅巖（廷章）〔南柯子〕〈歸山〉序云：『余少年亦喜爲詞，然不能避《花間》、《草堂》熟徑。中頗厭之，因而棄去。近日詞場飈起，爭趨南宋，猶詩之必避少陵，而趨劍南也。鄙亦不盡謂

[一] 蔣鹿潭，原作『蔣鹿邨』。

然。而故情復萌，聊以自豎犢鼻。然而崑崙琵琶，已棄樂器者，幾十年矣。自伊璜來築萬石窩，代爲乞緣，勉强有作。後於應酬間，亦時時及之。其將按紅牙拍乎，抑付鐵綽板乎。知其未有當也。』問我真休歇，詞云：『打破夢中夢，撐開山外山。贏顛劉蹶幾何年。一齊收拾，交付大羅天。從人乞小緣。齊州九點破蒼煙。揀定一處，風定日高眠。』此所言，清初詞派也。風氣所趨，賢者不絶。中間有一二大力者爲之主持，以移潛默化，有不期然而然者。及其既衰，則又不期然而變者矣。清代二百數十年，詞格屢變，每變而益高，而門戶逾多，黨爭遂起，一派之興，亦各主持數十年，彼非一是非，尚不知其所屬也。

七　掉書袋

趙仲符（執信）《飴山詩餘》，〔減字木蘭花〕：『陸居非屋。三徑幽居溪一曲。誰與追尋。把臂風期似竹林。清言狂醉。問著時流渾不會。隔斷仙津。妝鏡欹斜似美人。』自注：『虹，別名美人，見《詩疏》。』李武曾（良年）《秋錦山房詞》，〔解連環〕〈送孫愷似陪使朝鮮云〉：『歌殘朝雨。聽都人豔說，酒樓孫楚。纔幾日、天子呼來，見鞭影麴塵，采風東去。堠杳程荒，夢不到、朱蒙舊部。想名藩冠帶，紫羅黃蓋，遍逢迎處。書生據鞍慣否。脱絺挂晚，短亭談虎。膩小艇、鴨綠江油，信繭紙吟秋，鬘雲遮暑。渡口楊花，惜過了、一天春絮。看雌圖、別敍紛綸，棧車載五。』自注：『《雌圖別敍》，並《孝經緯》，周廣德中，高麗所進。』清初詞家爲詞，喜掉書袋，援引僻典，上及經子，非自注不能明其所指。其實與詞之工拙無關也。即如趙詞之用《詩疏》，李詞之引《孝經緯》，細按之究亦未當，自注之，則味同嚼蠟，不注，則人不知所謂。好奇之過，知所勉夫。

八　填詞協律

草窗〈西湖十景〉詞，自序云：『西湖十景尚矣。張成子嘗賦〔應天長〕十闋，誇余曰：是古今詞家未能者。余時少年氣鋭，謂此人間景，余與子皆人間人。子能道，余顧不能道耶。冥搜六日而詞成。成子瞀賞敏妙，許放出一頭地。異時霞翁見之曰：『語麗矣，如律未協何。』遂相與訂正，閲數月而定。是知詞不難作，而難於改，語不難工，而難於協。翁往矣，賞音寂然，姑述其概，以寄余懷云。』按填詞協律之説，百年來，學者精孯討索，各有創獲。舊譜既亡，亦徒具成説而已。觀草窗十詞，試比勘其音節句法，能得其與霞翁數閲月相與訂正之苦心否。即此可知，南宋時樂律已不能具守，易安所譏『句讀不葺之詩』。霞翁黜削當時官譜諸曲，以爲繁聲者，則謹守古詞遺譜，亦當慎所抉擇。畏守律，以古調放失，輒便自恣，與泥古法，而穿鑿傅會，有乖雅音，其弊適相等。甯失之拘，毋失之放，亦或折衷之一道。

九　近代詞之一劫

守四聲，比陰陽，以爲能守律矣。硜硜焉，不敢稍軼，而自甘於桎梏，且援仇山村所謂『不恤協律言謬』之譏以自解。不知四聲之出入，未必合於律也。侈言寄託，皮傅騷雅，適成其讔謎射覆也。一則徒見其言之謬，一則難測其意所寓。此近代詞之一劫。

上海《永安月刊》一九四九年三月一日第一一八期

附録　引用書目

白雨齋詞話八卷　清陳廷焯撰　《詞話叢編》本
筆記小説大觀三十五册　江蘇廣陵古籍刻印社一九八三年起版
采香詞一卷　清杜文瀾撰　開明書店一九三七年陳乃乾輯《清名家詞》本
茶香室三鈔二十九卷　清俞曲園纂　上海進步書局《茶香室叢鈔》本
昌國州圖志七卷　元馮福京等撰　《四庫全書》本
常州詞派詞選　今孫廣華編　南京大學出版社二〇一一年版
澄碧草堂集　近徐英　陳家慶撰　黄山書社二〇一二年版
詞話叢編　今唐圭璋編　中華書局一九八六年版
詞話叢編續編　今朱崇才編　人民文學出版社二〇一〇年版
詞潔輯評六卷　清先著　程洪撰　胡念貽輯　《詞話叢編》本
詞論　今劉永濟撰　上海古籍出版社一九八一年版
詞品六卷拾遺一卷　明楊慎編撰　《詞話叢編》本
詞品一卷　元涵虚子撰　商務印書館《叢書集成初編》本

詞譜四十卷　清康熙御定　吉林出版集團有限責任公司二〇〇五年景《欽定四庫全書薈要》本
詞學集成八卷　清江順詒輯　《詞話叢編》本
詞學通論　近吴梅撰　商務印書館一九三四年《國學小叢書》本
詞源二卷　宋張炎撰　《詞話叢編》本
詞苑叢談十二卷　清徐釚編撰　人民文學出版社二〇一〇年《詞話叢編·續編》本
詞綜三十六卷　清朱彝尊編選　上海古籍出版社一九七八年版
德風亭詞一卷　清王貞儀撰　《小檀欒室彙刻閨秀詞》本
東海漁歌六卷　清顧春撰　《續修四庫全書》影印日本內藤炳卿所藏鈔本
東湖叢記六卷　清蔣光煦撰　《續修四庫全書》影印華東師大圖書館藏清光緒九年繆氏刻《雲自在龕叢書》本
東鷗草堂詞二卷　清周星譽撰　《續修四庫全書》影印上圖藏清光緒十二年金武祥刻本
讀詞札記　今唐圭璋撰　上海古籍出版社一九八六年《詞學論叢》本
賭棋山莊詞話十二卷續詞話五卷　清謝章鋌撰　《詞話叢編》本
二十年目睹之怪現狀　近吴趼人撰　世界書局一九三六年再版
伐檀集二卷　宋黄庶撰　《四庫全書》本
梵天廬叢録三十七卷　近柴萼編撰　中華書局一九三六年四版
芬陀利室詞話三卷　清蔣敦復撰　《詞話叢編》本
浮眉樓詞二卷　清郭麐撰　《續修四庫全書》景上海圖書館藏清光緒五年許增刻本

復堂詞三卷　清譚獻撰　《續修四庫全書》影印上海辭書出版社藏清同治刻《復堂類集》本
古今詞話一卷　宋楊湜撰　《詞話叢編》本
古今詞話八卷　清沈雄撰　《詞話叢編》本
觀林詩話一卷　宋吳聿撰　中華書局一九八三年丁福保輯《歷代詩話續編》本
閨秀詞話四卷　近雷瑨　雷瑊撰　人民文學出版社二〇一〇年《詞話叢編·續編》本
紅豆詩話一卷　近俞友清撰　一九三六年俞友清輯印《紅豆集》本
後村先生大全集一百九十六卷　宋劉克莊撰　上海涵芬樓《四部叢刊》景印舊鈔本
花草粹編二十四卷　明陳耀文編　《四庫全書》本
花草蒙拾一卷　清王士禛撰　《詞話叢編》本
花間集十二卷　後蜀趙崇祚編選　《四部叢刊》景明萬曆玄覽齋刊巾箱本
花間集評注　李冰若編撰　人民文學出版社一九九三年版
華簾詞一卷　清吳藻撰　《小檀欒室彙刻閨秀詞》本
淮海長短句三卷　宋秦觀撰　葉恭綽影印本
揮麈録前録四卷後録十一卷三録三卷餘話二卷　宋王明清撰　上海書店出版社二〇〇九年版
蕙風詞話五卷續詞話二卷　近况周頤撰　《詞話叢編》本
蕙風詞話續編三卷　近况周頤撰　《藝文》一九三六年第一卷第一期起
集韻十卷　題宋丁度等撰　《四庫全書》本
己亥雜詩　清龔自珍撰　世界書局一九三五年《龔定盦全集》再版本

堅瓠集十集四十卷　清褚人獲纂　《續修四庫全書》影印上圖藏清康熙刻本
劍南詩稿八十五卷　宋陸游撰　《四庫全書》本
江花品藻一卷　明楊慎撰　上海廣益書局一九一四年《香艷集·第二輯》本
介存齋論詞雜著一卷　清周濟撰　《詞話叢編》本
金瓶梅詞話　明笑笑生撰　上海雜誌公司一九三五年施蟄存校點本
金粟詞話一卷　清彭孫遹撰　《詞話叢編》本
近代詞鈔　今嚴迪昌編　江蘇古籍出版社一九九六年版
看月樓詞草　近衣萍撰　女子書店一九三二年四月初版
康熙字典四十二卷　《四庫全書》本
跨鼇集三十卷　宋李新撰　《四庫全書》本
鸝吹詞一卷　清沈宜修撰　《小檀欒室彙刻閨秀詞》本
李太白全集校注　唐李白撰　今郁賢皓校注　鳳凰出版社二〇一五年版
歷代詞話十卷　清王弈清等輯撰　《詞話叢編》本
歷代詞人考畧五十七卷　近況周頤撰　人民文學出版社二〇一〇年《詞話叢編·續編》本
兩當軒集　清黄景仁撰　上海古籍出版社一九八三年李國章校點本
量守廬詞鈔五卷遺補一卷　近黄侃撰　中華書局二〇一六年《黄侃文集·黄季剛詩文集》本
靈芬館詞話二卷　清郭麐撰　《詞話叢編》本
劉賓客文集三十卷外集十卷　唐劉禹錫撰　《四庫全書》本

六研齋筆記四卷二筆四卷三筆四卷　明李日華撰　《四庫全書》本
旅蘇必讀　近陸璇卿編著　吳縣市鄉公報社一九二二年版
買愁集四卷　清錢尚濠輯　貝葉山房一九三六年《中國文學珍本叢書》本
漫叟詩話一卷　宋佚名撰　中華書局一九八七年《宋詩話輯佚》二次印刷本
夢影樓詞一卷　清關鍈撰　《小檀欒室彙刻閨秀詞》本
南燼紀聞一卷　宋黄冀之撰　《筆記小説大觀》本
南社第五集　上海太平洋報館一九一二年版
南社第十四集　中華書局一九一五年版
南社第十七集　中華書局一九一六年版
南社詞集二册　近柳亞子主編　開華書局一九三六年版
南社叢選五册　近胡樸庵編　中國文化服務社一九三六年版
南社小説集臨時增刊　文明書局一九一七年版
南唐書三十卷　宋馬令撰　《四部叢刊》影明刊本
南亭詞話一卷　清李寶嘉撰　《詞話叢編》本
南洲草堂詞話三卷　清徐釚撰　《叢書集成》本
能改齋漫録十八卷附佚文　宋吳曾撰　中華書局一九六〇年點校本
七頌堂詞繹一卷　清劉體仁撰　《詞話叢編》本
齊東野語二十卷　宋周密撰　中華書局一九八三年張茂鵬點校本

耆舊續聞十卷　宋陳鵠撰　中華書局二〇〇二年孔凡禮點校本
前漢書一百二十卷　漢班固　班昭撰　《四庫全書》本
潛溪詩眼一卷　宋范温撰　中華書局一九八七年《宋詩話輯佚》二次印刷本
彊村叢書二百六十卷　近朱孝臧編　上海書店　江蘇廣陵古籍刻印社一九八九年景壬戌三次校補本
彊村語業三卷彊村詞賸稿二卷彊村集外詞一卷　近朱祖謀撰　《續修四庫全書》影印民國刻《彊村遺書》本
樵風樂府二卷　清鄭文焯撰　一九四九年薛崇禮堂《清季四家詞》本
清稗類鈔四十八册　近徐珂編纂　商務印書館一九二八年五版
清名家詞十卷　近陳乃乾輯　開明書店一九三七年版
清真集箋注　宋周邦彦撰　今羅忼烈箋注　上海古籍出版社二〇〇八年修訂本
秋水軒詞一卷　清莊盤珠撰　《小檀欒室彙刻閨秀詞》本
全金元詞　今唐圭璋編纂　中華書局一九七九年版一九九二年二次印本
全明詞　今饒宗頤　張璋編纂　中華書局二〇〇四年版
全清詞·順康卷　南京大學中國語言文學系《全清詞》編纂研究室編　中華書局二〇〇二年版
全清詞·嘉道卷　今張宏生主編　南京大學出版社二〇二〇年版
全宋詞　今唐圭璋編纂　中華書局一九六五年版一九八八年四次印本
全唐詩九百卷　《四庫全書》本

全唐五代詞　今曾昭岷等編纂　中華書局一九九九年版
全元曲十二卷　今徐征等主編　河北教育出版社一九九八年版
然脂餘韻六卷　近王蘊章輯撰　北京圖書館出版社二〇〇四年《中國詩話珍本叢書》景戊午本
人間詞話一卷删稿一卷　近王國維撰　《詞話叢編》本
石林避暑録話四卷　宋葉夢得撰　上海書店一九九〇年景涵芬樓本
事物紀原十卷　宋高承撰　《四庫全書》本
壽研山房詞一卷　清曹景芝撰　《小檀欒室彙刻閨秀詞》本
疏影樓詞二卷　清姚燮撰　《續修四庫全書》影印天一閣藏稿本
雙照樓詩詞稿　近汪精衛撰　一九四五年刊本
説郛一百卷　元陶宗儀輯　北京市中國書店一九八六年影涵芬樓一九二七年版
説郛一百二十卷　元陶宗儀輯　《四庫全書》本
四庫全書總目二百卷　清永瑢等撰　中華書局一九六五年景杭州本
宋詞舉（外三種）　近陳匪石編撰　上海古籍出版社二〇一六年鍾振振校點本
宋詩話輯佚　今郭紹虞輯　中華書局一九八七年《宋詩話輯佚》二次印刷本
宋史四百九十六卷　元脱脱等撰　中華書局點校本
宋四家詞選目録序論一卷　清周濟撰　《詞話叢編》本
塡詞叢話五卷　近趙尊岳撰　上海華東師範大學出版社一九八五年《詞學》第三輯起
塡詞雜説一卷　清沈謙撰　《詞話叢編》本

苕溪漁隱叢話前集六十卷後集四十卷　宋胡仔撰　人民文學出版社一九六二年廖德明校點本
聽秋聲館詞話二十卷　清丁紹儀撰《詞話叢編》本
蛻巖詞二卷　元張翥撰《四庫全書》本
文獻通考三百四十八卷　元馬端臨撰《四庫全書》本
文選六十卷　梁昭明太子纂　唐六臣注《四部叢刊》景上海涵芬樓藏宋刊本
吳郡志五十卷　宋范成大撰《四庫全書》本
吳中女士詩鈔十二卷附二卷　清任兆麟輯　乾隆五十四年刊本
武林舊事十卷　宋周密撰　中華書局二〇〇七年李小龍趙鋭評注本
西湖遊覽志二十四卷志餘二十六卷　明田汝成撰《四庫全書》本
西厢記諸宫調　金董解元撰　文學古籍刊行社一九五五年侯岱麟校訂本
遐庵詞一卷　近葉恭綽撰　上海書店出版社一九九〇年《民國叢書·遐庵彙稿》本
香消酒醒詞一卷　清趙慶熺撰　開明書店一九三七年《清名家詞》本
香艷叢話二卷　近周瘦鵑輯　中華圖書館一九一九年四版
香豔集二十種　近汪石庵編纂　上海廣益書局一九一三年版
湘筠館詞二卷　清孫雲鳳撰《小檀欒室彙刻閨秀詞》本
小山詞一卷　宋晏幾道撰《彊村叢書》本
小檀欒室閨秀詞鈔十六卷　近徐乃昌輯　清宣統刻本
小檀欒室彙刻閨秀詞十集　近徐乃昌輯　清光緒刻本

孝洲紙談　近郝樹撰　上海圖書館藏民國印本
新唐書二百二十五卷　宋歐陽修等撰　《四庫全書》本
新宋學第九輯　今王水照等主編　復旦大學出版社二〇二〇年版
繡墨軒詞一卷　清俞慶曾撰　《小檀欒室彙刻閨秀詞》本
徐蘊華林寒碧詩文合集　今周永珍編　社會科學文獻出版社一九九九年版
續窈聞一卷　明葉紹袁撰　貝葉山房一九三六年《午夢堂集》本
燕蹴筝弦錄　近姚鵷雛撰　小説叢報社一九一五年自序本
夷堅支志　宋洪邁撰　中華書局二〇〇六年何卓點校《夷堅志》本
疑雲集　明王次回撰　上海中央書店一九三五年版
倚聲初集二十卷前編四卷　清鄒祇謨　王士禛編選　《續修四庫全書》景南京圖書館藏清順治十七年刻本
藝概六卷　清劉熙載撰　上海古籍出版社一九七八年版
異聞總錄四卷　元佚名撰　《四庫全書存目叢書》景中山圖書館藏清康熙振鷺堂據明商氏刻《稗海》本重編補刻本
飲露詞一卷　清李道清撰　《小檀欒室彙刻閨秀詞》本
景刊宋金元明本詞四十三種　近吳昌綬　陶湘輯　上海古籍出版社一九八九年影印合訂本
景宋本于湖先生長短句五卷拾遺一卷　宋張孝祥撰　《景刊宋金元明本詞》本
玉照新志五卷　宋王明清撰　上海古籍出版社一九九一年汪新森朱菊如校點本

原本廣韻五卷　《四庫全書》本
遠志齋詞衷一卷　清鄒祇謨撰　《詞話叢編》本
願爲明鏡室詞稿二卷　清江順詒撰　上海圖書館藏同治刊本
樂府詩集一百卷　宋郭茂倩編　中華書局一九七九年點校本
樂府指迷一卷　宋沈義父撰　《詞話叢編》本
又《四庫全書》本
雲麓漫鈔十五卷　宋趙彦衛撰　中華書局一九九六年傅根清點校本
張蒼水全集　明張煌言撰　寧波出版社二〇〇二年版
張惠言論詞一卷　清張惠言撰　《詞話叢編》本
眞松閣詞六卷　清楊夔生撰　《續修四庫全書》影印吉林大學圖書館藏清道光十四年刻本
鄭板橋全集　清鄭燮撰　今卞孝萱等編纂　鳳凰出版社二〇一二年版
直齋書録解題二十二卷　宋陳振孫撰　上海古籍出版社一九八七年版
中吳紀聞六卷　宋龔明之撰　上海古籍出版社一九八六年孫菊園校點本
朱淑真集注　宋朱淑真撰　今冀勤輯校　中華書局二〇〇八年版
皺水軒詞筌一卷　清賀裳撰　《詞話叢編》本

後記

三十多年前，筆者考入南京師範大學中文系古代文學專業，從唐圭璋先生研習詞學。衆所周知，任何研究都必須在充分佔有材料的基礎上進行，詞學研究也應如此。歷代詞話，是詞學研究基礎資料，唐圭璋師有《詞話叢編》，收録歷代詞話八十餘部。在《詞話叢編》的基礎上，本着『全、信、明』的原則，經過陸續三十餘年的努力，筆者搜集到了該叢編未收録的詞話數百部，又從浩如烟海的古代文獻中輯録出『散見詞話』萬餘則，合計二千餘萬字，經檢核、校勘，輸入電腦，編製爲『詞學資料數據庫』及『詞話年表』。

在搜集、梳理、比勘、研讀和思索這些資料及其産生背景的過程中，筆者嘗試撰寫了有關詞話研究的五本書稿——《詞話考》、《詞話學》、《詞話史》、《詞話理論研究》和《近代詞話史》。其中《詞話學》於一九九五年由臺北文津出版社出版，《詞話史》二〇〇六年由中華書局出版，《詞話理論研究》二〇一〇年由中華書局出版，《詞話考》中的一些章節，曾部分地發表於《文獻》、《文學遺産》等刊物，《近代詞話史》一稿，則尚在修改中。

資料整理與理論研究，在學術活動中，互爲兩翼，互相促進。資料整理是理論研究的前提，理論研究則可指導資料整理。在撰寫上述研究性書稿的同時，筆者將此二千餘萬字的詞話資料，陸續整理交付出版。其中《詞話叢編·續編》約二五〇萬字，已由人民文學出版社出版。《續編》交稿後，尚有一批成卷詞話未及收入或當時不便收入，這些詞話約一百餘種，原已編纂爲《詞話叢編·三編》，因其均發表於近現代報刊，故改名《近現代報刊詞話彙編》，仍交人民文學出版社出版。從歷代文獻中輯録出的散見詞話，則將編爲《詞話叢編·補編》。在條件成熟後，希望能將上述資料彙爲一編，給讀者提供一個比較完整的『詞學資料彙編』。在完成這些工作的同時，筆者利用這些資料，已着手進行『詞美學』研究，其中《詞美學·形式卷》、《詞美學·方法卷》中的部分内容，已分别發表於《文學評論》、《文學遺産》等刊物。

近代以來，以上海爲文化中心的中國都市，涌現出數萬種報紙和期刊雜誌，這些報刊的文藝版面，常有詞話刊登。《近現代報刊詞話彙編》交稿後，特别是電子資料索引陸續上綫之後，筆者又獲得了數百種報刊詞話資料，這些資料，將整理爲《詞話叢編·四編》或《近現代報刊詞話續編》，争取盡快出版。

在這三十多年的詞學研習工作中，得到了諸位前輩師長的指導、幫助及鼓勵。先師唐圭璋教授言傳身教，使筆者進入學術研究之門；先師豐富的學術成果及其所體現的學術方法，對於筆者的詞學研究，具有重要的指導意義。南京大學卞孝萱教授生前特别關心詞話資料彙編系列的進展情況，並給予了許多具體的指導幫助和鼓勵。借《近現代報刊詞話彙編》出版之機，筆者再次表示對於諸位師長的感恩之情。

郁賢皓師關於文獻材料須『竭澤而漁』，治學『板凳須坐十年冷』的教誨，是做學問的不二法門。在這文章瓦釜的年代，《詞話叢編·續編》、《近現代報刊詞話彙編》所以尚能問世，與賢皓師的榜樣力量是分不開的。

《近現代報刊詞話彙編》（項目名稱爲《詞話叢編・三編》）是『全國高校古籍整理研究工作委員會直接資助項目』的一個組成部分。南京師範大學李靈年教授、北京大學楊忠教授對該項目給予了許多指導幫助，在此一並表示感謝。

《詞話叢編・續編》的立項、編纂、出版，人民文學出版社周絢隆先生對於該稿的體例、選目，提出了許多寶貴意見。交稿後，周絢隆先生針對初稿的體例、文字、標點、注釋、説明乃至録入排版，寫下了近萬條具體意見，該書稿如尚有一些超越前賢的可取之處，與周絢隆先生的努力密不可分。《近現代報刊詞話彙編》的編纂，沿用了《詞話叢編・續編》的體例、方法乃至處理細節，在《近現代報刊詞話彙編》即將問世之際，對於周絢隆先生的指導幫助，筆者再次表示感謝。

《近現代報刊詞話彙編》是『國家出版基金二〇一八年度資助項目』。本書稿的立項、列入出版計劃、確定體例，得到了人民文學出版社葛雲波先生、胡文駿先生的指導幫助，在此亦一併表示感謝。

相對於傳統的雕版印刷，報刊雜誌週期平短，出版快捷，但這也帶來底稿質量參差不齊、校對不精、訛誤較多等弊端。這給《近現代報刊詞話彙編》的編纂校對，造成了諸多困難。在長達數年的編校過程中，本書稿的責任編輯李俊先生，認真負責，耐心細緻，對於書稿提出了許多寶貴的修改意見。在此向李俊先生表示衷心感謝。

南京師範大學深厚的學術傳統和寬容的學術氛圍，是本系列書稿得以完成的又一重要因素。已故常何永康教授、駱冬青教授多年來一直關心該系列書稿的進展，並給予了許多鼓勵和幫助。

國武教授，生前作爲筆者的博士生指導教師之一，對於本系列書稿的編纂，給予了許多關心鼓勵。在此謹向南京師範大學所有關心支持本書稿的師長、同事表示衷心的謝意。

南京師範大學文學院　朱崇才　二〇一七年一二月